人物篇

格萨尔传奇

伏魔除妖的降生神子
战功赫赫的雪域之王

《幸福拉萨文库》编委会 编著

西藏人民出版社

图书在版编目（CIP）数据

格萨尔传奇 /《幸福拉萨文库》编委会编著. -- 4版. -- 拉萨：西藏人民出版社，2019.6
（幸福拉萨文库）
ISBN 978-7-223-06331-9

Ⅰ. ①格… Ⅱ. ①幸… Ⅲ. ①传记文学－中国－当代 Ⅳ. ①I25

中国版本图书馆CIP数据核字（2019）第079539号

格萨尔传奇

编　　著	《幸福拉萨文库》编委会
责任编辑	计美旺扎
策　　划	计美旺扎
封面设计	颜　森
出版发行	西藏人民出版社（拉萨市林廓北路20号）
印　　刷	三河市东兴印刷有限公司
开　　本	710×1040　1/16
印　　张	17
字　　数	250千
版　　次	2020年6月第1版
印　　次	2020年6月第1次印刷
印　　数	01-10,000
书　　号	ISBN 978-7-223-06331-9
定　　价	42.00元

版权所有　翻印必究
（如有印装质量问题，请与出版社发行部联系调换）
发行部联系电话（传真）：0891-6826115

《幸福拉萨文库》编委会

主　　　任	齐　扎　拉	西藏自治区党委副书记、自治区政府主席
	白玛旺堆	西藏自治区党委常委、拉萨市委书记
常务副主任	张　延　清	西藏自治区政府副主席、日喀则市委书记
	果　　　果	拉萨市委副书记、市长、城关区委书记
	车　明　怀	西藏社科院原党委书记、副院长
副　主　任	马　新　明	拉萨市委原副书记
	达　　　娃	拉萨市委原副书记、市人大常委会主任
	肖　志　刚	拉萨市委副书记
	庄　红　翔	拉萨市委副书记、组织部部长
	袁　训　旺	拉萨市政协主席、经开区党工委书记
	占　　　堆	拉萨市委常委、常务副市长
	吴　亚　松	拉萨市委常委、宣传部部长
主　　　编	《幸福拉萨文库》编委会	
执行主编	占　　　堆	拉萨市委常委、常务副市长
	吴　亚　松	拉萨市委常委、宣传部部长
副　主　编	范　跃　平	拉萨市委宣传部常务副部长
	龚　大　成	拉萨市委宣传部副部长
	李　文　华	拉萨市委宣传部副部长
	许　佃　兵	拉萨市委宣传部副部长
	拉　　　珍	拉萨市委宣传部副部长
	赵　有　鹏	拉萨市委宣传部副部长

委　　员	张　春　阳	拉萨市委常务副秘书长
	张　志　文	拉萨市人大常委会副秘书长
	杨　年　华	拉萨市政府副秘书长
	张　　　勤	拉萨市政协副主席
	何　宗　英	西藏社科院原副院长
	格　桑　益　西	西藏社科院原研究员
	蓝　国　华	西藏社科院科研处处长
	陈　　　朴	西藏社科院副研究员
	王　文　令	西藏社科院助理研究员
	阴　海　燕	西藏社科院助理研究员
	杨　　　丽	拉萨市委宣传部理论科科长
	其　美　江　才	拉萨市委宣传部宣教科科长
	刘　艳　苹	拉萨市委宣传部理论科主任科员

前 言

时间的礼物

那时正值唐末宋初，强盛一时的吐蕃政权崩溃，藏族地区从此陷入长达数百年的地方割据势力统治时期。这些大小政权长期征伐互噬，雪域众生饱经战乱之苦。就在这时，一位来自岭（灵）国的伟大藏族英雄应运而生。这便是目前得到学界较广泛认可的"世界雄狮大王格萨尔"的原型。

格萨尔降生在美丽的康巴阿须草原，自幼天赋异禀，之后更是勇猛精进，赛马称王后迅速统一了上岭、中岭、下岭三部，在黄河源头建立起了岭噶布政权，亦称"岭国"。此后数十年，他带领岭国将士南征北战，东讨西伐，渐渐统一了支离破碎的藏族地区，成就了一番惊世伟业。

格萨尔幼年顽皮好动，却又不忘自力精进；称王之后勇猛无敌，却又不失宽柔之心，因此很受属民爱戴。在他生前，吟游四方的说唱艺人就传唱着无数关于他和岭国将士四方征战的动人故事；他故去后，这些故事渐渐统一丰富，便形成了英雄史诗《格萨尔》的雏形。

《格萨尔》是古代藏族文化与口头叙事艺术的最高成就，它以岭国横跨百年、波澜壮阔的部落战争为背景，以岭国首领格萨尔为原型，由无数民间说唱艺人集体创作、加工、提炼，并世代承袭。因此，当它穿越历史风雨呈现在我们面前时，依旧生动传神。

《格萨尔》以诗文绚丽、词句优美著称，但它可不是一首朗朗上口、便于背诵的小诗，也不是一个短小精悍、利于传播的故事。《格萨尔》结构宏伟，卷帙浩繁，与《伊利亚特》《罗摩衍那》《罗诃婆罗多》并誉为世界文学艺术宝库中的"四大璀璨明珠"。而仅从字数上看，目前已发现的就有一百二十多卷、一百多万诗行、两千多万字，远远超过了其他三部史诗的文字总和，因而被称为"世界最长史诗"。

让人感到不可思议的是：这煌煌两千万言，完全是由说唱艺人一代代口耳相传保存至今的。《格萨尔》的演述艺人类型很多，有神授艺人、闻知艺人、掘藏艺人、吟诵艺人、圆光艺人等。

每逝去一位说唱艺人，《格萨尔》就将缺失无法修补的一块。在我们竭尽全力去记录、保存目前存世的《格萨尔》时，决不可忘却那些在历史的烈火与寒冰中，为《格萨尔》坚守了一生的说唱艺人。

这是一段每个藏族人从出生伊始就开始聆听的传奇故事。

这是一段无数藏族人用自己一生书写和保存的英雄史诗。

《格萨尔》是时间的礼物，聆听它，是我们的荣幸。

事实上，《格萨尔》的影响力早已超越了地域和民族。法国著名东方学者石泰安称它为"亚洲各民族民间文艺的宝库"，是研究青藏高原古代社会生活的"百科全书"，这说明《格萨尔》不仅仅是藏族人民的骄傲，也是整个青藏高原上各民族共享的文化瑰宝。因此，推广《格萨尔》不单是重温历史、抢救文化的客观要求，也是推动民族团结的必然之举。

另外，《格萨尔》并非单纯的历史巨著，它在揭示古代藏族人民社会生活的同时，也塑造了许许多多的普通藏族民众形象，他们或勇敢，或机智，或善良，或洒脱……这些早已深入人心的经典形象，不仅让《格萨尔》保有经久不衰的魅力，也为现代藏族人民的精神追求提供了不少启迪。

希望读者在领略格萨尔波澜壮阔的一生之余，也能感受到古代普通藏族人民的淳善与勇毅，并从中体会到人生于世的幸福奥义。

目 录

第一章
我将在世界倾覆时降生

极乐世界的人间倒影·002
遮蔽日头的，叫人心·004
一切都是最好的安排·007
转机！老总管的梦中预言·013
愿意相信，就是力量·016
那个名唤觉如的少年·019
人间不易，怨仇初起·023
为救世人而来，却为世人所误·026

第二章
无岸的行脚

九曲黄河第一弯·030
意外的雪，陌生的家·034
越世故，越相信天真预言·038
第一次叩问：谁识女人心·043
王者坐骑：天马江噶佩布·049
第二次试探：泪水的颜色·055
隆隆马蹄，袅袅桑烟·058
通往权力的征程·062

第三章
爱是缺口，亦是渡口

盛典，金座，王妃·068
刚冲破阴霾，又遇见雾霭·071
去与留：一波三折的离别·074
为佛法受苦者少，为情人渡河者多·079
意外的邂逅，注定的缘分·084
对付毒蛇心肠，要用苍鹰手段·088

第四章
有烟火，就有尘埃散落

永不餍足的人心·094
无望的等待·098
煌煌烟火，簌簌尘埃·104
变了容颜的故乡·112
缘分是最奇妙的征程·117
该抹去的抹去，该放过的放过·123

第五章
别和这个世界的黑暗玉石俱焚

贪暴意味着毁灭，而不是征服·130
每个男人心中，都有一场刀光剑影·133
一粒盐巴，一个少年·139
当暴戾屠尽世间鲜活生命·144

第六章
心中有只永不停转的经筒

四方最后一个魔王·152
晁通的自我"救赎"·155
献给你,最美的山赞·159
隔河相望的杀气·164
旭日下,一箭一刀·168
终不过一场大火·171

第七章
逃不过自己,跃不出轮回

为一个人,盗一匹马,犯一国家·176
吹火燃须,害人害己·180
无实之穗的高高头颅·183
利剑总有出鞘的时候·187
一场得不偿失的胜利·191

第八章
在世界凋零前,绝不独自萎谢

突如其来的噩兆·198
索波马城:纸老虎还是真雄狮·202
幻寺之战:真言的力量·205
雄狮也有打盹的时候·208
易讨的是对手,难缠的是自己·211

第九章
一场磕遍雪域的长头

抚不平的人心·216
同食山顶草,同饮河中水·219
山一程,水一程·223
除了日月无所拥戴,除了路石无须避开·227
磕遍雪域的长头·231

第十章
生如逆旅,一路涅槃

另一个"格萨尔"·236
像豹子一样带着花纹死去·240
人心有多少种恶,世间就有多少种魔·244

第十一章
把天地还给众生,把自己还给自己

今朝红颜,明日白发·250
请接受我的离去·253
不枉这趟人间行脚·257

主要参考文献·262

第一章
我将在世界倾覆时降生

　　极乐世界曾在人间有一处完美倒影：那里，千百部落如层云铺满天空，万千帐房如群星密布苍穹；那时，欲望不曾腐蚀人心，猜疑也尚未消解人情。但这一切，竟在一阵突如其来的妖风里消失无踪。既为斩除妖祸，也为救度人心，莲花生大师派神子推巴噶瓦降生人世。只是妖魔好除，人心难救，神子不仅屡屡被叔父晁通暗算，还受到族人的误解和排挤……

　　世界如人，亦有生老病死，诸般轮回。而在无尽轮回里，让世界一次次走向倾覆的，从来都不是妖魔鬼怪、地祸天灾，而是在利浸欲染中渐冷渐硬的人心。

极乐世界的人间倒影

"在南赡部洲中心偏东的位置，有一片雄伟壮丽的雪域。在广袤雪域的环绕下，有一处土地肥沃、百姓富庶的所在，那就是传说中的'岭噶布①'……"在西藏，这是一段家传户诵的传奇故事。每个在帐房间奔跑嬉戏的孩子，每个在马背上意气风发的青年，每个在酥油茶香中安度时光的老人，都曾在自己尚且懵懂，又对世界充满好奇的年纪，聚集在吟游四方的说唱艺人身边，听他们将这段穿越千年风雨的英雄史诗娓娓道来……

人生第一次，他们发现世界原来比眼前的草原更加广阔！

当他们抬头眺望骏马飞驰的牧场和牧场尽头的山丘，开始怀疑说唱艺人口中那宏大而又动人的故事是否过于夸张时，有经验的说唱艺人会微笑着整整衣冠，调调乐器，告诉他们："这，还仅仅是开始。"

是的，这仅仅是开始。

这不是一首短诗，也不是一个精悍的故事，而是一段绵延千里、横跨百年的雪域传奇。这段传奇发生在遥远的古代，那时，人们尚且视自己为"宇宙中心"，日月星辰都围绕他们流转不息。

在他们绘制的"世界地图"上，世界的中心是由金、银、琉璃和玻瓈②四宝所构成的巍峨壮丽的须弥山。须弥山周围海域则依次分布着四块大洲：东胜神洲、南赡部洲、西牛贺洲与北俱芦洲。四块大洲分别由东方持国天王、南

---

① 岭噶布：白色的土地，"噶布"意为"白色"。
② 玻瓈：非玻璃，而是一种类似水晶的物质。

方增长天王、西方广目天王和北方多闻天王守护。那时人们设想中的四块大洲各具奇异众生，而作为人类的他们只在南方增长天王的守护下占据南赡部洲一隅。

只是，这种划分地界时的"慷慨"并未彻底消弭人心深处的天然欲望。对于未知的敬畏虽有助于收敛欲望，但地理上的隔离难免加深心中的猜疑。所以，生活在南赡部洲的人类对其他大洲的生灵颇有顾虑：或是高妙难测的仙佛神祇，或是凶狠食人的罗刹[①]、夜叉[②]……即便是同样生活在南赡部洲上的人们，也常常因为交流不畅而产生芥蒂，甚至大动干戈、流血不止。

这是那个久远年代的显著特点：人们很容易地产生爱，也很容易地产生恨。

幸运的是，上天总是允许例外的存在：在南赡部洲中心偏东的位置，有一块叫作"岭噶布"，亦称"岭国"的土地。岭国幅员辽阔，分为上、中、下三部，上岭平坦宽阔、草色青青；中岭丘陵起伏、薄雾蒙蒙；下岭耀眼夺目、光洁如冰。在这风景秀美的岭国，千百部落如层云铺满天空，万千帐房如群星密布苍穹。藏族人民的祖先就生活在这里，他们安居乐业，幸福和睦。在这里，欲望不曾腐蚀人心，猜疑尚未消解人情。有人为此感慨："如果极乐世界在人间有一个倒影，那一定就在这雪域岭国。"

平凡里的美好固然值得歌颂，但真正流传千古的往往是苦难中的奇迹。如果岭国一直在上天的眷顾下风调雨顺，也许人们反而不会对它念念不忘——是的，就在这块备受眷顾的丰饶土地上，即将发生一场场绵亘千里、持续数年的激烈战争：奇伟的雄狮大王格萨尔、自私的达绒部落[③]首领晁通、贪婪的黑姜王萨丹……天地众生，人神魔三界都将被卷入这一场场荡气回肠的战争里，成为传奇史诗中的一个个头衔和名字。

[①] 罗刹：意为恶鬼，嗜食人肉。
[②] 夜叉：意为捷疾鬼，八部众之一，既会食人，又能护法。
[③] 达绒部落：岭国主要部落之一。

遮蔽日头的，叫人心

　　传奇战争固然令我们热血沸腾，但故事里每个鲜活的面孔往往更加动人。所以，在千军万马渲染出的宏大场面到来之前，不妨先将历史的镜头拉近一些，来看看这样一个早已被时光掩埋的冷清特写：

　　这天傍晚，岭国大总管绒察查根照例走出自己名为"莲花日出"的小屋——想到这个名字，他不禁觉得有些讽刺：住在"莲花日出"里，却有多久不曾看到莲花般光明灿烂的日出了？风和日丽的景致于他而言，早已是梦中才能重温的久远回忆。他怔怔地望着远方阴沉压抑的天空，默然无语。

　　"总管大人？大人！岭国几位首领邀您前去议事。"仆人噶丹达鲁在一旁轻声叫道。

　　绒察查根苦笑一声："如今还有什么值得忧心与劳神的呢？"

　　老总管不理政事许久，他就这样每天在帐篷外兀自发呆，吃完晚餐便早早睡去。连他自己都记不清自己这样失魂落魄多久了——可能是自那阵妖风吹来后的每一天吧。他用力地甩了甩脑袋，仿佛这样就能甩掉那阵妖风带来的鬼魅与恐怖。但作为岭国现任大总管，他清楚地知道，那阵突如其来的妖风肆虐了雪域的每个角落，蹂躏了岭国的每寸土地。无人可逃，无处可避。

　　想到这，绝望中的绒察查根不禁生出一丝愤恨，他怒目凝视苍穹："岭国众生究竟做错了什么，竟要遭受如此严酷的惩罚！"阴郁的天空自然没有任何回应，良久过后，老总管松开紧皱的眉头，渐渐恢复最初迷茫的眼神。仍在一旁候命的仆人噶丹达鲁见状无奈地摇摇头，转身离去。

　　有句俗谚说得好："牲口跑得太远，就会失去上天赐给它的牧场；话头扯得太远，就回不到故事出发的地方。"趁着绒察查根思绪万千的空当，我们不妨再将镜头向前推一推，来看看故事最初发生的那天的画面。

虽然岭国众生都不愿回忆起那天的恐怖情景，但这段后来流传千年、家传户诵的英雄史诗，正是从那个原本阳光明媚的午后开始的。那天下午，绒察查根刚和几个魁梧的岭国勇士打猎回来，马背上满载猎物，腰间藏刀血温尚存。收获颇丰的绒察查根望着漫山遍野的牛羊与忙忙碌碌的牧民，不禁在心中默默感念上苍的庇佑，祈祷这份祥和富庶永存岭国。

然而，仿佛是为了故意揶揄绒察查根，就在此时，突然间不知从哪里刮来一阵阴邪诡怪的狂风，吹沙走石，遮天蔽日，转瞬间便将整个岭国笼罩其中。"总管大人，怎么回事？这是什么妖法！"绒察查根身边骁勇善战的岭国勇士竟也没见过如此凌厉骇人的黑风，在马背上乱作一团。"快去帮助牧民！有人受伤了！"绒察查根眼见远处牧民的帐房东倒西歪，老人小孩无助地哀号着，连忙招呼身边的勇士去帮忙，但他很快就发现：这阵风是如此狂暴，无数妖魔夹杂其中，他们甚至自身难保。

有人说，这阵风源自妖怪对岭国土地的觊觎；有人说，这阵风源自魔界对神界的挑衅；还有人说，这阵风是上天对岭国众生的考验。但剖析与总结是历史学家的工作，而真正身处"历史"中的普通人，能做的往往只有默默承受。人们不知道"天降妖风"的寓意和警示，他们只知道，这阵风不但裹挟着无数妖魔鬼怪作乱人世，还以蛊惑神智的魅术侵扰人心；他们只看到，蔚蓝的天空日日阴沉，碧绿的草原渐渐枯萎，就连原本善良和睦的牧民也被蛊惑得利欲熏心，争执不断。一时间，岭国硝烟四起，民不聊生。

苦不堪言的岭国众生在大总管绒察查根的带领下向上天虔心祈祷，天神降示：要驱除妖风、降伏魔怪，就要召集众生做三场宏大的驱邪降魔法事。谁知，坠魔容易入道难，岭国王室中有人受妖风所惑，早已做尽坏事。自知罪恶深重、难逃制裁的他们便暗中作梗，百般阻挠法事的进行。人心不齐，天神也爱莫能助。最终，降魔法事没能顺利完成。

绒察查根心知降魔的机缘一旦错过，不仅妖魔会更加猖獗，岭国众生的和平希望也将被推迟多年。因此，他才终日伤心忧虑，直至失魂落魄。

其实，阅历丰富的绒察查根很清楚，那三场降魔法事即便成功，岭国也很难恢复到之前如极乐世界般的美好境地。因为，魔一旦侵入人心，就再难被彻底驱除。自私、贪婪、猜疑、妒忌……这些种子一旦萌发，就会和人心紧紧缠绕在一起，这哪是几场驱魔法事就可以轻易解决的问题呢？无尽轮回里，让世界一次次走向倾覆的，从来都不是妖魔鬼怪、地祸天灾，而是在利浸欲染中渐冷渐硬的人心。

鬼魅妖风依旧持续不停，莲花日出仍然不见踪影。上天当真全然抛弃了雪域吗？绒察查根怔怔地忧愁着，雪域岭国静静地等待着。

一切都是最好的安排

当我们面临人力无法抗拒的灾难时，除了向上天祷告，似乎别无他法。但祈祷并非弱力者怯懦的投降书，它更多的是一份竭力保存的希望火种。所以，那些在灾难面前默默祈祷的人，其实是在用自己卑微的姿态向世界执拗地宣告：我们尚未放弃！

只是，当灾难轰然崩塌至眼前的时候，要想依旧坚信"上天自有安排"，这实在不是一件易事。在巨大的生存压力和朽坏的世道人心面前，有多少人能坚守信念、静候天晴呢？在干涸的河床上行走的人，不会相信遥远的山谷里，一场沁人心脾的大雨，即将来临。

幸好，这世界并不全是由缺乏信念的人所构成。

在遥远的"山谷"里，的确有一场润泽万物的大雨正在酝酿！见大地受四方妖怪侵扰，众生受各路魔王残害，观音菩萨心中不忍，便向极乐世界的主宰阿弥陀佛请示：

> 极乐世界的主宰阿弥陀，
> 请观望不净轮回的地方！
> 您的慈悲向来没有偏向，
> 请给雪域众生一道佛光！

阿弥陀佛是法力无边的横三世佛①之一，他微微转动颈项，观音菩萨便得到一道指路的金光。阿弥陀佛向观音菩萨开示："在三十三天②之境里，王父梵天威丹噶尔与王母曼达娜泽有一位王子名唤德却昂雅，德却昂雅的儿子名唤推巴噶瓦③。推巴噶瓦将会降生在人世间，教化众生，带领岭国子民脱离恶道苦海，重享安宁喜乐。请你前去拂尘洲，将我所说的话告诉莲花生大师④，他自知如何去做。"

拂尘洲属于罗刹的领地，坐落于此的莲花光越量宫自然也是雄伟庄严的所在。到了这里，就是阎罗也要惊惧，纵使梵天也要退缩，即便魔王也要避让。但是，为了雪域众生，观音菩萨的步履没有丝毫犹豫。为了避免不必要的麻烦，他化身为一个罗刹小孩，辅以佛光护体，安然前行。守城的罗刹将士颇具法力，他见这个罗刹小孩神色自若，不似普通人，便拦住其去路。

观音菩萨称有要事禀报罗刹王白玛陀称，罗刹将士轻蔑地笑道："罗刹王哪是你想见就能见的？有什么事对我说就行了。"观音菩萨并不动怒，他耐心解释道："俗语说：五谷丢在草地上哪会长出庄稼，种子撒在田野里才会结出硕果。此事必须亲告白玛陀称王，劳烦您通报一声。"

罗刹将士不料这"小孩"看似天真，却巧舌如簧，一时语塞。碍不过脸面，他又对观音菩萨几番刁难，但都被观音菩萨一一巧言化解。罗刹将士越听越奇，忍不住运起法力望去，却怎么也看不透这个小孩的底细，只能隐约看出一道柔和的护体佛光。他心知来者不善，便停止讯问，急忙进宫禀报白玛陀称王。白玛陀称王是莲花生大师的诸般变化之一，莲花生大师为传教弘法，经常会根据时境做出不同变化。罗刹民众凶恶异常，他便化作威严的罗刹王白玛陀

---

①横三世佛：主管中央娑婆世界的释迦牟尼佛，主管西方极乐世界的阿弥陀佛，主管东方琉璃光世界的药师佛。

②三十三天：须弥山顶的三十三个天国的统称。

③推巴噶瓦：意为"听到便产生喜悦之情"，预示苦难中的众生终于等来了希望。

④莲花生大师：佛教史上最伟大的大成就者之一。公元8世纪入藏弘法，创立西藏第一座佛、法、僧三宝齐全的佛教寺院——桑耶寺。他不仅邀请大德入藏，还亲自译经教经，创建显密经院道场，奠定了藏传佛教基础，被后世尊称为"大宝上师"。

称。此刻，他正端坐在宝座上静静冥想。

罗刹将士禀报称有一"非人非魔"的罗刹小孩前来觐见，白玛陀称王早知事情的来龙去脉，但又不好直接向手下泄露天机，便笑言："善哉！俗语说：'作为上师，只要信徒思过，比对他百般布施还要欢喜；作为长官，只要百姓忠实，比对他奉送百礼还要高兴；作为国王，只要吉兆频现，比获得百样财宝还要满意。'今天是吉日，这亦是吉兆。你去宣示：今日神龙土地与八部众生①，无论是谁都可以见我。"

罗刹将士领命而出，那小孩却不见了踪影，只在地上留下一株八瓣金莲。罗刹将士捡起那金莲细细端详，只见每瓣花蕊上分别写着"嗡""嘛""呢""叭""咪""吽""誓""啊"，还能兀自发声。罗刹将士惊诧莫名，捧着金莲打算带给白玛陀称王。哪知刚踏入宫殿没两步，他手中的金莲便突然化作一道白光钻入其胸口，罗刹将士立刻心如明镜，观音菩萨的开示从其口中朗朗而出：

在这莲花盛开的国度，
阿弥陀佛带来佛光；
在这上品莲花的宝库，
变化大王敬请思量。
在那千里冰封的雪域，
在那雪山环绕的岭国，
妖风骤起，鬼魅横行。
有形妖魔使人受疾苦，
无形鬼怪叫人入歧途。
拯救众生洁白莲花，
唯有神子推巴噶瓦。

---

① 八部众生：即天龙八部，分别为：天众、龙众、夜叉、乾达婆、阿修罗、迦楼罗、紧那罗和摩睺罗伽。

> 嗡嘛呢叭咪吽誓，
> 该是他降生之时！

观音菩萨的开示犹如久旱后的甘霖，润泽人心，白玛陀称王听罢顿觉无限喜悦，他朗声回应道：

> 善哉呵观音菩萨，
> 闻声解脱迷雾退散，
> 仿佛众星环绕的明月，
> 犹如草原拥戴的雪莲。
> 当诸佛事业集此一身，
> 当胜者智慧聚此一处，
> 雪域众生必将脱离苦海，
> 岭国万民终会到达彼岸。

隐身于宫外的观音菩萨听见白玛陀称王的回答，满心欢喜地离开了。

此时，罗刹将士恢复神智，这才得知刚才的罗刹小孩竟是观音菩萨的化身。作为罗刹国的守城小将，这样的际遇颇为难得，他回过神后不免细细地揣测起两位天神的应答之语。但他越想越疑惑：作为高高在上的天神，他们在解救人世危难时，为何不直接运用自己的无边法力呢？阿弥陀佛为何要假手于白玛陀称王？白玛陀称王又为何要借助神子推巴噶瓦之力？殊不知，这正是大部分普通人在苦难中缺乏自救能力的根本原因：他们总是期盼外力介入，一劳永逸，却不愿依凭自己，稳扎稳打。但所有法力通天的神祇，哪个不是脱胎于漫长而艰苦的自我修持？

对天神来说，真正的一劳永逸，不是斩妖除魔，而是救度人心。

为此，唯有让神子推巴噶瓦降生为格萨尔，用几十年的风雨洗练，几万里的征途雕琢，才能完成对岭国众生的彻底救度。白玛陀称王左思右量，最终决定在初十这天让神子降生。吉时来临，白玛陀称王坐定后口中默诵佛法，顿时，从他的头顶发出一道神光。神光分作两道，一道射入法界普贤胸口，另一道射入圣母朗卡英秋玛胸口。法界普贤被神光射中后胸口现出一支金刚杵，金刚杵立刻钻进了天神王子德却昂雅的头顶，德却昂雅便成了"马头明王①"。圣母朗卡英秋玛被神光射中后胸口闪出一朵十六瓣红莲，这朵红莲飘到天女居玛德泽玛的头顶，她便成了"金刚亥母②"。

  化身为马头明王的德却昂雅和化身为金刚亥母的居玛德泽玛双双入定，十方如来将他们的法力注入金刚亥母腹中，顷刻间，一个闪耀着神光，透露着威严的孩子在八瓣金莲的环绕中降生了。这孩子便是后来降生为世界雄狮大王格萨尔的神子推巴噶瓦。神子刚一诞生便念诵起百字真言与开示因果的歌谣：

> 唵嘛呢叭咪吽誓！
> 五佛③世尊请开示：
> 雪域众生千千万，
> 忧惧困苦日日叹。
> 掌权者害怕地位降低，
> 老百姓恐惧赋税差役；
> 暴戾者忧心事业不完美，
> 弱力者伤怀世界不慈悲；
> 富人担心财富不常驻，
> 穷人苦于生活不温足。
> 没有佛心的愚人：
> 不要骄纵要谨慎！

---

①马头明王：藏传佛教最重要的护法神之一，是威严法力的象征。
②金刚亥母：一位神格较为复杂的女性神祇，在藏传佛教噶举派中被视为女性本尊之首。
③五佛：又称五智如来，是毗卢遮那佛、阿閦佛、宝生佛、阿弥陀佛和不空成就佛的统称。

> 长官不能将因果颠倒，
> 强者不该让弱者哀号，
> 富人应供奉与布施，
> 慈悲精进才能如意！

莲花生大师听到神子的歌谣，知道该为他灌顶授记了。莲花生大师口中念诵真言，身上闪耀佛光。一时间，毗卢遮那佛、阿閦佛、宝生佛、阿弥陀佛、不空成就佛受其感染，纷纷为神子灌顶授记。毗卢遮那佛为其正式取名推巴噶瓦，阿閦佛为其洗浴身体，宝生佛为其穿戴整齐，阿弥陀佛将金刚杵赠予其右手，不空成就佛将白色银铃赠予其左手。五佛之后，诸神也纷纷为神子灌顶加持[1]，令他拥有无量功德，只待时机成熟便降临尘世，教化众生。

这就是绒察查根期待已久的莲花日出，也是岭国众生最后的希望。

---

[1] 灌顶：藏传佛教中最基本、最重要的宗教仪式之一，代表佛法与修行经验的传承。加持：以佛力庇佑信众。密宗认为，大日如来以慈悲护佑众生，此为"加"；众生得以接受大日如来的护佑，此为"持"。

转机！老总管的梦中预言

岭国老总管绒察查根并非凡胎，他本是八十四大成就者之一古古日巴的化身，岭国三十位英雄以他为首，岭国三十个头人以他为先，岭国三十个掌权者以他为冠。面对外敌，他一呼百应；面对内讧，他一言定邦。然而，再崇高的声望，再坚实的权柄，也无法阻滞恶念侵扰人心。这对绒察查根而言，其实更甚于风云变色、地裂天倾。

这天，绒察查根像往日一样早早睡下了。很难得，这次他没有辗转反侧，而是安然进入梦乡。但这注定不是一个消解疲劳的平静美梦，不一会儿，他便隐约觉得天亮了，继而看到东边的玛杰邦日山顶上居然出现了一轮金色的太阳！定眼望去，太阳的正中间似乎还有一支金刚杵。不待他凝神细究，金刚杵便倏然飞落到岭国中部的吉杰达日山顶上。

绒察查根还没从金色太阳的光耀里回过神，皎然如银的月亮又升上了天空。这自然也不是平日的月亮，它不偏不倚，在众星环绕下静悬于曼阑山顶。就在这日月辉映的壮景里，绒察查根看到自己的弟弟森伦手持白顶金把的奇异大伞，从天边慢慢走来。那大伞西至大食邦合山，东抵汉地战亭山，南达印度日曼，北笼霍尔运池湾，甚是奇伟。

绒察查根张口想向弟弟一问究竟，却被另一个威严浑厚的声音打断："普陀落山日生辉，总管起身莫再睡；若要阳光照岭国，我唱你听勿言说！"绒察查根寻声望去，西南天空一片云彩上，有一位戴着莲花冠、骑着白狮子，右手执金刚杵、左手拿三叉戟的上师，在一位身着红衣、头戴骨饰的女子牵引下缓缓而来。

绒察查根不敢怠慢，凝神静听。那位上师朗声唱道：

> 丁酉孟夏初八，
> 岭国将现吉兆！
> 贵如凤凰，傲似蛟龙；
> 威如鹰雕，猛似狮虎；
> 上自上师，下至民众；
> 十三日东方发白之时，
> 聚于玛迦林神庙之中。

绒察查根听闻岭国将有吉兆，暗自欣喜，神情愈发恭谨。接着，上师又将聚会须行之事一一告知："以金木玉柏为材，建祭房十三栋；以战神大旗为中心，竖吉祥之旗十三种；以多闻子大氅为志，建召福法事十三门……"在西藏，十三是代表吉祥与神圣的"神数"。古老的雍仲苯教①中，天有十三层，享誉世界的布达拉宫亦是十三层，尚未降生的格萨尔，其一生更是与十三形影不离：十三位王妃，十三位护法神……如果此时岭国真有吉兆将至，那自然也少不了神数十三的护佑。

神秘上师向绒察查根交代完具体细节，还向他允诺："这吉兆就藏在雪域岭国，只要依言而行，必定能为岭国求得重生之机。"说完上师就和红衣女子飘然离去，日月星光也随之隐匿。绒察查根急得大喊起来，结果却只惊醒了自己——原来，刚才奇幻的一切只是梦境！

虽是做梦，绒察查根醒后的态度却很慎重。上师的话还铮铮回绕在耳畔，有种难以抗拒的威严与肃穆，让他不敢不信——这既是一个濒临绝望之人对救命稻草的孤注一掷，也是一个虔诚信徒对慈悲神迹的衷心顶礼。

绒察查根连忙将仆人噶丹达鲁唤来。噶丹达鲁见老总管穿戴整齐地端坐在

---

① 雍仲苯教：简称"苯教"，是辛饶弥沃如来佛祖所传的教法，也被称为"古象雄佛法"。

宝座上，语气也不如平素和缓，不免暗生狐疑。正如古谚所说：

> 巍巍雪山若是塌了一方，
> 狮子就要出山寻食，
> 百兽将不能安宁；
> 雄伟高山若是云遮雾缭，
> 大雨就会滂沱而来，
> 天空将不再晴朗；
> 长官若是从宝座起身，
> 任务就会接踵而至，
> 仆从将不再安宁。

不容噶丹达鲁细想，老总管开口道："仔细听好！我刚做了一个世代先祖都不曾耳闻的吉梦，我甚至不敢相信岭国众生是否有福消受得起。"

历史往往只铭刻那些成就了一番丰功伟绩的英雄豪杰，却有意无意地漏掉了在这份荣耀背后默默付出的"凡人"。我们当然会记住若干年后四方征战、叱咤风云的雄狮大王格萨尔，但我们同时也应该记住，现在正为岭国众生的幸福捧着一颗拳拳之心的老总管——绒察查根。

愿意相信，就是力量

老总管不是唯一一个受到吉梦启示的岭国人，住在噶吾色宗有权势的大人杰唯伦珠、睡在"腾学公古"大帐房的有福分的富人敦巴坚赞都梦见了非凡的奇景。到了神秘上师预言的十三日这天，老总管绒察查根、杰唯伦珠、敦巴坚赞三人齐聚扎喜果勒会堂。自那阵妖风袭来，岭国已很久没有这样的盛会了。兴奋之余，老总管并未忘却应有的礼仪，他虔诚地念道："为应和天上星宿吉兆，我撑起八轮宝盖；为了匹配地下座位吉祥，我铺上八瓣莲垫；为了彰显人间功德光耀，我挂起吉祥八宝[①]。"

接着，老总管便将自己梦中的奇遇向他们仔细禀告了一遍。他的话让众人眼前一亮，杰唯伦珠忍不住催促说："若无信仰，难得加持；若无福报，难得财宝；若无耕种，难得粮食；若无努力，难得成功。为这天，我们已经等得头白心焦，还不赶紧召集岭国六大部落，举行盛大的庆祝仪式！"

宏伟而光明的愿景，是世间最神奇的力量，它不仅可以令人在饥馁困苦中竭力坚忍，还能让分崩离析的人心重新凝聚。吉兆传开，岭国各部族在满怀憧憬的喜悦中摒弃前嫌。在他们齐心协力、不分你我的忙碌下，祭祀招福的会场很快便准备好了。老总管望着比草原鲜花还要繁茂的帐房，比天上密云还要浓

[①] 吉祥八宝：又叫吉祥八相，由象征佛陀教诲权威的"宝伞"、象征解脱与永生的佛陀之眼"金鱼"、象征吉祥清净与智觉圆满的佛陀之喉"宝瓶"、象征至洁至清之修行正果的"妙莲"、象征声名涤荡三千世界的佛陀之语"右旋白海螺"、象征爱情献身与智觉开悟的"吉祥结"、象征解脱烦恼与得悟正果的"胜利幢"，以及象征佛法轮转不息的"金轮"组成。吉祥八宝多被刻画在墙壁与木雕上，这里老总管挂起的则是画有吉祥八宝的慢帘。

厚的烟柱，还有穿着节日盛装的人群，迈着优美步伐的马匹……一时间竟有种时光倒流、回到从前的错觉。他在心底默默念诵起妖风来袭那天自己未竟的祈祷："愿上苍永护岭国众生，愿佛陀常佑人间种种。"

而这一次，老总管的祈祷不是被妖风，而是被宣告盛会开始的海螺声打断。

人心若齐，天地也为之动容。就在岭国的祈福盛会一片欢歌笑语时，端坐在莲花光越量宫的莲花生大师亦有所感应，他知道神子降生，教化众生的时机到了，于是向神子推巴噶瓦施行教诲：

> 天空若是晴朗，
> 日月哪能赋闲？
> 疫病若是肆虐，
> 草药怎能闲居？
> 爱憎若是纠缠，
> 凡人如何休息？
> 男子汉，莫丧气，
> 此教诲，要牢记！

神子推巴噶瓦虽知吉时已到，不该拖延，但第一次领命下凡的他难免有些踟蹰："男子汉即便再有胆识，要想打败敌人，还是得靠武器。俗话说得好，'长官要靠属民壮大声威，上师要靠僧众烘托地位，富人要靠福分保持富贵，勇士要靠武器杀敌夺魁'，再辽阔的天空也要当心乌云蔽日，再稳固的大地也要留意山神妒忌。"

莲花生大师听到神子推巴噶瓦的忧虑，不禁凝神思索：推巴噶瓦此去拯救众生，自然需要成就事业的诸多条件。我要为他挑选一个土地肥沃、属民纯良的出生地，还有在德行上能与之匹配的父母家族才行。

莲花生大师运起神力，睁眼望向雪域：上部阿里有雪山环绕的普兰，岩石包裹的古格，湖川封护的芒域——这是著名的"阿里三围"；中部有寺院林立的藏如、卫如、约如和叶如——是为"卫藏四如"；下部则是高山纵谷密布的色莫岗、擦瓦岗、马康岗、绷波岗、玛扎岗和木雅热岗——俗称"朵康六岗"。此外，广袤雪域还有四条大河、四座大城、四片牧场以及四处秘地。

然而，这些地方都不适合神子降生。

莲花生大师定神再看，突然发现在朵康六岗的中心部位，有一个叫岭国的地方，上岭有八大色巴、中岭有文布六部落、下岭有穆姜四部落。而在中岭与下岭交界处，有一个十善俱全、权势兴盛的部落，那正是幸福之日兀自升起的地方！就是这里了！

"降生部落"千挑万选，"父母家族"自然也不能马虎。莲花生大师首先想到的是雪域六大最古老的氏族：直贡的居热氏、达隆噶司氏、萨迦昆氏、法王朗氏、琼布贾氏以及乃东拉氏。可惜，这些古老的氏族缺乏教缘。莲花生大师又想起当时最著名的九大氏族：嘎、卓、咚三氏；赛、穆、董三氏；班、达、扎三氏。九大氏族名望、教缘俱足，神子应当降生在这里。大师仔细一算，果然，岭国就有一个穆布冬族姓，此家族小女儿江穆萨生了个儿子，叫森伦。森伦天性善良，又宽柔温顺，实在是神子人间生父的不二人选。

至于神子的人间生母，莲花生大师决定到龙族当中寻找。龙族是力量的代表，而龙王邹纳仁庆的小女儿梅朵娜泽正是最好的人选。她若降临尘世，自然会得到战神九兄弟和马头明王的保护，神子的教化之路将更加顺利。

一切俱足，只待吉时。

回溯神子降生前的种种机缘与漫长准备，我们不免感叹一声：好事多磨！的确，祈愿如同孕子，既要有虔诚的初心，还要有苦等的耐心。而对于法力广大的神祇来说，欲解红尘疾苦，救除世间困厄，也需要一颗恒常的愿心，一套细密的思行。

人神有别，殊途同归。

愿意去相信，持久地相信，这是一切凡人或神佛得以自救，以及救人的根本力量。

那个名唤觉如的少年

在广袤的青藏高原上,有一个极特殊的地方,那里满地都是耀眼的"钻石"。

在这里,草地不再因身披柔软绿袍而怡然自得,天空也不再为身着缥缈蓝裳而神色骄傲。因为一切的光彩,都被遍布山间,如钻石般闪耀的一千一百四十五颗大大小小、形态各异的"海子"抢去。这里,就是位于四川省甘孜藏族自治州稻城北部,被称作"天外星球,千湖之山"的海子山。"海子"即"高山湖泊"的意思,海子山一带的湖泊规模与密度,都是中国之最。

然而,这样奇伟惊艳的地貌,还不足以打动我们的主人公。

翻过平均海拔四千五百米的海子山,继续向北,有一片平坦而丰茂的草原。蜿蜒的雅砻江从绿毯般的草原上切过,将其分割成两块巨大的"铺毡"。这里,就是传奇而美丽的阿须草原。这里的传奇,将由即将诞生的格萨尔用英武之姿书写;这里的美丽,只能用最动人的诗句描摹:

> 两水交汇,青青蔚蔚,
> 两岩相对,箭羽落垂,
> 两坪静铺,如毡如蒲。
> 前山如大鹏搭窝,
> 后山如斑虎怒吼;
> 左山青岩如碧玉,
> 右山红岩似烈焰。

这片丰茂祥和的草原上，有一户富庶人家。家里的男主人叫森伦，岭国大总管绒察查根是他同父异母的兄长；家里的女主人叫郭妃娜姆，又叫"郭姆"，但这并不是她的原名，她本是龙女梅朵娜泽——正是莲花生大师为神子挑选的人间生母。神人自有神迹，他们家的乳牛，只有郭姆亲自去挤，才会有奶汁。而且无论晨昏，牛奶总也挤不完。人们因此口耳相传："吉祥如意的白色乳牛，竟有一百三十个奶头；非龙女无人能挤，非石桶不能承受。"

森伦温顺善良，郭姆高贵聪慧，草原上的牧民都从心底里羡慕这户幸福人家，他们栖居的帐房也被称为"四门福院"。然而，纵是拥有万福的贵人，也难免有缺憾。森伦与郭姆唯一的缺憾，就是他们还没有孩子。

一天晚上，郭姆恍惚间做了一个怪梦，梦里有一位神秘的喇嘛对她轻语道："在你帐房附近，有一块青蛙似的巨石，赶紧搬到它附近居住，自有福报！"郭姆将这个怪梦告诉了丈夫，宽厚的森伦欣然应允。只是，神秘的喇嘛并未告诉郭姆，这吉祥福报要等到何时才能应验。他们搬到蛙形巨石旁后许久，生活虽然富足安乐，却依旧平淡无奇。

人们大多向往宁静祥和的生活，而宁静祥和的生活又总是过得飞快，不免让人在幸福中徒增唏嘘。这天，郭姆照例在饭后到湖边散步，清澈的湖水柔波缓缓，一如她波澜不惊的岭国生活。烦闷无聊中，她用手掬起一捧湖水浸在脸上，清洌之气扑面而来，总算让她感觉畅快了些。她望着湖水中的倒影，蓦然想起自己已经离开龙宫三年了，思念的歌声情不自禁地哼唱出来：

> 不唱歌可不行，
> 不唱歌情难禁；
> 欢心时唱歌众人皆乐，
> 忧虑时唱歌独自忐忑。
> 在这陌生的岭国，
> 我似孤儿苦伶仃。
> 已有三春不曾听龙音，
> 金座上的父王可知情？

人们误以为传奇故事里的人物在面对"天降大任"时，总是满心喜悦，欣然领受。但除了智慧圆满的仙佛，又有谁能彻底了悟因果？不知福报因果，却要亲历苦行，想必不论是谁，都难免心生怨念。郭姆边唱边流下苦闷的泪水，泪水化作珍珠，沉到幽深的湖底。

做父母的哪有不心疼孩子的？龙女的父亲，龙王邹纳仁庆感受到小女儿的思念与苦闷，于是化作一位骑着青色良驹的青面男子，来到女儿面前，亲切地说："女儿，请不要埋怨父王，这是你难以逃避的命运。金色太阳绕行四洲，黑暗夜色障蔽明月，这是日月各自的宿命；草原随春秋改变颜色，石山不分冬夏永远洁白，这是草原石山各自的宿命。我的三个女儿，两个留在龙宫，一个降临人世，这也是你们各自的宿命。"

离开前，龙王不放心，便送给女儿一颗如意宝珠，叮嘱她贴身保存。郭姆捧着宝珠，感受到一种家的温暖，不知不觉竟在湖边安然睡着了。其实，我们从亲人那渴求的，从来都不是丰厚的馈赠，而是发自内心的关切。只要心有所安，即便远走天涯，也不会如浮萍般无所依止。

心安，便一切顺遂。郭姆很快就迎来了一生中最重要的时刻。三月初八晚上，郭姆梦见一个金甲黄人立在身边，一支金刚杵发出"嘶嘶"声响，径直钻进了她的头顶。第二天醒来，她只觉浑身畅快，就连日常饮食都不用再吃了。就这样又过了九个月零八天，等到虎年腊月十五这一天，郭姆突觉身体与往日不同，变得像棉絮一样柔软，内外透明，无所蔽障。天人相应，天空亦有异象，彩虹频现，苍龙飞舞，雷声轰鸣中降下美丽花雨，郭姆的帐房则被一团彩云笼罩。

郭姆感到腹痛难忍，她从帐房里艰难地爬出，慢慢坐上门口那块蛙形巨石，同时两脚用力蹬踩，以缓解疼痛。但是，郭姆并非凡体，由于用力过猛，她竟将蛙形巨石蹬裂，劈成两块，被蹬裂的岩石上还留下了两个深深的脚印。

不一会儿，郭姆便生出了一个让人一见就欢喜的孩子。

森伦的另一个妃子汉妃看到郭姆帐房的异兆，赶来查看。她见郭姆的怀中抱着一个充满灵性又十分可爱的婴儿，不免忧喜交集。她带着郭姆一起，将婴儿带给了自己与森伦的儿子——协鲁尼玛让夏。协鲁尼玛让夏天生聪颖，英武异常,人称"奔巴·嘉察协噶"。嘉察抱过孩子仔细端详半天,开心地说:"我终于有弟弟了!他刚出生便有三岁孩子的体魄,像金翅鸟一样,必非凡子!"

刚出生的神子似是与嘉察兄弟相应,他一见嘉察便猛然坐起,手舞足蹈,一脸高兴。嘉察也万分喜爱,把脸贴在弟弟脸上,高兴地说:"兄弟齐心,无人能挡!我弟兄二人将来无论做什么,都必定马到功成!这个弟弟,就先叫他觉如吧。"觉如,就是猛然坐起的意思,他的降临之于岭国众生,正是一个醍醐灌顶般猛然觉醒的契机。

只是,从契机演化为福泽,正如从婴孩成长为英雄一样,漫长而艰辛。

人间不易，怨仇初起

在古代，宗族概念明晰，长幼有序，一家生了孩子，别家自然有人欢喜有人愁。觉如的叔叔晁通就是忧愁的那一个。他心里算计：他们家族在曲潘纳布氏时期分长、仲、幼三系，然而不同于其他家族的是，他们家族的各分支之间并无上下之别。但自从汉妃生下英武的嘉察以来，幼系的力量便日渐强大，如今郭姆又生了一个不凡的孩子，若不及时将其除掉，自己这支必然再无出头之日。

人心难测，为了锱铢利益，有人竟能割弃血缘之亲！

就在觉如诞生的第三天，晁通带着掺有剧毒的白酥油团子和蜂蜜等食物来到郭姆的帐房。酥油是西藏饮食"四宝"之一，藏族人民逢年过节，或是家有喜事，如嫁娶生子等，都离不开用酥油制成的各种点心。晁通带来的白酥油团子正是其中一种做法。

晁通装作心怀安慰的样子恭贺道："哈哈，真是可喜可贺！郭姆的儿子便是我的好侄儿，才生下三天，身体便和三岁孩童一样，这是天生英雄的征兆！我作为叔叔，特地为他准备了些干净的素食，赶紧给他吃了吧，他将来定能叱咤风云！"说罢，趁郭姆招呼其他宾客的空当，晁通偷偷把带来的食物让觉如全部吃下了。晁通暗自得意：这么多的甜食油脂别说一个婴儿，就是成年壮汉也难以消化，更别提还涂上了剧毒之物，这个孩子死定了！

然而，左等右等，觉如却一点儿异样都没有——原来，觉如天生拥有智慧神力，早将晁通的把戏看在眼底，但碍于宗族关系，他只是悄悄将毒物化解，并未当面拆穿晁通的阴险诡计。

奈何觉如有宽恕之德，晁通却无容人之量。

一计不成，晁通又生一计。他想起苯教妖士贡巴热杂，贡巴热杂专修钩夺众生魂魄的法术。晁通向郭姆谎称："这个孩子天难覆、地难载，必须请一位有大修行的喇嘛来给他灌顶，以期福寿。此事不宜久拖，我这就去请，你们先在这里铺上干净的毯子准备迎接。"

晁通以为自己心思缜密，做事滴水不漏，岂知这一切都被觉如早早看穿。望着晁通匆忙离去的笨拙背影，他对母亲说："今天就是我降伏贡巴热杂的好时机，帮我拿四个石子来。"贡巴热杂并非泛泛之辈，他的法术十分强悍，收到晁通的请求后，他从自己的修行室起身，一路向觉如的帐房走来。每行到一处山口，他便口念一声"拍"，保护觉如的卫士、龙王、护法神均被一一拍散。就在他得意地行到帐房门口时，觉如抛出四个石子，化作九百个白甲人，九百个青甲人，九百个黄甲人，九百个空行神兵，将贡巴热杂团团围住。贡巴热杂哪见过这般阵仗，仓皇间只得夺路而逃。觉如不给他任何机会，立刻追上，将其击杀。

除掉妖士贡巴热杂，觉如玩心大发，化作贡巴热杂的样子去找晁通"领赏"。晁通家有一根妖魔献给象雄苯教贤人的手杖，名叫"姜噶贝嘎"。这件宝物只要念动真言便可快步如飞，行止如意。觉如此行一来为了教训晁通，二来便是收回这件散落在人间的宝物。晁通听闻觉如已死，大为高兴，又禁不住"贡巴热杂"的威胁，几番争执后只得悻悻地交出了宝物。

第二天，晁通见郭姆照例挤奶放牧，神色若常，毫无丧子之痛，越想越可疑，便来到贡巴热杂的修行室一探究竟，却发现这里的洞门早已被毁。晁通略通法术，他变身为一只老鼠进去查看，赫然发现贡巴热杂暴毙其中。晁通惊惧莫名，连忙向外跑去，却被觉如堵了个正着。觉如一脚将变身为老鼠的晁通踩住，戏谑地说道："这只老鼠状容可疑，行迹鬼祟，必是妖魔化身，我还是把它杀掉吧！"

听到这话，晁通吓得浑身发抖，却发现自己竟然无法变回人身，只得开口讨饶："尊贵的贤侄觉如，我是你的叔父晁通啊！都怪叔父一时糊涂，你是神子化身，慈悲为怀，请不要记恨在心。"害怕觉如痛下杀手，他又急忙补充道:"你说什么我都答应!"

初通人事的觉如听到晁通怯懦的求饶声,不免有些心软:"叔父,你之所以恢复不了人形,是因为对岭国产生了黑心。你若发誓从此不再心存贪念,我便让你真身还原。"

晁通为了保住性命,自然满口答应。觉如虽然神通广大,但初降人间,对人心并无多少防备。他见晁通誓言已成,便使其还原成人形,自己也心满意足地回到了母亲身边。

殊不知,这次宽柔的放生,却为觉如自己的一生,埋下了重重波折。

不得不说,那还是一个相信誓言的时代。在那个时代里,善于欺骗的人总是如鱼得水,优哉游哉,因为他们获利的成本是如此之低:一句谎言,就可以换一条性命。然而,那些相信誓言的人都是天真的傻子吗?面对居心叵测,他们为何还要执着地选择相信?也许,这是因为,誓言不仅是对别人抱以信任,更是对自己充满信心——你可以毁约,你可以失信,但我不能放弃自己的善良初心。

在那个相信誓言的时代里,觉如选择的不是利弊,而是他自己的初心。

为救世人而来，却为世人所误

怀着对世界的悲悯与对自心的坚守，觉如在岭国度过了一生中最平淡顺遂的四年。虽然这四年中他免不了要为剪除各路妖魔而四处奔走，但至少，他并未遭受比叔父晁通更冷酷的人性鞭笞。

就在觉如降生岭国第五年这一天的黎明，他在梦中再次得到莲花生大师的授记：

> 大鹏的幼雏若不腾飞，
> 六翅俱足有何用？
> 兽王的子孙若不登山，
> 三艺圆满有何用？
> 降生的神子若不教化，
> 神通无敌有何用？
> 你在美丽岭国降生，
> 将去黄河之畔居住。

莲花生大师唱罢，又俯身在觉如耳边叮嘱半晌。觉如将莲花生大师的开示一一记在心中。他知道四年蛰伏期已过，该是他走向更广阔天地的时候了。觉如受命降生，自知肩上重任，但归根结底，他现在还只是一个孩子。油然而生的使命感淡去后，觉如望着熟悉的草原与帐房、常伴的山石与牛羊，不免心生疑虑。

奈何，命运冷厉，常常由不得人心踌躇。

就在觉如思揣犹豫之际，岭国首领们却为他的去留召开了一场秘密会议。原来，初临人间的觉如在这四年里，不知不觉就触犯了岭国的规矩法度。他在降伏几处小妖时变幻的凶恶形象让牧人害怕，晁通也伺机在人群中散布流言。很快，人们口耳间的觉如已经变成了"红脸罗刹"的恐怖形象。

虽然岭国人人都知道觉如是神子降生，但期望越大，失望之后的怨怒也就越强烈。觉如降生四年，他们依然生活在水深火热里，纵然时有小妖被除，但世道人心并没有丝毫改变。久而久之，敬畏与期待就变成了猜忌与愤怒，再加上种种可怖的传言，所以不少人提议干脆将觉如赶出岭国。

会上，老总管尚未开口，晁通便急不可耐地站了起来："一定要将觉如赶出岭国！他以人肉为食，以人血为饮，以人皮为毡。不要说牧人见了害怕，就是罗刹也会惊惧，夜叉也会变色。"晁通不遗余力地诋毁觉如，恨不得借助部落的力量将他立刻铲除。

在晁通添油加醋的渲染中，几位缺乏主见的小首领也附和道："总管大人，我也曾听牧民反应，这觉如时不时变成红脸罗刹的样子，甚是吓人！"

"觉如本是神子降生，有诸般变化有什么稀奇？"说这话的是觉如的哥哥嘉察，他拍着胸脯为弟弟做担保，"古语说得好：要对付妖魅恶鬼，必用雷霆手段。觉如是在为岭国做善事，我们可不能让他寒心！"

晁通闻言轻蔑一笑："你是他的哥哥，自然为他说话！"

嘉察本是岭国青年勇士中最为英武桀骜的一位，哪里受得了这种猜忌，他当即拔出身配的藏刀丢在地上，傲然说道："神明为鉴，我嘉察从未在雪山脚下说过一句假话，亦未曾在草原之上留下一句妄语，我愿以性命为觉如担保！"

嘉察顶天立地的气魄让众人暗自称赞，就连晁通也为之一滞，一时竟想不到应对的话语。

见众人争执不下，对觉如期望最高的老总管也有些左右为难。就在这时，一位牧民的哭诉声突然从帐外传来。老总管派人探问，那牧民竟声称觉如又化为妖魔模样，吃掉了他的两个孩子。

消息传来，在座岭国众英雄无不哗然，就连本来向着嘉察的几位首领也纷纷倒戈，要求严惩觉如。众怒难犯，老总管只得下令即刻驱逐觉如母子。殊不知，那牧民其实是晁通事先安排的一个亲信。

再强大的法力，也敌不过诡诈的人心。

由于惧怕觉如的神通，首领们召集了百位手执利刃的勇士以及百名负责撒灰诅咒的女子。面对气势汹汹的众人，又想到莲花生大师的开示，觉如心知是时候出发了。他首先宽慰母亲："自己的事情自己解决，这比长官的批文珍贵；自己的事情自己做主，这比象征高位的金座珍贵。我觉如上无长官，下无属民，即便世人皆与我为敌，又何足惧？我们走吧！哪里的太阳暖和，哪里的土地安乐，我们便往哪里去！"接着，觉如又对人们高声说道："善良的岭国人，我觉如从未做过伤害你们的事，你们以后便知。我走后，你们当依善业行事，弄清是非曲直。"

说罢，觉如便和母亲一路向北走去。一路上，喇嘛们吹螺号诅咒，但螺声不似驱逐，而像迎接；勇士们勉力射箭示威，但箭镞不似威胁，而像敬献。嘉察带来的糌粑也像雪片一样纷纷飘落在郭姆手中的绫带里。糌粑是游牧生活中最方便携带的食物，牧民们出远门时，腰间总会挂一个糌粑口袋，饿了，就从里面抓一把糌粑吃。糌粑虽然算不得多么美味，却是艰苦放牧生活中难得的享受。但此刻，糌粑却成了嘉察能为觉如母子准备的唯一的送行礼物。

这是一场人性对善良的悲壮驱逐，也是一次信念对自我的肃穆朝圣。

穿过这段漫长的驱逐之路，觉如将在那片叫作玛麦玉隆松多的土地上继续历经磨难、蓄力成长，也将在那里一战成名，赢回万人敬仰。而此刻的这些螺号与箭镞，也许只是在预演他加冕时的鼓声阵阵，彩箭连天。

第二章
无岸的行脚

岭国突降大雪，经百日而不停，人们无奈之下只能向觉如借地迁居。虽有前怨，但双方一时也相安无事。觉如十二岁这年，在天母朗曼噶姆降示下，他巧用假预言令晁通举办赛马大赛，以定夺岭国王位与美女森姜珠牡归属。觉如担心森姜珠牡不够忠贞，便对其屡加试探……

神子为救人心而生，却屡为人心所误，难免对人心颇有戒备。从这点来说，此时名唤觉如的神子也只是个心性如常的普通少年。他的这趟人间孤旅，将注定是场无岸的行脚。

成败吉凶，都只系于自己脚下。

九曲黄河第一弯

黄河自巴颜喀拉山发源，裹挟浩渺烟云，汇千溪，纳百川，一路浩然东行，却在青藏高原东部边缘陡然折返，仿佛远游浪子眷恋母亲似的回首西行，在绕了一个四百三十三公里长的大弯，将此地一万多平方公里的广袤草原搂入怀抱后，才决然地继续向东奔腾而去。

这里，就是传说中的九曲黄河第一弯。

在黑河与黄河结伴东行的交汇处，有一块叫作玛麦玉隆松多的土地。这里本是草原上风景最优美的花海，亦曾是岭国小部落最理想的牧场。行吟者曾在这里留下过最美的诗句：如同给一匹骏马系上了脚绳，这里是美丽的玛麦玉隆松多。对面如同珊瑚般瑰丽的沙丘，那里是金色的西玛昂热。只是，在那阵妖风袭来后，这里却成了妖魔逞凶、煞神横行之地。

这里，就是觉如和母亲被迫迁居的土地。

远望岭国，近视瘠土，觉如的母亲不免心生悲凉，每日在繁重的劳作中叹息不止。觉如虽然同样失落，却无暇自伤，因为就在离他们住处不远的堪隆六山上，有一群惹人厌的地鼠精。它们挖开了山顶黑土，咬断了山腰灌木，吃尽了嫩草无数。于是，美丽的草原尘土飞扬，牧民的牛羊也纷纷饥馑而亡。

这群地鼠精并非散兵游勇，它们由鼠王扎哇卡且、扎哇米茫和鼠臣扎哇那宛统领，比一般的山妖难对付得多。觉如几次以神力驱动巨石袭击堪隆六山，都未能使其伤筋动骨。都说射人先射马，擒贼先擒王，觉如心知必须先铲除地鼠的三个头目才行。

这天，觉如化身为一只普通地鼠模样，悄悄潜入堪隆六山。

"站住！你要去哪儿？"山下守卫的地鼠拦住了觉如的去路。

觉如眼珠急转，沉声回道："我是大王派出去打探消息的，最近不知打哪儿来了一个颇具神通的小子，搅得我们日夜不宁，大王便是派我前去查看其虚实的。"

"有没有什么消息？这小子到底什么来路？"地鼠守卫这几日被从天而降的巨石搞得颇为狼狈，听到觉如的汇报忍不住问道。

"快别说了，赶紧带我去见大王！再晚那小子就要跑了！"觉如装作很紧急的样子。

地鼠守卫不知有诈，连忙带着觉如进入隐秘的山洞，七绕八拐之后来到三个地鼠头目栖身的地方。见时机已到，觉如不加迟疑，在自制的抛石器①里装入三块石子，并以咒语将其甩出。一阵雷鸣般的轰响中，三块石子不偏不倚，分别击中鼠群的三个头目，三鼠应声暴毙。觉如趁机再次降下漫天石雨，剩下的地鼠没了指挥，顿时乱作一团，纷纷死在坠石和踩踏里。

没了地鼠的祸害，玛麦玉隆松多的草原终于渐渐恢复了旧日的水草繁茂。

鼠害易除，人祸却依然横行。觉如居住的那一带属于旷野荒郊，无人为主，却又是各地商旅通行的必经之路，所以常有不少强悍的霍尔强盗出没其间。各路商旅虽自备随从护卫，奈何霍尔强盗武艺高强，又善于埋伏，所以商旅们总是防不胜防，损失惨重。

这天，上拉达克的三位大商人带着七十余名伙计，两千多匹骡子，驮着装满金银绸缎的箱子前往中原。这些货物几乎是他们的半数身家，不容有失，所以一路上他们小心翼翼，甚至晚上都不敢生火取暖，生怕招来强盗。

"穿过这座山谷，后面就是一马平川的大路了。大家打起精神来！"领头的商旅吩咐道。然而，众人尚未来得及应答，巨石滚落的轰隆声便突然传来。不少商旅和伙计不及躲避，被砸得头破血流。马匹受惊后不受控制，发狂乱窜，无数珍宝货物散落一地。

就在这时，几十个手持利刃的霍尔强盗仿佛从天而降，瞬间冲入商队之

---

① 抛石器：又叫抛石绳，藏名乌尔朵（音译），是藏族牧民普遍使用的一种放牧工具。在历史上，它也曾被用来狩猎、防身和占卜，等等。

中。不知道这是他们第几次在此拦劫了，只见他们不发一言，只是亮着银闪闪的藏刀，见人就砍。转眼间，十几个护卫的伙计倒下了。三位大商人招呼众人拼死抵抗，却终究力有未逮，渐渐不支。

就在商旅陷入绝望时，一个看着只有七八岁大小的孩子突然出现在了争斗的人堆里，没人注意到他是如何出现的。他像是凭空而来，又像是从一开始就站在那里。

狠戾的霍尔强盗可不管他是不是小孩，上去就是一顿乱砍。但让他们惊异的是，他们那杀人无数的锋利藏刀竟然完全无法穿透他看似柔嫩的皮肤。惊惧莫名的霍尔强盗极力挥动着手中的兵刃，放弃围攻商旅，向那小孩一拥而上，却依旧不能伤他分毫。

不消说，这个刀剑不侵的孩子正是前来保护商旅的觉如。觉如以一己之力轻松降伏霍尔强盗，保住了他们的货物。三位大商人拖着伤痕累累的身体向觉如千恩万谢，并坚持要将财物分给觉如一半。觉如婉拒了这份厚礼，他说："从此之后你们无论到什么地方，我都会保护你们。但是，我不需要你们的财物，如果你们想报恩，请到黄河湾的玛卓鲁古卡隆，帮我修筑一座宫殿，一切费用由我出。"

商旅见觉如神通广大，又对自己有大恩，便欣然从命。

后来，又有几拨商旅遭抢，觉如同样将他们救下。就这样，帮他修筑宫殿的人越来越多。开工时，觉如发给他们一口袋糌粑、一包酥油、一袋茶叶、一包肉和一包面，并告诉他们："如果我发给你们的食物吃完了，你们就可以回来——即便没有完工也没关系。"觉如的好意让商旅们干劲十足，结果直到宫殿完工，这些食物都没有吃完。宫殿建成后，商旅们继续行商。由于觉如的妥善保护，他们的生意一直很顺遂。

导致草地毁坏的鼠患被消除，威胁安全的强盗被吓阻；牧民安心放牧，商旅坦然行路，久而久之，这片草原渐渐热闹兴盛起来。望着眼前日渐祥和丰茂的土地，郭姆将平素紧锁的眉头舒展开来，这让作为儿子的觉如十分欣慰。觉如将这里当作自己的第二故乡，更加用心经营。

在这片土地，时间有时是停滞的。许多格萨尔时期的山川，今天仍是旧时模样；很多格萨尔时期的盛景，今天依然繁茂瑞祥。觉如苦心保护与经营的这片草原，至今仍沐浴在绵延千年的福泽里。如今，它仍是亚洲最优良的草场之一，其独有的欧拉羊、阿万仓牦牛以及河曲藏獒均享誉世界。而这三种"特产"，都与幼年的格萨尔——觉如息息相关。

依照流传甚广的传说，高大耐寒、肉质优异的欧拉羊和阿万仓牦牛都是觉如迁徙到黄河湾之后培育的；而"畜牧甲天下"，声名远播的河曲藏獒则是觉如放牧时用来保护牛羊的牧犬。此外，适应性强，既能爬高山，又能行草地的河曲马也是觉如带给当地人的礼物。后来他成为格萨尔，四方征战，所向披靡时，他神勇的军队骑的就是河曲马。

至今，人们依然感念格萨尔的馈赠与护佑，他们用媲美《格萨尔》的诗句唱道：

草原上的露珠，
亲吻过格萨尔的马蹄；
雪山上的雄鹰，
聆听过格萨尔的呼号；
山谷里的溪流，
洗涤过格萨尔的征尘；
蓝天上的白云，
见证过格萨尔的神勇。

每逢草原盛会，这里还要举行《格萨尔》千人弹唱，以遍地鲜花为音符，用满天彩霞作旋律，尽情歌颂格萨尔的不朽功绩。琴声悠扬而振奋，场面蔚为壮观。当然，八岁的觉如听不到这来自千年之后的赞颂，他只是安心于保护草原牧民，孝顺母亲。闲暇时，觉如也像个真正的孩子似的四处看看走走：山间、草地、黄河、清溪……

他细细留意着草原青青绿浪里的人世变迁，虔心聆听着黄河汹涌波涛里的岁月起伏。

意外的雪，陌生的家

黄河湾在觉如的护佑下水草丰美，人丁兴盛。而另一边，将觉如逐出岭国的人们却无福享受这份祥和，他们正在遭逢一场重大变故。从那年十月初一开始，突然而来的大雪便日夜不停地笼罩着岭国。很快，岭国一片雪白，人畜消隐。严重时，路边的大树在厚雪掩埋下都只能望见树梢。

最让人绝望的是，这雪一点儿要停的迹象都没有。

老总管自然是最着急的，他担心这雪再下下去，岭国的人畜恐怕一个都保不住。他们必须马上迁居！他派了四位勇士，分别往四个方向寻找宜居之所。四人里，唯有往黄河湾方向去的勇士，看到了大雪尚未覆盖的沃土，其他三人连走数日都不见雪停。

命中注定，岭国人要和觉如再度狭路相逢。

前往黄河湾的勇士仔细查看了那里的地形地貌：澜沧江、金沙江和查水三条河流与黄河交汇而出；黄河源头桑钦科巴、黄河腹地卢古则热、黄河下游拉隆松多，以及玉隆噶达查茂等地均是草色青墨，风景宜人。他粗粗估算，那些牧草让岭国六部的牛羊连吃三年都吃不完。

不过，随意迁居至有主之地是会引发战争的，而现在的岭国人可负担不起残酷的战争。出于谨慎，他拦下几个过路的商旅问询："请问这里的主人是谁？若要借地栖居，该向谁说？"

商旅们如实回答："此地从前荒野一片，无主无奴，还常有强盗出没。后来有一位名唤觉如的神奇少年，他法力通天，神威无限。得他保护，依他教化，我们才有今天。你们若有所求，当去寻他。"

勇士忐忑不安地把这一消息带回了岭国。岭国众英雄听后无不沉默不语。当初正是他们联手赶走了觉如母子，如今去向他求助，他会答应吗？只有嘉察得知弟弟无恙后，暗自欣喜。但表面上他叹道："现在唯有黄河湾无雪，而那里的主人又是觉如。觉如的举止与乡俗不合，思想与众人殊异……"说到这，他顿了顿，饶有兴味地观察着众人的窘态。

自私自利的晁通似乎完全忘了自己才是赶走觉如的"祸首"，他忍不住接口道："前尘往事过了就过了，大英雄哪里会计较这些小事？你是他哥哥，你若带着礼物去求他，他定会答应！"

早料到晁通会把责任推向自己，嘉察面露难色道："我一个人去求情恐怕无济于事，不如岭国六部均派一位代表和我共同前去！"嘉察此举自然是希望为当初被逐的觉如找回些面子。在生死存亡之前，几位首领哪还顾得上脸面，于是连忙应允。

嘉察领着岭国其他五部的代表向黄河湾行来。觉如料知此事，早早在一处险要的关隘候着，打算杀杀这些"好汉"的傲气。他手执抛石器，远远挡住了他们的去路："你们是哪里来的盗匪，竟敢闯我觉如王的领地！我这石子是战神的武器，你们小心人头落地！"他一边说一边抛出冒着火星的石子，将两面山崖砸得粉碎，众人在轰隆声中吓得纷纷跌落马下。

担心同伴受伤，嘉察立刻从怀中掏出一条雪白哈达，大声呼唤着他从前对觉如的爱称："阿吉觉吉，我是哥哥嘉察！与我同行的还有岭国五位勇士。请收起法力，我们有话与你说。岭国被雪覆盖，人畜皆遭饥馑，恳请觉如贤弟，借出黄河宝地。"

觉如毕竟少年心性，听到哥哥的呼唤，恶作剧的快感瞬间消退。不等嘉察说完，觉如早已收起武器，跑上前去抱住了哥哥："原来是哥哥和岭国的亲人！没有认出，请勿见怪！我们母子生活在这强盗出没、妖魔横行的地方，只能处处小心。"

这话里当然还是有一点儿对当初被逐的怨念，不过等觉如把嘉察一行人领回家，尽情叙旧之后，便彻底忘却了往日的恩仇。他赶紧为哥哥和亲人献上了美味的酥油茶。藏族地区温度低，人的肌肤常被利刃般的寒风割伤，而温暖美味的酥油茶则是最好的驱寒良药。不论是远来的客人，还是经常走动的亲友，只要一踏进主人的家门，首先捧到面前的就是香喷喷的酥油茶。

觉如兀自开心地忙碌着，从彩色的橱柜中取出干净的茶碗，摆到哥哥和其他几位岭国英雄座前，然后小心地捧着装满酥油茶的茶壶，将它放低，轻轻摇晃几次，好让沉淀的酥油与茶水再度融合，之后才一一倾倒在他们的茶碗中。依照传统习俗，客人每喝一次，主人就要添一次，随喝随添，保持茶碗常满常温，以示周到。客人饮茶也有讲究，不能太急太快，更不能喝出声响。最好是轻轻吹开茶上的浮油，分数次喝到剩一半左右，等主人添上，再继续喝。客人若是喝得太急，会被视为"毛驴饮水"，没有教养。另外，在别人家里喝酥油茶不能喝一碗就起身告辞，一般以三碗最为吉利。西藏有句"一碗成仇人"的俗谚，说的正是此意。

哥哥嘉察与诸位岭国英雄依礼连喝三碗酥油茶后，最后一碗并未喝干，而是留下少许，寓意酥油茶永远喝不完，财富盈满充足。觉如除了为他们献上美味酥油茶，还送给他们每人一条"吉祥圆满"哈达、一枚金币，同时爽快地答应了他们迁居黄河湾的请求。

在觉如的护持下，黄河湾水草丰茂，一片祥和。草尖上开着娇艳花朵，草腰间沾着晶莹露珠，草根里聚着芳香的酥油。那里有勇士潇洒奔腾的大道，那里有女人欢快购物的市集，那里还有赛马安心休息的草滩……除了这些，觉如还召集各路商旅建造了一座美丽的四层宫殿。

而这一切的一切，觉如全部无条件地赠予了岭国众生。他和母亲，则依旧居住在小小的帐房里。世人视他如妖，他却以佛待之。这就是觉如，这就是他选择的救世之道。

十二月初十，岭国人马全部迁徙到了黄河湾。觉如一改往日黄羊皮帽、牛皮衣服、马皮靴子的"落魄"形象，头戴礼帽，身穿礼服，脚踏新靴，以气势庄严而又不失神采飞扬的语调唱道：

黄河湾则拉色卡多，

天似辐轮地似莲朵，

> 这是长官居住的领地，
> 属于长系色氏八兄弟；
> 黄河湾的白玛让夏，
> 麋鹿跳跃野牛打架，
> 这是勇士居住的地方，
> 属于仲系文布六帐房；
> 黄河中游则拉以上，
> 芳草青青野花竞放，
> 这是首领居住的地方，
> 属于我的叔父总管王。
> ……

就这样，觉如依照岭国各部落的不同特点，将他们划分到不同领地。这结果人人欢喜，家家满意。十二月十五日这天，觉如打开库房，搬出了金质释迦牟尼佛、白螺观音菩萨、自然长成的松耳石度母①，还有诸般法器，供奉在香楼上，吩咐人们虔心朝拜。自此，岭国六部众生与觉如冰释前嫌，共同在黄河湾开始了崭新的生活。

人心历来是个奇怪的所在，在那里，美好的回忆常常偃旗息鼓，仇怨的愤怒却终难刀枪入库。然而，觉如坚信：在这易嗔怒、似火山的人心底处，始终保有一块清净洁白的沃土。只要他能秉持自己的救世之心，穿越怒气阻隔，忍受妒火炙烤，安抚恐惧利刃，就能最终抵达人心底的那片清净祥和之土。

---

① 度母：又称多罗菩萨，为"三世诸佛之母"与"一切众生之母"，藏传佛教有著名"二十一度母"，其中包括白度母、绿度母等。

越世故，越相信天真预言

巍巍青藏高原山川壮丽，美景遍地，让无数游人过客为之痴迷。但偶尔驻足欣赏是一回事，真正扎根生活则是另一回事。稀薄的空气，紧缺的资源，多变的气候……要想在这片看似澄澈的蓝天白云下悠然生存，其实一点儿也不容易。

但这件不容易的事，藏族人民做到了。在悠悠而过的千万年时光里，藏族人民不仅顽强地生存了下来，还孕育出独具魅力的青藏高原文化，引得无数人将之视为净化身心的圣洁之地。而这生存的延续，文化的孕育，都离不开一种和藏族人民同样坚韧的生命，那就是——马。虽然牛羊同样在漫长的岁月里同藏族人民结下了不解之缘，但相对而言，人与马有着更深远而稳固的彼此认可——这种亲密的生命关系是其他动物所无法企及的。

马既是青藏高原上必不可少的交通工具，也是人们生活中无比依赖的忠实伴侣。藏族人民需要马，信任马，尊敬马，甚至崇拜马。时光回溯到最为久远的时代，那时佛教尚未进入雪域，构筑藏族人民精神世界的是苯教信仰。苯教视马为人与神之间的"通神之物"，勤恳地往返于天界与人间。所以，马不仅负荷着藏族人民的货物，承受着藏族人民的身体，还运载着藏族人民的信仰，倾听着藏族人民的愿望。

将马视为"通神之物"的观念一直到佛教入藏后也不曾消弭，藏族人民理所当然地在其神灵系统中为马保留了一席之地，这就是觉如即将化身的马头明王。在佛教壁画上，马头明王马头人身，威猛异常，擅长摧妖伏魔，是藏传佛教最著名的护法神之一。马头明王是威严法力的象征，旧密法中就有关于马头明王的专门修持教法。

这天，晁通就在家中修持马头明王之法——屡次在觉如的高强法力面前仓皇无措的他深知提升自身实力的重要，但他不知道的是，此刻觉如正躲在一旁饶有兴味地观察着他。

"这个权欲熏心、屡教不改的叔父啊！"觉如暗自叹道，"这次活该你掉入圈套！"

原来，自从人们搬到水草丰沃的黄河湾之后，几年间大家各自忙碌，一时相安无事。不知不觉间，觉如已经是十二岁的英武少年，他并不贪恋被人占据的丰茂草原，而是独自在玛麦玉隆松多除魔卫民。但一个人能力再大，孤军奋战的作用毕竟是有限的，唯有掌握最坚实的权柄，得到族人的齐心拥戴，才能完成最宏伟的事业，耕种最持久的福祉。所以，藏历铁猪年寅月初八这天，天母朗曼噶姆为觉如带来新的开示：

青青之苗，禾秆再高，
若不能结果实，
也只配做饲草；
朗朗苍穹，星星繁众，
若无明月照耀，
夜色依然暗蒙；
昂昂觉如，神明祈祝，
若不执掌权柄，
世间依然泥泞。

天母还对本性纯真的觉如具体交代："孩子啊，你要幻化成马头明王的模样去给晁通降下预言，让他赶紧举办岭国赛马大会，胜利者将得到岭国王位和最美的姑娘——嘉洛家的森姜珠牡。告诉他，不要担心被别人抢去风头，他的玉佳马会助他轻松称王。"

这便是觉如所说的"圈套"了。觉如遵照天母的指示悄悄来到晁通住处，趁他修法到半夜，昏昏沉沉之际，变成一只具有灵性的乌鸦，以不容置疑的语调向晁通唱了一支预言歌：

> 莫再昏睡，晁通王！
> 我乃护法神马头明王；
> 速速准备赛马大会，
> 胜者赢得岭国王位，
> 还有美丽珠牡姑娘；
> 晁通王莫失天赐良机，
> 骏马玉佳会助你称王。

和骏马稳定且单一的坚勇形象不同，乌鸦在文化历史中的形象一直以多变、模糊而著称。它时而庄重神圣，时而聒噪狡诈，让人难以捉摸。在藏族文化中，乌鸦的形象先后经历过多次反差巨大的变化。苯教时期，乌鸦和其他动物一样，被视为具有灵性的神物，是人神之间沟通的渠道，直到这里和其他地区的文化不断交流融合，乌鸦"不祥""诡异"的象征意味才渐渐超越其神性，占据上风。但人们依然相信，乌鸦的叫声是可以借以卜算吉凶的。

不过，究竟是吉是凶，就看每个聆听者自己的修行了。

晁通听到预言歌，立刻睁眼张望，只见那只乌鸦已经悄然隐没至他所供奉的马头明王神像中去了。他欣喜若狂地起身向马头明王神像连连叩首，他相信是自己修行的诚意打动了马头明王。起身后，他连忙吩咐王妃丹萨去准备赛马大会的事。

与得意忘形的晁通不同，丹萨对这突来的"喜讯"感到忧虑，她冷静地提醒晁通："大人，您忘记当年天神的预言了吗？觉如将成为岭国之王，这是人人皆知的事。您可不要因为一只半夜啼叫的乌鸦就决定逆天而行啊！"。

然而，多年来一直觊觎岭国王位又贪财好色的晁通哪里听得进去这些话，他厉声呵斥丹萨："别啰唆，让你去办你就办！达绒部落是你做主还是我做主？"隐身在一旁的觉如见他不仅自己主动跳进圈套，还心急地叫身边人为他扎紧圈套的口袋，不觉莞尔。

第二天，当太阳为雪山戴上金冠，当清风为草原披上柔衫，岭国诸位英雄和战将在各部属勇士的簇拥下，威风凛凛地应邀赴会。见众英雄齐聚，晁通的家臣阿盔塔巴索朗便伺机向众人宣告了昨夜的马头明王预言，并向大家询问最佳的赛马日期。当然，他的宣讲里隐去了"马头明王"预言晁通将称王的部分。害怕别人没听清楚，他又大声唱道：

> 珠牡是岭国美女，
> 王位是岭国权力，
> 要靠能力去获得，
> 要凭快马去赢取。

嘉察等人一听就明白了，晁通多年来觊觎权势和美女，他是想通过赛马大会合法地登上岭国王座，合理地占有森姜珠牡。众人虽然清楚晁通心里的小算盘，但一时也无法反驳这冠冕堂皇的说辞。他们将目光转向老总管绒察查根。老总管暗揣："多年前神明曾开示我，神子将在十二岁时夺得赛马的彩注，犹如东山顶上升起金色太阳。莫非就是今天？"

想到这里，老总管紧锁的眉头舒展开来，他朗声说道："赛马的彩注没有不妥，但有两点需要明确：一则此乃岭国多年难逢的盛会，又决定着至上权柄岭国王位，因此必须通知到岭国的每一个人，人人有权利参加这场赛马大会。"他特意强调了"人人"，一旁的嘉察心领神会，适时建言："请大家不要忘记我的弟弟觉如。觉如为岭国做了多少好事，我们却无故地处罚过他。这次若不将他叫回来参加赛马，那我也不再参加！"

晁通此时只想着能立刻举行赛马大会，其他的都不在意。虽然他对觉如的神通法力颇有忌惮，但转念一想："觉如不过是个十二岁的孩子，就算赢了，也会毫不珍惜地把彩注送给别人，到时候自己巧言一番即可。"想到这，他便答应了嘉察的建议，其他人自然也无异议。

老总管接着说道："第二点，就是时间。俗话说：糊涂女人在冬天乳酪冻结时选择搅拌，不但搅不出酥油，反而将手冻坏；糊涂男人在冬天冰天雪地上赛跑，不但分不出快慢，反而使自己摔跤。现在天寒地冻，哪里适合赛马？将赛马日期定在温暖的五六月间吧！"

时间定下后，就只剩下赛马的始终点了，此时晁通的儿子东赞朗都阿班早已忍耐不住，他不像父亲那般老成世故，他不掩张狂地说："我们岭国都是宝马良驹，若是赛马路程太短，必会遭他族嘲笑。所以，我们应该把起点定在印度，终点定在中原，让岭国的赛马大会名扬天下！"

大家都觉得东赞的口气太大，有人讥讽道："既然要举办一场名扬天下的赛马大会，那为什么不把起点设为碧空，把终点放在海底，并用日月星辰为彩注呢？我们岭国的男女也应该去空中观看赛马才是！"

听了这番戏谑之语，大家都捧腹大笑。东赞羞红了脸，却又无话可说。晁通则在一旁脸色阴晴不定，他心里愤怒地想："等我坐上王座，有的是机会收拾你们！"

经过最终商议，赛马大会的起点定在阿玉底山，终点则在古热石山；时间是在夏季草肥天暖时节；所有岭国人都可以参加。事情定下后，每个人都对此满怀期待。人们吃着像甘霖一样的果实，喝着像河流一样的茶酒。小伙子们唱起欢乐的歌，姑娘们则随着歌声跳起动人的舞。

趁着人们酒足饭饱、手舞足蹈之时，晁通也忍不住高歌道：

马儿是快是慢，在于草和水；
男人是强是弱，在于修和行。
在这白色大帐中，
不分贵贱人平等，
上至贵公子，下至叫花子，
人人有参加赛马的权利，
人人有夺得王位的契机。

晁通最擅长口蜜腹剑，他口口声声说赛马是为了岭国事业，其实不过是为了一己私心。而宣扬人人皆可参与，也不过是拉拢人心的惯用手段罢了。但他不知道，任他机关算尽，很多事，却并不是人力所能决定的。

诚然，人心多有所图——权势、美色、财富等，却难以一一餍足。久而久之，我们就会变得势利，甚至世故。但可笑的是，越是老成世故的人，越是容易相信"天上掉馅饼"的美事。因为他们花了太多精力去算计别人，却对自己缺乏清醒的认识。

倒不如做个纯真的懵懂之人，由冥冥中的机缘牵引，身心清澈，永沐光明。

第一次叩问：谁识女人心

赛马大会的路程与时间均已确定，岭国的汉子个个摩拳擦掌，跃跃欲试。但和母亲独自居住在玛麦玉隆松多的觉如呢？谁去通知他这件大事？老总管惦记着他们母子二人，思来想去，便派森姜珠牡前去通知觉如——毕竟，他们早已注定是夫妻。

森姜珠牡本是能为一切众生赐予长寿的白度母的化身，她心地善良，惹人怜爱，见过她的岭国小伙子都说："光明的太阳比起她来也嫌暗淡，洁白的月亮比起她来也嫌无光，艳丽的莲花被她夺去了光彩，瘟神见了她也将唯命是从。"所以当森姜珠牡成为赛马大会的彩注之一时，所有人都为之激起一腔热血：王位算什么？权势又怎样？即便只为这美丽的姑娘，也要拼了！

森姜珠牡收到老总管的指令后十分开心，毕竟，谁愿意嫁给晁通那个卑鄙的糟老头子呢？而且，当初在岭国驱逐觉如时，她曾穿透觉如幻化的凶恶形象，见过他圆满洁净的真身。能嫁给这样一位通天彻地的英雄，是每一个岭国姑娘的梦想。

森姜珠牡很快便收拾好东西出发了，但这注定不是一段坦顺的旅程。

当她行至一片杳无人烟的荒郊时，天色突暗，她以为要变天，便急忙打马快步前行。就在这时，一个骑着黑马的高大黑人突然出现，他手执黑色长矛，横在森姜珠牡马前。黑人并不说话，只是仔细地打量着眼前这位美丽的姑娘。见黑人没有行动，森姜珠牡便鼓起勇气，瞪着一双水汪汪的大眼睛小心地审视他。这个黑人面如黑炭，目似铜铃，狰狞可怖，一般人若是见此异貌，早已吓得三魂出窍，六神无主，但森姜珠牡早知此行不易，为了完成使命，她已经做好了最坏的打算。

　　黑人沉默良久，终于开口道：

此乃夹庆瑶梅珠库，
吾乃柏日尼玛坚赞。
敌人的肉是我的小菜，
敌人的血是我的好酒。
我不知何为慈悲，
我从来说到做到。
你体态婀娜似天女，
你满身配饰如繁星。
给你三条路选择——
上策给我当娇妻，
一身饰品仍然归你；
中策给我做情人，
骏马饰品却要离身；
下策只能做冤魂，
什么都得给我留下。

　　森姜珠牡听了黑人强盗这番话，知道自己在劫难逃。她心想："一个清白女子怎能做强盗之妻？"她没有太多犹豫，决定誓死抵抗，以身殉节。这样一拿定主意，她反倒没那么害怕了，她坦然闭上双眼："你不如这就将我杀死！"不料半天过去，仍不见任何动静。她睁眼一看，这黑人仍像先前一样端端地看着自己，却并不动手。此时，森姜珠牡忽又燃起求生的希望，她对强盗说："要珠宝，可以给你，要首饰，也可以给你。可马匹不能给，情人不能做，伴侣更别提。我还有大事要做，你若是好汉，请放我弱女子一条生路。"

　　听完森姜珠牡的诉说，黑人强盗竟也不多加阻拦，他说："既然如此，我就饶了你。等你办完事，第七天早晨的时候，把你的首饰和马匹送到这里。为证明你的诚意，请先把你的金指环交给我，我这就放你过去。"

森姜珠牡一听，毫不犹豫地把金指环交给了黑人，这黑人黑马顿时消失在荒野尽头。

森姜珠牡心有余悸地继续赶路，半晌过后，天色忽又明朗起来，对面出现一座沙岗，沙岗上远远望去有几个人正忙作一团。生怕那个黑人强盗反悔，森姜珠牡急忙朝他们打马而去。到了跟前，只见为首那人正闲适地倚在一块大石边休憩，其他人则在整理行囊，烧制酥油茶。

森姜珠牡被酥油茶的香味吸引，正觉有些饥饿，但她仔细一看，却被为首之人的相貌彻底俘获了所有心神。"世间竟有如此英俊的少年！"森姜珠牡叹道。她在岭国从未见过拥有这般样貌的青年，只见他肤色像海螺肉一样洁白细嫩，双颊像涂了胭脂一样红润。除了颜容俊美，服饰华丽，他的举止也甚是端雅，实在让人着迷，森姜珠牡忍不住看了又看。

爱情是最奇妙的机缘，它总是在人最意想不到的时候牵摄你的全部心神，打乱你的所有计划。森姜珠牡的心被眼前这美少年深深地吸引住了。她忘了身处何时，忘了身处何地，忘了自己要去哪儿，有什么使命——她甚至连自己也忘了。她只是睁大双眼，怔怔地站在那里。

但那个英俊少年似乎并没有觉察到她的存在，只是自顾自地发呆。这是森姜珠牡从未遇过的尴尬，在岭国，别人会为了争着和她说一句话而打架，会为了博她一笑而不惜决斗。可眼前这个少年，却只是悠闲地摆弄着手里的干草棍，对她竟然视若无睹。

站立半晌后，森姜珠牡渐渐感到从未有过的屈辱——在这美少年面前，我还不如一根干草棍？自尊是人心最后的底线，它强令爱慕的潮水退却。森姜珠牡拨转马头，打算离去。此时，美少年却意外地开口了："这位姑娘请留步！"

森姜珠牡似是被施了法术般，瞬间止住了脚步："有……有什么事吗？"

也不知是否听到森姜珠牡低喃的话语，那少年兀自说道："我是印度大臣柏尔噶，要去岭国求婚，从此地路过。"

森姜珠牡一听，又惊又喜："他竟要去岭国求婚，不知是谁家的女儿这么有福。要是……要是……"想到这，森姜珠牡一阵脸红心跳。此时，她早已忘了觉如之事，她的眼里心里，都只有这位来自异域的美少年。

印度美少年此时也仔细打量起森姜珠牡来，只见她身体轻盈得像柔枝修竹，面容光洁得似初升明月，双颊莹润得如同涂朱抹红，动人异常。她的装束也十分别致：黑油油的长发上缀有琥珀、松石和珊瑚的发压，胸前则挂着玛瑙项链和红宝石护身佛盒，玉手上则戴着蓝宝石手镯，枣红袍子上镶着獭皮边，锦缎靴子上绣着彩虹般的丝线。一切衣饰配在她身上都显得如此恰当而美妙。

回过神后，印度美少年微笑着说道：

听说岭国有个森姜珠牡，美艳无比；
听说她的父亲敦巴坚赞，富有异常。
不知这是真是假，
不知我可能娶她。
上等女人就像天仙，
福寿荣华一应俱全；
中等女人犹如明月，
权势涨落她亦圆缺；
下等女人仿佛尖刀，
搬弄是非属她最高。
姑娘比草原青草还多，
情投意合却比黄金少。

说到这，他故意顿了一顿，继而含情脉脉地对着她说：

我不缺黄金缺伴侣，
我不要珠牡只要你。

最后两句话砸在森姜珠牡心里，让她又喜又悲。喜的是自己的美貌竟使这个骄傲的少年倾倒，甚至忘记婚约；悲的是难道天下的男人都这样见一个爱一个？他连我是谁都不知道，就要丢弃"森姜珠牡"来娶我，将来是否会对我同样始乱终弃？

只是，在爱情的世界里，谁能保持足够的理性呢？忧虑和担心一闪而过，森姜珠牡更多的是喜不自禁，她当下坦诚自己就是"岭国的森姜珠牡"：

在这摆满珍宝的玛麦七沙山顶，
我被称为身姿绰约、六翼灵巧的灵鹫；
在这遍地奇珍的玛麦七沙山腰，
我被称为出尘脱俗、绿鬃丰满的白狮；
在这黄金无数的玛麦七沙山下，
我就是众人称美、魅力无双的森姜珠牡。

森姜珠牡此时也顾不得自谦，她急忙表明身份，并催促美少年去参加岭国的赛马大会，这样就能名正言顺地娶她回去。

美少年虽然为森姜珠牡的美貌所倾倒，但出于谨慎，他还是问道："人生面不熟，你怎么证明你就是森姜珠牡？"

森姜珠牡犹豫再三，终于狠狠心，取出自己为觉如准备的长寿酒。那瓶口是用嘉洛家的火漆印章封印的，这印章就是最好的证明。美少年见了酒瓶和印章还不信，说一定要亲口尝尝才能确定。森姜珠牡此时一心只想证明自己，赢得少年欢心，她不假思索地打开了瓶口，没想到瓶里的酒如同被施了魔法一般，径直飞向美少年口中，转眼间一滴不剩。

美少年饮了美酒，脸色更加红润，洋溢着诱人的神采："我这就动身前去参加赛马大会！你速去送信，我在岭国等你回来！"森姜珠牡此时已完全陷入热恋的旋涡，美少年说什么她都觉得是最美的情话。

见森姜珠牡乖羞的模样，美少年取出一只水晶镯子戴在她手腕上，森姜珠牡也把自己的白丝带系了九个结送给美少年。为了不忘记这互许终身的地方，他们还在身旁的大石头上刻下了标记。

惜别美少年后,森姜珠牡急急地打马朝觉如母子居住的地方行去。她哪里知道:不论之前那个黑人强盗,还是身后那位翩翩美少年,都是觉如变化出的幻象,用来试探她的心意罢了。没想到,她受得了性命威胁,却抵不住美貌诱惑。

当然,我们也不能就此看低森姜珠牡,毕竟她和觉如只有数面之缘,并无爱情之实。作为一个心无所系的妙龄少女,在坎坷的人生路上轻易坠入爱河,是谁也无权苛责的。况且,在之前遭受黑人强盗的性命威胁时,她为了使命和清白宁死不屈,这已足够证明她的勇气。

王者坐骑：天马江噶佩布

与美少年分别后，森姜珠牡快马加鞭来到觉如母子住处。见惯了宽阔牧场与平坦河滩的森姜珠牡看到眼前数不清的地鼠洞，顿时有些害怕。就在她打算下马步行时，竟发现每个地鼠洞口都坐着一个觉如的化身。森姜珠牡惊惧莫名，不敢再向前一步。她遥遥对着觉如母子帐房的方向大喊："觉如，觉如，我是森姜珠牡！总管大人和你的哥哥嘉察让我带信给你！"

觉如见她惊恐不定的样子有些不忍，但转念想起她对"印度美少年"的海誓山盟，心中不快，便忍不住想作弄一下她。觉如假装没有看清森姜珠牡的模样，大声喝道："女鬼你竟敢擅闯我的领地？且让我卸去你的牙齿和头发，让你知道我的厉害！"念罢觉如闪电般击出二石，森姜珠牡来不及辩解便被打掉了牙齿和头发。森姜珠牡捂着嘴跑到一旁的水洼边，只见倒影中的自己披头散发，牙齿零落，当真比女鬼还难看。从小被夸作"岭国第一美女"的森姜珠牡哪能受得了这般打击？她跌坐在一旁，失声痛哭。

觉如见状，顿觉恶作剧过了头，心中不忍，但一时又拉不下脸面，只得跑去请母亲郭姆来帮忙。郭姆见到狼狈不堪的森姜珠牡，心中暗暗责怪觉如，她连声安慰森姜珠牡说："姑娘别哭，快去求求觉如，你的发齿会重新长出，你的身体会更加秀美！"说着便把她搀回了帐房。

见到狼狈的森姜珠牡，觉如心中有愧，嘴上却故作轻松地大笑："原来是森姜珠牡姑娘，你为何不进帐房，却要在远处大声喊叫？我还误认为是女鬼呢！"

森姜珠牡听到他的调侃，哭得更加伤心，她将老总管的嘱托以及自己一路的艰辛和盘托出——当然，隐去了美少年的部分。见森姜珠牡楚楚可怜的样子，觉如不忍再捉弄她，于是一本正经地说："让你恢复美貌并不难，而且我还能让你变得比原来更加美丽动人！只是还有一件事，要烦劳你去替我办。"森姜珠牡一听能够"戴罪立功"，重拾美貌，自是连声答应。

觉如接着交代："我要参加赛马大会，却连一匹像样的马都没有。这匹关系我一生的事业之马，必须是'非家马，亦非野马'的千里宝驹。而这样的宝驹，除了阿妈郭姆和你二人，谁也捉不住。"

虽然不知道为何这宝驹只能由她二人去捉，但森姜珠牡顾不得这么多，她连连点头，只希望能早点重拾娇美容颜。觉如见她如此听话，也不再为难。他唇齿翕动，默念咒语，森姜珠牡的头发和牙齿竟然重新生了出来。不仅如此，她的面庞看起来比从前更加明艳动人。森姜珠牡瞬间忘却之前的龃龉，开心地照着镜子，郭姆也在一旁赞许地笑着。一腔少年心性的觉如也忍不住跟着她们笑出声来。

> 矫健的骏马备上金鞍，
> 英武的青年骑在上面，
> 锋利的长刀别在腰间；
> 这三宝象征吉祥平安，
> 我用这三宝祝福吉祥，
> 愿家乡永存巍峨雪山！

这是一首流传甚广的藏族民歌，从中不难发现，骏马、长刀是藏族青年最珍爱的宝贝，而藏族青年本身也是象征吉祥的"三宝"之一。青藏高原的汉子若是不会骑马使刀，可能一辈子都抬不起头做人。

现在，郭姆和森姜珠牡就是要为觉如寻找一匹配得上他的千里良驹。

虽然答应得痛快，但事后森姜珠牡心中疑虑重重："觉如法力广大，为什么不自己去捉呢？还说除了郭姆和自己谁都不能捉住，究竟何解？若是捉错了马，岂不误了大事？"森姜珠牡思来想去，竟彻夜未眠。

第二天，森姜珠牡鼓起勇气向觉如问道："俗话说，'找人须知道他的名字，找牛要知道它的毛色'。河流蜿蜒，亦有水源；荒郊野岭，可看山形。但无主的天马究竟有什么特征？请详细地告诉我。"

觉如解释说："这马本是和我一同降到人间，现在应该也长到十二颗牙齿。它的父亲是白天马，它的母亲是白地马。它现在投胎在野马群中，毛色鲜红，头型方正，脖子上还吊着肉铃……"见森姜珠牡还是不甚明了，觉如接着说：

此马特征共有九种，
一有乌魔鹞子之头，
二有鼠魔黄鼠狼之颈，
三有山羊似的面孔，
四有山兔似的喉头，
五有青蛙似的眼圈，
六有青蛇似的眼睛，
七有母獐似的鼻孔，
八有网袋似的鼻肉。
第九个特征最显眼，也最重要——
在它耳朵上，
有一撮鹜鸟羽毛！

见森姜珠牡似懂非懂，觉如正想再叮嘱几句，郭姆却笑着打断他："觉如无须多讲，土地、种子和温度，三者具备五谷自熟；猎人、强弓和利箭，三者具备自有猎物。巧法本非天成，心坚上天有路。"见母亲这么胸有成竹，觉如不再多言。

半日后，郭姆和森姜珠牡二人终于来到野马成群的班乃山中，她俩极目望去，只见匹匹野马漫山遍野地奔腾跳跃着，场面煞是壮观。归心似箭的森姜珠牡无暇欣赏壮景，她仔细地在马群中搜寻着，想从千百匹野马中找出天马的踪迹。

"在那！阿妈快看！就在那！"森姜珠牡突然惊喜地叫出声来，郭姆寻声望去，果然，一匹鬃毛和尾巴像松耳石一样碧绿，身上毛色如红宝石一般闪光的宝马正在马群中自由驰骋。它神态威武，气势逼人，其他的野马都有意无意地与它保持一定距离。

这必定就是觉如需要的那匹千里良驹了！

郭姆点头道："八九不离十！我记得觉如曾说，天马懂人言，说人话，我们且试它一试！"言毕，郭姆对马群的方向高声唱道：

天马千里宝驹，
请将我的话听：
利箭若插在箭囊中，
再锐利又有何用？
英雄若不去保卫亲人，
再孔武又能如何？
宝马若总是游荡山野，
再神速又能怎样？

郭姆唱罢，野马群被吓得四散奔逃，只有那匹红色宝马不但不逃，反而向她们徐徐走来。就在郭姆与森姜珠牡庆幸找到天马时，那红色宝马忽然朗声道："我是天马江噶佩布。我已下世十二载，愿望无一能如意。不见觉如来看我，不知郭姆在哪里。如今我已年老体衰，正要归天！"说罢它竟腾空而起，从二人头顶飞掠而去，直插云霄。

森姜珠牡见状大急，连忙追出去，却被脚下石块绊倒。郭姆乃龙女降生，她神色若定，口中念念有词，竟是在向天界的兄弟求援。不一会儿，原本静谧的天空忽然风起云涌，龙王与各路念神①在阵阵雷鸣声中现身，一同前来的还

---

① 念神：又称厉神，居于天空、山岭、沟谷中，能带来雪与冰雹。原始苯教以天空、地上和地下为"三界"，分别住着念神、土地神、龙神。《格萨尔》中有所不同——天神居于天界，念神居于中界（又称中空），龙神居于下界。

有觉如在天界的哥哥东琼噶布、弟弟龙树威琼和妹妹妲莱威噶。飞驰而去的天马和他们撞个正着,天马左冲右突,却无路可逃,很快便被东琼噶布手执神索擒获。众神将神索交予郭姆,便悄然隐退。

倒地的森姜珠牡见天马被擒,十分开心,她急忙起身去接郭姆。没想到,这一下却惊着了天马。马再一次腾空而起,手执神索的郭姆也被她一并带起,冲霄而去。郭姆虽是龙女降生,此时却只是凡体,她听到耳边呼呼风声,不免心慌。

就在她以为这次凶多吉少时,天马却开口宽慰道:"郭姆不必害怕,你且睁开眼睛,看看这大好天地!"

郭姆闻言慢慢睁开眼睛,凝神望去,只见淡淡白云下,牛羊遍地、山河壮丽。印度、波斯、羌地、魔都……一一映入眼底。

天马继续说道:"郭姆莫急,郭姆莫气,觉如大业未成,我哪会中途归天?我带你来这苍穹之上,一来是等得太久,忍不住和觉如开个小玩笑;二来是要让你见见我和觉如未来将要驰骋的天地!"天马十二年间在凡尘从未施展神通,今天冲霄而起,不免兴奋,它得意地向郭姆介绍道:"你看那像鹫鸟落在地上的,是灵鹫圣山;那像大象横卧的,是峨眉圣山;那像五指伸开的,是五台圣山;那像水晶宝瓶似的,是冈底斯山。这就是南赡部洲的四大圣地!"

郭姆闻言点头,表示记住。

"你再看我们雪域的四大圣山:那披着圣洁法衣的,是前藏的雅拉仙布山;那挂着白绸帘子的,是达木的念青唐拉山[①];那像白狮蹲踞的,是南方衮拉日杰山;那如花斑虎怀抱幼崽的,是东方威德公杰山。"

"太美了!"之前久居龙宫的龙女梅朵娜泽——郭姆由衷赞叹着。自从离开龙宫来到岭国,她勤于操持家务,没有多少机会出门,自然无缘领略这壮丽山川。

[①] 念青唐拉山:即念青唐古拉山,在雍仲苯教中被视为三大神山之一。"念青"意为"大神"("念"即"天神","青"即"大"),念青唐拉山神亦是藏族人民著名的保护神之一。

"那像糌粑供品似的地方，是霍尔白帐王的巴罗孜吉地区，森姜珠牡将在这里被劫，觉如将在这里征战。那南方门域的卡霞竹山，是魔王辛赤的居住地，等觉如平伏此域，弓箭原料将不再是问题。那一片毒水滚动的黑海，是姜地萨丹王的领地，待觉如兴兵灭敌，黑海也将变成福海……"

郭姆将天马的介绍和预言一一记在心底。天马驰骋一周后，便心满意足地载着郭姆返回地上，觉如和森姜珠牡早已在那恭候多时。

森姜珠牡为天马献上最美的赞词，天马不再躁动不安，它驯顺地站在觉如身边，等待主人跨上它的腰背，在赛马大会上力挫群雄，在四方征战里杀敌无数。觉如将骑着这匹千里天马，一路踏坎坷，降妖魔，征顽凶，伏南北，演绎出世界上最绵长最宏伟的、引无数人心驰神往的英雄诗篇！

第二次试探：泪水的颜色

郭姆与珠牡帮觉如收服千里宝驹江噶佩布后，三人即刻动身返回住地。一路上亲见觉如种种降妖神通，珠牡心知此次赛马大会的胜者必是他无疑。珠牡心下忐忑：他就是自己命中注定的丈夫吗？那位印度美少年在岭国又经历了什么？虽然疑虑重重，但珠牡毕竟只是个正值芳龄的善良姑娘，几日相处，她已视觉如和郭姆为亲人，只感到开心和满足。

都说少女的心思敏感善变，其实男孩又何尝不是如此？所谓少年心性，不正是以旺盛精力左冲右突，以满腔热血上求下索，寻找一处自由且安心的坦然所在吗？但是，这盲目寻求的过程难免因为心性不稳偶入歧途，甚至南辕北辙。这不，觉如和珠牡刚愉快相处了几天，又忍不住想起她和"美少年"的"私情"，醋意再度涌上心头。

觉如决定再捉弄一次珠牡，他脑筋一转，对珠牡说："千里宝驹虽已捉到，但尚未调教好，如果没有装上马鞍和辔头，贸然骑上去恐怕会被摔死。不如这样，让阿妈牵着它慢慢跟在后面，我们先行一步。"

珠牡想想也是，便答应了。

觉如这时面露难色道："不过，你有马可以骑，我走路恐怕跟不上你。"

珠牡想都没想就答说："那你骑马，我跟着走，我能跟得上的。"

珠牡没想到觉如会再一次捉弄自己，大大方方地把自己的坐骑卓穆给了觉如。觉如大摇大摆地上了马，悠闲自得地往前走，珠牡则快步跟在后面，并无半句怨言。

二人默默前行，快到玛噶岭拉朗贡玛时，觉如突然猛力抽打卓穆，向前飞奔而去。他们的身影很快便越过前方山口,将珠牡远远抛在后面。珠牡一时间不知所措,只得仓皇循迹而去。紧赶慢赶,焦虑的珠牡终于来到山口处,却被眼前的景象给惊呆了。只见觉如身首异处,死状可怖,而卓穆则气喘吁吁地站在一旁,形容疲惫。

莫不是卓穆受惊将觉如摔倒在地?珠牡虽然勇敢,但毕竟是个妙龄少女,她从小连烹羊宰牛都不敢观看,更别说眼前这么血腥的场面了。她三分惊惧,七分悲痛,想等郭姆前来却遥遥无期,只得独自努力镇定心神:"无论如何,先把觉如的尸首合在一处,不能让他死无全尸。"

珠牡强忍悲伤与恐惧,将觉如的身躯和头颅收在一起。但是,觉如的两只眼睛却无论珠牡怎么抚摸也合不上。珠牡想起部落老人曾说起过的:死不瞑目,是因为心里有未竟之事。珠牡不由叹道:"觉如啊,我知道你的大业未成,我知道你的心愿未了。只怪我没有跟紧你,只怨卓穆受了惊。让你殒身此地,死不瞑目。只是,你为何要狠命敲打卓穆呢?"珠牡一边收拾尸首,一边伤心哭诉。

珠牡按照部落传统用白色石块为觉如垒了一座坟冢。将觉如安葬后,本已止住的泪水又从她楚楚的眼中滑落下来:"觉如啊,本以为有了千里宝马,再配上我阿爸的金色鞍鞯,你就能夺得赛马的彩注,我珠牡也心甘情愿与你终生相依。奈何天意弄人!如今你大业未成身先死,我珠牡也无所眷恋。就让我随你一起去吧!"哭罢,珠牡竟骑上卓穆,朝着柏日毒海的方向缓缓行去,似是要投海自尽!

来到海边,面对汹涌的黑色海水,珠牡久久不语。占据她心神的不是恐惧,而是绝望。她想起美丽的母亲,憨厚的父亲,想起从小一起长大的玩伴,想起偶遇的美少年,想起暴毙的觉如……半响过后,她似是下定了决心,只见她双手合十,对天祈祷:"愿上苍保佑我珠牡和觉如的灵魂一起升入天国。"祷颂未毕,那波涛汹涌的黑色海水却突然暴怒似的,一浪紧似一浪地朝她袭来,像是要吞没岸边的一切。珠牡惊惧莫名,却终究哀莫大于心死,她用衣襟蒙住眼睛,不看这恐怖的海浪,双腿一夹马肚,决然地向海中行去。

然而,卓穆似乎有些怯水,它一步步向后退去,不肯前行。珠牡叹道:

"觉如身死，我不愿苟活于世。我虽一心求死，却也不必连累你。卓穆你早日回去，保佑阿爸阿妈永远吉祥如意。"

说完珠牡翻身下马，打算只身跳海，却看见一个身影在卓穆马背后揪着它的尾巴向后拽——这不是觉如是谁！原本万念俱灰的珠牡这下又惊又喜，身子却因为一路劳顿和屡次受惊而瘫软下去。觉如连忙上前扶住她，见到珠牡半嗔半怨的眼神，觉如不改一贯嬉笑不羁的语调："呀！好一个森姜珠牡！俗语说得好'公鹿在乐不可支的时候嚎哭，猫头鹰在晚上痛苦难捱的时候发笑，老狼吃饱撑得难受时对肉发愁'，那么你森姜珠牡呢？是不是为你长得漂亮而号哭？是不是为你家财万贯而发愁？是不是因你权势广大而痛苦？要不然，你怎会狠心往毒海里跳呢？"

"你，你……"珠牡被觉如气得说不出完整的话，憋得脸色通红。她旋即想起一路上的种种悲伤与绝望，不由心生委屈："觉如！你这话太伤我心，难道我珠牡誓死追随的情谊竟变成了自作自受不成？我原以为你殒身马下，又惊又怕，所以才如此悲伤。怎料到又是你在变幻身形捉弄我？"

觉如听她话中满是酸楚，有点儿后悔："哎呀！我觉如的禀性就是如此，喜欢开玩笑，你就不要当真啦！"珠牡心宽，见觉如并未死去已是满心欢喜，当下和觉如重归于好，笑得像一朵雨后初绽的野花。不一会儿，郭姆也牵着千里宝驹跟了上来，三人会合，慢慢向岭国走去。

人们总是奢望最纯洁无瑕的爱恋，渴慕最忠贞不贰的伴侣。故而，即便是最宽柔的善人，在面对爱情时，也容易变得极端和偏激。殊不知，爱情一如人心，难免有沾灰染尘的时候，难免有踟蹰退缩的瞬间。

面对爱情里的晦暗时分，很多人选择像顽皮的觉如一样，对身边人屡加试探。但爱是经营，而不是算计。能多花一点儿心思将心爱之人拉近都难得，哪还有底气去使心眼，令对方伤心离去呢？更何况，我们并没有觉如通天彻地、起死回生的能力。

隆隆马蹄，袅袅桑烟

"觉如和郭姆回来啦！"

"珠牡把觉如接回来啦！"

看到觉如、郭姆和珠牡三人的身影，岭国的人们仿佛迎接盛会般奔走相告。还没来得及去见哥哥和父亲，觉如便被岭国的一群小伙子团团围住，他们嘘寒问暖，问东问西。觉如很少有机会和同龄的少年交流，也乐得为他们一一解答。

少年爱骏马，岭国小伙伴最关心的自然是觉如带来的这匹俊逸非凡的红色宝马。藏族青年以驯服野马为荣，看到如此身姿矫健的宝马，难免跃跃欲试。觉如向来不吝啬，随他们尝试。只不过，这宝马江噶佩布并非凡品，常人哪能轻易驯服。任他们怎么费力折腾，皆被江噶佩布一一摔下。就在小伙伴们一个个垂头丧气地瘫坐于地时，觉如却神色轻松地骑了上去，天马服服帖帖，毫无异动，让人啧啧称奇。在一众青年艳羡的目光中，觉如心生豪气，他忍不住策马飞奔而去。一人一马在美丽的草原上奔腾潇洒，英气勃发，引来阵阵欢呼与喝彩。郭姆望着曾经砥砺隐忍的儿子，珠牡望着未来叱咤风云的丈夫，不约而同地露出了期待的微笑。

时间一晃而逝，赛马大会这天很快便到来了。草原上一片欢声笑语，杜鹃在唱，阿兰雀在叫，达塘查茂会场上人头攒动，如山似海。天空蓝得像宝石，白云净得像锦缎。姑娘们也穿出了平日舍不得穿的宝贝衣裳，像被风吹拂过的丛丛鲜花般聚在一起嬉笑打闹。就连那些平常弓身驼背的老阿爸、老阿妈们也穿起簇新的衣服，不失活力地挤在人群中，仿佛一下子年轻了几十岁。

然而，会场上最令人瞩目的还是那些参加赛马比赛的勇士们。

上岭色巴八氏以琪居的九个儿子为首，如同猛虎下山一般气势威猛。他们一律黄锦缎袍、黄鞍鞯，在阳光的照耀下灿烂夺目，华贵异常。

中岭文布六氏以珍居的八大英雄为首，如同普降大地的白雪一般严明肃穆。他们一律白锦缎袍、白鞍鞯，在阳光的照耀下银光闪闪，尊崇无比。

下岭穆姜四氏以琼居的七大勇士为首，如同布满云朵的天空一般豪情万丈。他们一律宝蓝锦缎袍、蓝鞍鞯，在阳光的照耀下光彩绚丽，神采非凡。

除此之外，还有右翼的噶部，左翼的珠部，达绒的十八大部，富有的嘉洛部落，察香九百户，等等。每个勇士都锦衣彩鞍，摩拳擦掌。没有人不认为自己将是最后的胜利者，没有人不认为自己将夺得王位和美人。尤其是达绒长官晁通和他的儿子东赞，他们把头高高昂起，仿佛赛马的结果已经揭晓，他们就是最后的赢家。他们的自信来自"马头明王"的预言，以及玉佳马的强大实力。

这场盛会争夺的不只是诱人彩注，更是每个岭国勇士的自尊与荣誉。琪居众兄弟位居长房，他们不愿辱没长房的身份；珍居众兄弟位居中房，他们希望借此扬眉吐气；琼居众兄弟位居下房，但他们同样志在必得，因为他们有神通广大的觉如。

所有勇士均已到齐，只差觉如一人。"觉如在哪儿呢？"琼居众人焦急地四处张望，却不见觉如和天马的身影。此时，觉如正在接受珠牡父亲嘉洛·敦巴坚赞的赠品和祝愿："送上九宫四方的毡垫，愿觉如登上四方的黄金宝座；送上镂花的金宝鞍，愿觉如做杀敌卫国的真英雄；送上'如意珠'和'愿成就'，愿觉如做邪魔恶鬼的镇压者；送上饰着白螺环的宝镫，愿觉如为岭国众生创造大事业；送上'如愿成就'藤鞭，愿觉如鞭笞四方恶王，做我女儿森姜珠牡的好丈夫！"这是赛马前必不可少的祝福仪式，它象征着吉祥和幸运。

祝福既毕，觉如迫不及待地骑上天马向赛马场地飞驰而去。

"觉如来了！"不知是谁眼尖，先看见了飞奔而来的觉如，大喊了一声，人群不觉为之一振。这下可好，晁通的对手来了，东赞的对手来了，玉佳马的对手来了！

在阿玉底山下，岭国众勇士，一字排开，决定岭国王座与珠牡归属的大赛一触即发。晁通意得神狂地大声喊道："兄弟们打起精神来！赛马马上就要开始了！"众人虽听得出他言语中的骄傲自矜，却也被激得热血沸腾。倒是觉如，却一脸波澜不惊，神色如常。

一声幽邃的法号长鸣，赛马比赛开始了！匹匹骏马如团团滚动的云彩一般，在广袤无垠的草地上向前飞掠而去。很快，岭国声名远扬的三十位英雄便脱离众人，跑到了最前面：

色巴、文布和穆江，内称"三虎将"，外唤"鹞、雕、狼"。他们是岭国的画栋与雕梁，他们的马儿不似在跑，而像在飞翔。

以嘉察为首的岭国七勇士，是保护百姓的豪杰，是统领军队的首领。他们是岭国的铠甲与坚盾，他们的马儿似长虹舞于苍穹。

以老总管为首的四叔伯，是岭国祖业的继承者，是岭国大事的决策人。他们是岭国的水源与牧鞭，他们的马儿似狂风漫卷黄尘。

以昂琼玉依梅朵为首的岭国十三人，是青年勇士里的生力军。他们是岭国的快刀与利箭，他们的马儿似雷雨突袭大地。

此外，还有深具福命的二兄弟米庆杰哇隆珠和岭庆塔巴索朗；以毅勇扬名的二兄弟甲本赛吉阿干和东本哲孜喜曲；福德最高的嘉洛·敦巴坚赞四兄弟；俊美非凡的阿格·仓巴俄鲁三兄弟……

就在三十位英雄和他们身后的无数勇士策马奔腾时，古热石山十三个烧香敬神的神房里一齐烧起了祭神的柏树枝。与此同时，佛灯燃起，螺声响彻，人们匍匐在地，默念六字真言，向天神与诸位护法神默默祈祷。

一股股青烟袅袅升起，为这场无比隆重的赛马送去最真挚的祝福。这是藏族最普遍最常见的一种祈愿礼俗，名叫"煨桑"。"桑"是藏语"清洗、驱除、净化"的意思。煨桑一为净化驱邪，一为祭祀献供。煨桑时除点燃有香味的脱水柏枝和香草外，还有糌粑、炒青稞、茶叶、糖、苹果、清水等众多供品。佛经上记载，神灵不食人间烟火，但只要闻到桑烟的香味便会欣然赴宴，藏语称之为"智萨"（即食味）。

煨桑并非举行赛马大会时独有的仪式，它的传统可追溯至号称统一了十八万部落的古象雄王国，那时藏族男子出征或狩猎归来时，部族首领、长者以及妇女儿童会齐聚在部落外面的郊野，燃上一堆柏枝和香草，不断向出征者身上洒水，驱除各种污秽之气。久而久之，便演变成了煨桑的礼俗。后来，煨桑也用于战争前祭祀神灵，祈祷平安胜利。

而这场赛马大会，正是在为岭国挑选一位能征善战，勇武卓群的王者，煨桑的漫天青烟将见证并护佑他的诞生！

通往权力的征程

赛马场上，战况激烈。晁通骑着风一般的玉佳马跑在最前头，势如破竹，觉如则骑着江噶佩布落在最后，优哉游哉。觉如的哥哥嘉察一边扬鞭紧追晁通，一边不时回头留意觉如。可觉如仿佛毫不在意似的左顾右盼，一点儿都不着急。直到赛程过了一小半，他才夹了一下马肚，加快了追赶的脚步。

就在每个赛马勇士都全神贯注地驱马狂奔时，天色突变，一声霹雳雷鸣划破厚厚的云层砸向草原，不少未经沙场的赛马被惊得跳起，将马背上的勇士摔落于地。原来，这是阿玉底山的虎头、豹头、熊头三妖在作怪。虎头妖嫌弃地抱怨："今天岭国举行赛马大会，弄得满山尘土飞扬，很是讨厌！"豹头也附和道："今天一定要给他们点儿颜色看看！否则那些中原茶商、本地马帮再不会向我们供奉物资！"熊头妖连连称是："对！说不定以后连那些牧人、穷汉都敢在阿玉底山胡闹了！"于是，他们立刻召集手下，为天空布上乌云，为大地撒下霹雳。

正当三妖想把冰雹降下，袭击岭国赛马勇士的时候，早已洞察一切的觉如将之前收服天马的神索抛向空中，三妖瞬间被缚到觉如马前。三妖哪见过这么厉害的对手，它们顿时匍匐在地，连连叩首。觉如知道这一路上颇多劫难，这三个小妖并不值得浪费时间，便命他们立刻撤去乌云霹雳。三妖也算识相，它们急忙念诵咒语，转眼间，乌云消散，霹雳退隐，阿玉底山的风光在雨过天晴后显得更加灿烂明媚。觉如此行不仅为岭国众生除去灾祸，还为本地仙家减少了烦恼。玛麦地方的女仙为觉如献上三件珍宝：充满甘露的水晶净瓶、开启古热石山宝矿的钥匙和一条八宝三吉祥丝绸哈达。觉如谢过女仙，继续策马追赶前方的队伍。

凭借千里宝驹江噶佩布，觉如很快便追了上去，他们越过一匹又一匹良马，超过一个又一个勇士。不一会儿，觉如便赶上了最前面的三十英雄之一，也是岭国三大美男子之一的仓巴俄鲁。经过仓巴俄鲁身边时觉如忍不住看了他两眼，只见他有着闪亮的额头，玫瑰色的腮部，珍珠般的牙齿，星星般的眼睛；身着素白锦缎袍，胯下宝马，不愧是岭国人人称赞的美少年。觉如见时间还早，玩心又起，他打算试一试仓巴俄鲁的心地，看它是否和他的样貌一样美丽。

觉如策马赶上问道："俊美的俄鲁，你可认识我？"

俄鲁一心只顾赛马，并未注意从后面赶上来的觉如，直到听见觉如的声音，他才发现这个原本落在队伍最后的小子已经赶了上来："原来是你！岭国人可以不认识狮子，却不可以不认识觉如啊！"

见他言语客气，觉如继续问道："那我要你帮个忙，可以吗？"

"当然，请说吧！"俄鲁爽快地回答。

"我们两人同是岭国少年，却如此不一样！你如此俊美，我却容貌丑陋；你那么富有，我却穷困潦倒。我们同是生存在天底下的人，理应一样才是！你愿意帮我变得像你一样俊美和富有吗？"觉如提问的时候并不看俄鲁，问完却紧紧盯着他。

俄鲁略一沉吟："你说得没错，我愿意帮助你，赛马结束后，你到我家来，我把我的财宝分你一半就是。"

"可我等不了那么久呀！"觉如不依不饶。

"那这样吧，我先把我头上这顶珍贵的禅帽送给你吧。"俄鲁对觉如得寸进尺的要求不以为意，"这是我们琪居供奉的宝物，它的帽顶装饰有四根羽毛，象征走遍四方无阻拦；帽边三股流苏向下垂，象征五害三毒不染身；帽侧色白洁又柔，象征戴者身安心光明；左右耳叶高高耸，象征知识智慧用不尽。"

觉如也不推辞，他开心地接过禅帽，戴在头上。作为对俄鲁慷慨善良的奖励，觉如将女仙送他的水晶净瓶和八宝三吉祥丝绸哈达送给了俄鲁，并祝福俄鲁变得更加俊美和富有。

越过俄鲁，觉如继续向前跑去，转瞬间又是数名勇士被他甩在身后。过了一盏茶的工夫，觉如忽然看见了算卦人衮喜梯布的身影，都说衮喜梯布算卦极准，鲜有不应，觉如见天色还早，便打算考他一考。他来到衮喜梯布的身旁，和他并辔而行："大卦师，久闻您的大名，今天我觉如也想请您算一卦：我觉如是不是能得到今日的赛马彩注？"

"若在平日，我大可以镇定心神，好好为您占上一卦。可今天在这快马争先后、骑艺分高低的时候，我只能为您算个速卦了，请不要见怪。"

觉如也不强求："当然，只要算得准，我一定重重谢您！"

衮喜梯布一边御马一边拿出布卦的绳子打卦。不一会儿，他兴奋地喊了起来：

觉如啊，这真是个好卦象！
第一降下天空的魄结，
这是神扩苍穹、气镇山河的卦象，
象征你要做岭国之王。
第二降下大地的魄结，
这是开疆拓土、众生安乐的卦象，
象征你会受万民爱戴。
第三降下大海的魄结，
这是万水汇聚、人丁兴盛的卦象，
象征你会是珠牡的如意郎。

觉如笑了，心想这衮喜梯布果然名不虚传，他的卦辞真是再准不过。觉如开心地献给他一条洁白如雪的哈达。

越过衮喜梯布，觉如又驾马向前狂奔了一阵。突然，觉如痛苦不堪地呻吟起来，一脸病容，不一会儿便滚鞍落马，伏在地上呼救："哎呀呀！好痛！谁来帮帮我！好痛！"觉如当然无病无灾，他这是试探从身后快马赶来的岭国大医师贡噶尼玛。贡噶尼玛医者仁心,当他看到躺在路边的觉如时,立刻勒马询问:"觉如这是怎么了?"

觉如继续装病:"这八年来的流浪生活使我痼疾缠身。医生,能不能给我些药吃?"

贡噶尼玛翻身下马,蹲在觉如面前:"是哪里痛?待我替你看看脉。"

贡噶尼玛把手按在觉如的腕上,觉如还在兀自哼哼:"我上身像是热证,痛得如火灼心;腰间像是寒证,痛得如冰刺骨;下身像是温证,痛得如沸水浇。"

贡噶尼玛看完脉象后,用奇异的目光看着觉如:"觉如,病分风、胆、痰三种,是由贪、瞋、痴而生。这三者相互混合,生出四百二十四种疾病。但我看你这脉象与病体并不相符。你的脉象调和澄清,并无疾病。"

觉如知他医术高超,名不虚传,便不再试探。他一边把哈达献给贡噶尼玛,一边笑着说:"都说贡噶尼玛仁慈善良,医道高明,今日一试果真如此。我们赛马会后再见吧!"

越过贡噶尼玛,觉如转瞬间又追上了哥哥嘉察。觉如本不想试探哥哥,但看到嘉察那奇伟的背影,矫健的身姿,不免有些争强好胜的小心思。这次,他幻化成之前戏弄珠牡的黑人黑马,拦在嘉察面前:"听说岭国王位和森姜珠牡都是你的了!你若把岭国财富和美女交出来,我可以饶你一命!"

嘉察是个快意恩仇的汉子,一听便火上心头:"做梦!岭国王位与森姜珠牡都是我弟弟觉如的,我都无权享用,你识相的话最好闪开!"言毕嘉察拔刀向黑人劈去,却劈了个空。只见黑人早已消失,取而代之的正是弟弟觉如。

"哥哥莫怪!我怕万一岭国发生变故,特别是兄弟内斗,这才无奈试探。"觉如坦言。

嘉察正色道:"心爱的觉如,我的好弟弟,哥哥的心意你不用再试,天神对你早有预言——降伏四魔,所向无敌。我嘉察除了为弟弟效劳,不作他想,你快扬鞭策马,追上前面的晁通。"

觉如闻言有些羞愧:"哥哥你不想要王位吗?你若不要,我也不要了!"也许是在跟自己赌气,说着觉如竟然再次翻身下马,安闲地坐在地上不动了。

嘉察一见，连忙下马规劝："觉如弟弟，重要的不是王位，而是利用权柄为众生办好事。为了众生的事业，不论王座还是刀山，我们都在所不辞。但现在你若松懈麻痹，不仅会丧失王位，还会给百姓带来灾祸。倘若晁通夺取王位，你觉如就算再有通天之能又有何用？"

觉如心知哥哥说得在理，见时间也差不多了，便收起玩闹之心，全力驱赶天马追赶晁通。此时，晁通正悠然自得地驾着玉佳马向设在终点的金座飞驰而去，他本来还担心觉如的神通，但觉如貌似从一开始就落在后面，不见踪影，这让他仿佛吃了一枚定心丸。

可就在离终点咫尺之遥时，觉如仿佛从天而降似的出现在晁通身边，晁通心里顿时像燃烧的干柴被泼了一瓢冷水似的。他使劲一夹马肚，妄图向金座发起最后的冲刺，但是玉佳马并没有像晁通希望的那样向前奔去，而是诡异地腾空向后退去。眼见金座越来越远，晁通心知万事休矣！

对手已除，觉如坦然来到金座前面，他并不忙着坐上去，而是饶有兴味地细细打量着眼前这辉煌耀眼的金座。为了它，多少勇士急红了眼；为了它，多少宝马累吐了血。它仅仅是个金子座椅吗？当然不！它是权力的象征，是财富的盛筵，同时，也是人性的樊笼。回想这一路丈量的人间种种：恃法妄为的三妖、慷慨爽快的美少年、技艺纯熟的卦师、善良仁慈的医师、忠诚勇敢的哥哥、权欲熏心的晁通……只有不为权力蛊惑，始终保持内心清澈洁净的人，才能享受世间最持久稳固的福泽。而这，比任何权柄与金座更值得追求。

同时，这一路，觉如也丈量了自己的内心。他深知，当自己坐上岭国金座，权力就会像潮水一样不断拍打自己的灵魂，稍不留神就会被彻底吞没。所以，他不能再像这趟赛马旅程一样故作轻松。他要面对的，将是真正残酷的人间，与无比坎坷的人生。

第三章

爱是缺口，亦是渡口

赛马称王后，觉如被正式尊为世界雄狮大王格萨尔。格萨尔娶森姜珠牡为王妃，并按规矩纳梅萨等十二位姑娘为妃——这就是著名的"岭国十三王妃"。然而，对于珍宝与美人，总有人暗中觊觎。这天，趁格萨尔闭关修法，北方黑魔偷袭岭国王宫，将梅萨掳走……

格萨尔叩问世道人心，发现"情"乃人心之本。情根深种才不枉人间匆匆，只是情亦可生妒生恨，进而绵延出暴戾杀机。故知情、惜情、解情，是他这趟救世之旅的第一站。

盛典，金座，王妃

面对眼前这象征无上权柄的金座，觉如长久地沉默着。坐上它，蔚蓝的天，碧绿的草，闪着银光的雪山，兀然耸立的岩石，万千勇士，无数牧民……这一切的一切，都要归他统领了！自己真的准备好了吗？

觉如回头凝望身后众人，他们的眼中有期待，有艳羡，有怀疑，也有妒忌……万千目光汇聚在他尚且稚嫩的身躯上，倒让他莫名生出万丈豪情。"世间纵有千种磨难，百般险阻，将它们一一踏平就是了！"想到这，觉如傲然上前一步，坐在了那辉煌的金座上。

刹那间，朵朵祥云从天边向岭国聚集，天马江噶佩布见觉如称王的时机已到，便运起神力，长长地嘶鸣了三声——顿时大地摇动，山岩崩裂，水晶山石的宝藏之门亦被撼得大开。各路天神闻声纷纷前来道贺。吉祥长寿五天女乘着长虹，手捧五彩箭与聚宝盆；王母曼达娜泽则带来精致的箭囊和宝镜；玛沁邦惹、念神格卓①、龙王邹纳仁庆等一一敬献香茶；众神捧着胜利白盔、青铜铠甲、红藤盾牌；还有那玛茂神神魄石镶着的劲带，战神神魄依着的虎皮箭囊，威尔玛神神魄附着的豹皮弓袋；千部不朽的长寿内衣，战神的长寿结腰带，威镇天龙八部的战靴……

前来古热石山参观赛马大会的人顿时被眼前的景象惊得不敢动弹，他们哪见过众神齐聚，为一"凡人"欢庆的场面？在他们惊诧的目光中，被众神环绕的觉如将他们的赠礼一一穿戴上身。曜主的大善知识又献上宝雕弓，玛沁邦惹献上犀利无比的宝剑，念神格卓献上征服三界仇敌的长矛，龙王邹纳仁庆献上

---

① 格卓：即格卓念波，是中界念神的神主。

九庹①长的青蛙神索，多吉勒巴献上能运千块磐石的投石索，战神念达玛布献上霹雳铁所制的水晶小刀，嘉庆辛哈勒献上劈山斧。

种种宝物集于觉如一身，再加上华丽威武的战袍，顿时让他变成了顶天立地的大丈夫！

此时，觉如在天界的哥哥东琼噶布、弟弟龙树威琼、妹妹妲莱威噶、嫂嫂郭嘉噶姆等纷纷变化为手持法鼓、法螺、铙钹和令旗的童子，一路吹吹打打，庆祝觉如登上王位。岭国众人第一次看到众神如此美妙的仙乐歌舞，一时恍然若梦，不知道是该暗自赞叹还是随歌起舞。

自降生以来，觉如这十多年犹如被乌云遮住的太阳，仿佛陷在污泥中的莲花，虽为岭国众生做了许多好事，却多不为人所知。相反，他和母亲处处受到贬低排挤，甚至被迫四处漂泊，历尽艰辛。如今这诸神庆贺，万民称颂的场面，在觉如看来自是五味杂陈。也许这正是天神的旨意吧，先察民情，体人心，再登上金座，才能做一个真正心系属民的好君王。

觉如登上金座，取得王位后，从此便被称作"世界雄狮大王格萨尔罗布扎堆"。

众神齐声道贺后随着仙乐慢慢隐去，岭国人这才如梦初醒，他们欢呼着拥向金座上的雄狮大王格萨尔。见过觉如的种种神迹，人们相信太阳终于驱散了乌云，莲花终于冲破了污泥，他们岭国，也终于有了尊贵威武的君王！这欢呼声是发自心底的称赞，是源自灵魂的敬畏，震得地动山摇，就连天上的彩云也随之飘舞，海中的浪花也随之翻飞，声势一点儿不弱于刚才的众神献礼。

"该让我们的雄狮大王说几句了！"人群中不知是谁喊了这么一句，众人心意相通，欢声鼎沸渐渐变成寂静无声。雄狮大王格萨尔从辉煌金座上站了起来，他略一沉吟，开口道："赛马的众弟兄，岭国的众百姓，我本是天神之子、龙王外孙，降临人间已有一十二载，历尽艰辛，遍尝苦难。今日终于登上金座，被称为'雄狮大王格萨尔罗布扎堆'，不知你们是否诚服？"

人们亲见他登上金座时众神献礼，仙乐飘飘，场面为平生仅见，哪里不服？他们更多的是由衷地感激，感激上天为他们派下如此奇伟的君王。

见众人心悦诚服，虔诚之至，格萨尔便开始封臣点将："既然如此，我来

---

① 庹：一种约略计算长度的单位，以成人两臂左右伸直的长度为标准，约合五市尺。

封臣：奔巴·嘉察协噶为镇东将军，负责抵御姜国萨丹王；森达穆江噶布为镇南将军，防御南方魔王辛赤；察香丹玛为镇西将军，抵御西边霍尔人；念察阿旦为镇北将军，防御戎、魔二地……"

封完四方将士，格萨尔继续说道："除了岭国的公敌，我格萨尔并无私敌；除了藏族人民的公法，格萨尔自己并无私法。从今以后，只要我们岭国众人齐心协力，必能长享太平！"

众人闻声齐齐称是。老总管绒察查根在欢呼声中手捧穆布咚姓的家谱和五部法旗，郑重地献给了雄狮大王格萨尔，其他岭国众兄弟也纷纷上前献礼。天神为这献礼的盛景撒下漫天花雨，人们也敲响了名为"光辉灿烂"的法鼓，吹起了称作"雪白响亮"的法螺，打起了叫作"雷鸣阵阵"的铙钹，姑娘们边跳边唱："快乐呀，雄狮大王！欢喜呀，岭国众生！"

此时，格萨尔的目光却被一个缓缓向前的姑娘吸引，那正是岭国最美的女子，他格萨尔的未来之妻：森姜珠牡。珠牡从轻歌曼舞的姑娘们中间缓步走出，她用长哈达托着嘉洛的宝物——财神所用的长柄吉祥碗，内盛长寿圣母的寿酒和甘露精华，恭敬而羞赧地献到雄狮大王面前，并为格萨尔唱了一支美好的祝愿歌：

尊贵的世界雄狮大王格萨尔，
您雄伟的身躯放射珍宝彩光；
愿长享福泽甘雨，
与众生永不分离！
在曲折的伏魔道路上，
在建筑众生大事业中，
我如影子，伴您侧，
永不分离，雄狮王！

随着珠牡的美妙歌声，岭国众姑娘跳得更加轻盈动人。珠牡的眼中散发出楚楚动人的光彩，整个人仿佛沐浴在柔软而清澈的光华里。格萨尔心为之一动，当即走下金座，与珠牡双双起舞，沉醉在快乐祥和的欢歌曼舞之中。

刚冲破阴霾，又遇见雾霭

格萨尔赛马称王之后，岭国与周边一时相安无事，岭国人在格萨尔的治理下快乐和睦，格萨尔自己也收获了一段颇为幸福的新婚时光。他娶森姜珠牡为王妃，二人一路患难，婚后自然恩爱异常。同时，按照规矩，格萨尔又娶梅萨等十二个姑娘为妃，她们与珠牡一齐称为"岭国十三王妃"。

人们常说：做大事要放下儿女情长。但立志成就一番伟业的格萨尔并不这么认为，他一路叩问世道人心，却发现"情"才是人心之本。情根深种，才不枉人间匆匆。对藏族人民来说，若不能彻底地爱，痛快地恨，人生还有什么值得留恋呢？

于很多人而言，爱情是一种信仰。只是，爱情这种信仰同样具有毁灭性的力量，它可以生妒生恨，进而演变成暴戾杀机。

这天，格萨尔外出巡视来到邦炯秋姆草场，那里是石山与雪山交界的地方，景色奇异而壮美。左边雪山的雪白得耀眼，右侧草场的草绿得喜人，而白、绿之间是一片既不落雪也不长草的乱石滩——不过，那石头却是深深的红褐色，神秘而肃穆。雪山、草地、石滩，洁白、青绿、红褐……一幅美丽而质朴的画面跃然眼前，格萨尔啧啧称赞。他忍不住放开缰绳，任天马自由漫步其中，自己则尽情地唱起赞颂的歌谣。

不知天马走了多少步，也不知欢歌唱了多少首，天色渐晚，一阵倦意袭来，格萨尔生性洒脱不羁，他立时下马，就地脱下袍子，把头伸进袖筒里，竟就这么睡着了。就在格萨尔酣睡之际，一阵朦胧的呼唤声在他耳畔响起："推巴噶瓦，我的好孩子，不要贪睡快快起。"原来，是天母朗曼噶姆驾着彩云而来，她附在格萨尔耳边吩咐道："快去东方查姆寺修学大力降魔之法二十一天，这是白梵天王的命令。别忘记，修法要带梅萨王妃去。"

岭国北接魔地，遥望门域，东临萨丹，西靠霍尔，这四大国的国王被称为"四方魔王"，均非善类。格萨尔早知四方魔王并非先前遇到的"虾兵蟹将"，没有更上一层楼的神通法力，无法降伏。他闻声而起，立刻驾马回到王宫。

"王妃梅萨在哪里？"人还没踏入宫门，格萨尔雄浑的声音便传遍了王宫。

"大王何事这么着急？"珠牡闻声而出，她笑意盈盈地揽住格萨尔的胳膊，柔声问道。

格萨尔将天母托梦，要带王妃梅萨闭关①修法之事一一道来。珠牡听了心中颇为不快，婚后她与格萨尔整日如胶似漆，未曾分别一天，如今却要让另一个女人与他常伴左右，这让珠牡既不舍又不甘。珠牡与梅萨的感情本来还算融洽，但这一刻，她却有些嫉恨梅萨。

毕竟，在爱情里，独占的欲望是不分男女的。格萨尔会为珠牡情迷"印度美少年"而吃醋——哪怕他是自己的化身；珠牡同样会为格萨尔更亲近其他王妃而幽怨——哪怕她心知格萨尔最珍视的只有她一个。

有了熊熊妒火，最温善的人也能做出莽撞蠢事。珠牡悄悄使了个心眼，她劝格萨尔先去休息，由她去通知梅萨。格萨尔正好困乏难当，自然乐得答应。

格萨尔睡下后，珠牡悄悄找到梅萨，她一脸郑重地交代道："为了降伏妖魔，大王要去东方查姆寺闭关修法，命我做修法侍从，服侍左右。我们走后没人照顾阿妈，众姐妹中你最贤惠，这几天你就同阿妈住在一起吧，好好照顾她，闭关结束后我们再见。"女人之间心意相通，梅萨知道珠牡的这番说辞肯定另有目的，但她很清楚自己在格萨尔心中的分量远不及珠牡，只得默默应允。见梅萨答应下来，珠牡心中大石放下了一半。夜里，她趁格萨尔半睡半醒之际对其谎称："大王，我去找过梅萨了，她最近身体不大好，闭关修法是件苦差事，就让她在家歇息，还是我陪大王去吧。"

格萨尔本来就喜欢珠牡甚过梅萨，现在听说梅萨身体不适，也乐得和珠牡

---

① 闭关：密宗修法方式之一，修法期间除了伺候之人，不与任何人接触，故名"闭关"。

同去。爱情常常令人一叶障目，在甜蜜和喜悦的"劫持"下渐渐放弃既有的原则和标准。格萨尔向来对天母的嘱咐言听计从，执行起来也没有丝毫折扣，但这次竟"选择性失明"了——殊不知，岭国的祸种就此种下。

"格萨尔大王！不好了！"砰砰敲门声突然传来，打断了格萨尔的修行。这是格萨尔闭关修法的最后一天，一旁服侍的珠牡面带怒色地打开房门："究竟何事？竟敢打扰大王修法！"

报信的仆从慌张地答道："禀告王妃，就在大王修法的时候，来自北方魔国的黑魔王突然闯入王宫，将梅萨王妃掳走了！"

格萨尔听到梅萨被抢的消息，心下又悔又怒。他顾不得修法尚未完成，驾起天马就想前去营救梅萨。就在这时，天边一阵白光投下，拦住了天马的去路。天母朗曼噶姆的歌声从白光中飘出：

> 雄狮王住在雪山顶，
> 若要玉鬃茂盛，
> 千万别下平原；
> 花纹虎住在森林里，
> 若要斑纹好看，
> 千万不要外出；
> 金眼鱼住在大海中，
> 若要鳞甲密实，
> 千万不要上岸。
> 之前我曾开示，
> 修法要带梅萨，
> 如今若要降魔，
> 还须等待时机。

听了天母的训示，格萨尔既羞愧又着急，但他知道天母说得在理，若不修好神通，别说营救梅萨，就连自身性命都难保。权衡再三，格萨尔愤恨地甩了甩头，决然返身入寺。

去与留：一波三折的离别

为了早日救出梅萨，格萨尔在天母的指示下忘我地勤修苦练降魔之法。珠牡看在眼里，既心疼，又难受。心疼的是，她从未见过雄狮大王这般一筹莫展、神思不属；难受的是，让雄狮大王一筹莫展、神思不属的对象，并不是自己。

几日后，见格萨尔修法圆满，天母降示："降魔时机已成熟，速去魔国莫迟疑！"

格萨尔心如弦上之箭，早已蓄势待发，听到天母的指示，更是不做停留，即刻出关。虽然救人心切，但格萨尔也放心不下心爱的珠牡，便跑来向她告别："珠牡啊，我的爱妃，我不能做白长绿玉鬃的雄狮，不能做让斑纹羞愧的猛虎。我法力已成，这就要去北方魔地除魔救人。家里的事，就交给你了！"说完，他便跨上天马江噶佩布，准备离去。

这时，珠牡却泪眼婆娑地一把拉住天马的缰绳，勉力挽留："大王呵，我的心上人！雪山雄狮应该在雪山上炫耀神力，森林猛虎应该在森林里逞威作福，雄狮大王是岭国人的大王，应在我们岭国施展武艺。请不要离我而去！"

格萨尔叹道："天母有命，我不能违抗。况且梅萨还在黑魔手中，我怎能坐视不理？"

听格萨尔言辞间挂念梅萨安危，珠牡不免又生妒心："若被劫的是我，不知道大王是否会同样奋不顾身地前去营救……虽然大王嘴上说我比其他十二妃加在一起还重要，可世人皆夸岭国除我之外，梅萨最美，大王莫不是对她动了真心？"想到这，珠牡把心一横，又想出一个花招。

珠牡假意应允:"就是天母有旨意,大王也不必如此着急,请先吃完珠牡为您准备的甜食美酒,路上也不必忍渴受饥。"说着,她便把格萨尔扶下战马,捧出早已准备好的酥香甜食和甘醇美酒。格萨尔第一次远征,不知何时才能归还,对珠牡自是牵念有加,所以不忍拂她的意,当下吃喝起来。他哪里知道,珠牡竟然在酒水中放了能使人健忘的药!

吃饱喝足后,药性发作,格萨尔只觉昏昏沉沉,不一会儿便倒头睡去。等他第二天醒来,早已忘了北方降魔之事。保险起见,珠牡整天陪在格萨尔左右,寸步不离,她还特意吩咐侍从保持缄默,绝口不提"黑魔"和"梅萨"两个名字。

奈何珠牡机关算尽,却终究抵不过天意。一晃好几天过去了,天母见格萨尔迟迟不动身,便前来催促:

> 雪山顶上白狮子,
> 玉鬃盛时要显露;
> 茂密林中花斑虎,
> 斑纹好看要显露;
> 大海深处金眼鱼,
> 六鳍整齐要显露;
> 达孜宫中格萨尔,
> 威武雄壮要显露。
> 今天就是降魔日,
> 搭救梅萨且莫迟。
> 若再怠慢再迟疑,
> 不能降魔反被欺!

听到天母的训诫,格萨尔于睡梦中猛然坐起,这才忆起梅萨之事。他懊丧地直拍脑门:"都说贪酒误事,竟连我也不例外!"他见一旁的珠牡睡得正香,决定不叫醒她,悄悄出发,省得又被她缠住,徒生事端。

格萨尔悄悄起身，吩咐几名侍女备水烧茶，并派人通知岭国将士前来商议出兵的事宜。在等待岭国将士的空当，格萨尔仔细吩咐道：

快去快去提水去，
快来快来烧茶来；
锅里倒水要适当，
不多不少舀三瓢；
茶叶上下共三盘，
不能多也不能少；
黄刺是乌鸦堆着烧，
荆刺是恶鬼压着烧；
羊粪是饿鬼撒着烧，
劈柴是英雄摞着烧；
柏枝是朋友挑着烧，
麦秸是青年摆着烧；
酥油是大臣多放好，
盐巴是味品少放妙。

"腥肉之食，非茶不消；青稞之热，非茶不解。"饮茶是藏族人民生活中不可或缺的一部分，逐水草而居的牧人在休息时通常会围成一圈，席地而坐，用方便快捷的三石灶熬顿香茶，惬意无比。即便在战争的间隙，战士也会伺机煮茶，犒劳身心。

侍女听从格萨尔的嘱咐，烧起茶来，那火焰旺得像猛虎跳，那风箱拉得像野牛叫；紫烟像彩云飞，茶气像晨雾绕。不一会儿，灶房里便茶香四溢，就连熟睡中的珠牡都闻见了。

珠牡循着香味醒来，发现格萨尔不在身边，侍女们却忙作一团，顿觉不妙。此时，格萨尔正巧走入房里，他见珠牡已醒，便不再隐瞒，大大方方地嘱咐珠牡："快去打开我的宝库大门，取出我的胜利白盔，再把我的披风甲临风抖三回，还有红刃白把水晶刀和九万神箭，牛角弓、硬盾牌、金鞍、银镫也不能少。"

珠牡闻言默不作声，心下却急转不停。她本不是个心眼细主意多的姑娘，却在婚后自然学会了如何拴住丈夫的种种"技艺"。几乎每个为情所困的人，都会经历这样一个想方设法挽留对方的阶段。仿佛伴侣即便只是远游几日，都是天崩地裂的大事。珠牡知道大王又要出征了，上次用下了药的美酒甜食拖了几日，这次不知这招还能否奏效。在去宝库为格萨尔取武器的路上，她故意放缓脚步，好留出时间仔细权衡合计。

另一边，格萨尔派出的侍女来到白水晶山山顶，点火煨桑，同时放声呼喊。这是雄狮大王召集将士的信号。不多时，岭国三十位英雄、十一名王妃以及众多勇士和属民都聚集到山下的广场上。格萨尔当众宣布将去北方魔地征伐黑魔，解救梅萨王妃，岭国的守卫交给哥哥嘉察。

格萨尔交代完毕后，便戴上头盔，穿上战甲，拿起武器，骑上天马，整装待发。这时，珠牡再次挡在马前。自从知道上次被珠牡下药后，格萨尔便暗下决心，这次再不能为珠牡所拖累。但眼见她泪雨涔涔、跪而不言的楚楚模样，实在不忍，当即下马搀起珠牡，柔声说道："珠牡啊，我的爱妃！你的心意我明了，你的情谊我知道。今天与你分别，我一样心如针刺，肉如刀割。只是去北地降魔是我早已注定的使命！你就在岭国安心服侍阿妈，管理臣民，我去去就回！"

珠牡故技重施，她眼含热泪地献上美酒："大王，今日一去不知何日才能相见，请喝下我这碗祝福的美酒再出发吧！有权之人喝了它，心胸广阔如天大；胆小之人喝了它，走路无伴心不怕；英雄豪杰喝了它，威猛英武把敌杀。"

望着珠牡的泪眼，再看到她手中的美酒，神通过人的雄狮大王格萨尔竟也为难起来。相持一会儿后，格萨尔无奈地叹了口气，他耐着性子劝解珠牡："珠牡啊，我的爱妃！我俩当初一同降到凡间，旨在救度众生。此事上有天神指示，中有念神发愿，下有龙神立约。如今天母令我北征，我若是违令毁誓，恐怕不仅岭国众生要遭殃，就连我俩这人间夫妻也做不成了。你莫再阻拦，让我离去。"

珠牡此时只当自己是个要被丈夫抛弃的孤苦女人，哪里顾得上考虑天神和众生。她闻言哭得更加凄楚，泪水润湿了她玫瑰色的脸颊，仿佛沾满露水的梨花。她任凭泪水滴落，语带幽怨地说："大王啊，我们有句古谚：'雪山不留要远走，剩下白狮子住哪里？大海不留要远走，剩下金眼鱼住哪里？森林不留要远走，留下花母鹿住哪里？'如今大王不留要远走，留下我珠牡托身哪里？"

格萨尔帮珠牡拂去泪水："珠牡啊，雪山走远还留小山，白狮子可住那里；大海走远还留湖泊，金眼鱼可住那里；森林走远还留草木，花母鹿可住那里；格萨尔走远还有嘉察哥哥，珠牡不要担心没有倚靠。"

珠牡见苦口婆心也打动不了格萨尔，不觉动了气："我有一件珠宝衣，美丽首饰在箱里。大王若留，我为您穿戴；大王若走，我就用火烧，用石砸，永远不要它！"

见珠牡言语唐突，格萨尔也有些动怒："好言相劝你不听，我也不想再理你。让开，让我走！"

被这话一激，珠牡不由将手中的缰绳拽得更紧，生气也变成了愤怒："当初无数英雄争相娶我，我在万人之中选了你。现在我却成了绊脚石，随你踢来踢去。你若还认我做王妃，就留在这里！否则，否则……"

格萨尔年轻气盛，最受不得威胁绝情的话语，他顿时火冒三丈："好你个森姜珠牡，竟如此泼辣！若再无理取闹，我定把你丢掉！"说完格萨尔不再理会珠牡，打马便走。

没想到珠牡性子刚烈，她死也不放开缰绳，竟被江噶佩布瞬间拖出去好远。格萨尔嘴上绝情，心里却不忍见珠牡受一点儿伤，他连忙下马查看。好在珠牡并无大碍，只是在急火攻心下昏了过去，格萨尔这才放下心来。他命人将珠牡安置好，便马不停蹄，一路绝尘而去。

清官难断家务事，天神也解不开男女间的情怨。究竟是妒火浇熄了爱意，还是婚姻埋葬了柔情，抑或是谁都会经历的一段感情的山路，兜兜转转、曲曲折折之后，依然会是相随相惜、浓情蜜意的坦途吗？

为佛法受苦者少，为情人渡河者多

朦胧的光影中，珠牡看到格萨尔慢慢来到自己身边——那英气逼人的脸庞仿佛十五的月亮一样沐浴着圣光，那高大魁梧的身躯则像世界中心须弥山一样耸然挺立；如红珊瑚般泛光的双颊，如启明星般闪亮的双眸，如珍珠串般洁净的牙齿，如玉笛声般美妙的声音……珠牡忍不住伸手去抚摸格萨尔，但她的手指穿透了格萨尔的脸庞，什么都没触到。

"王妃！王妃！"珠牡听见一个遥远的声音似乎在呼唤自己，这声音由远及近，愈发清晰，最终来到她耳边："王妃！醒醒！快醒醒！"随着侍女的不停呼唤，珠牡终于从昏睡中醒来。顾不得因受惊而虚弱不堪的身子，珠牡立刻起身四处张望，却哪里还能看见格萨尔的影子。

见珠牡醒来，几位侍女顿时手忙脚乱地倒茶端饭。但不见格萨尔的身影，珠牡哪有心思进食，她靠在床头，兀自唱起忧伤的思念之歌：

> 没有白雪的枯山，
> 白狮子住着心不安；
> 没有清水的泥潭，
> 金眼鱼住着心焦虑；
> 没有森林的草滩，
> 花斑虎住着心烦乱；
> 没有格萨尔的岭国，
> 珠牡我住着心忧伤。

珠牡虽然只是轻声哼唱，但一旁的侍女听得真切。她们不知道如何替王妃分担忧愁，只得在一旁默然相对。就在这时，珠牡突然想到什么似的，她一边挣扎着起床一边吩咐道："阿琼吉，里琼吉，快快替我备马！"

阿琼吉赶忙上前扶住珠牡："王妃，您这是要去哪？"

珠牡沉声说道："我不能留在这里，我要去追赶大王，随他一起北征魔地！没有他，我一天也活不下去！"

"这……"阿琼吉和里琼吉面面相觑，不知是该听命还是劝解。

珠牡见她俩踟蹰着并不行动，立刻面带怒容："还不快去！"

珠牡平日里待阿琼吉和里琼吉如姐妹，她俩从未见过珠牡生气发威的模样，被这一吼，顿时慌慌张张地去备马了。

俗谚说："为佛法受苦者少，为情人渡河者多。"爱情，有时比佛法更能牵动心神、劳动体力。珠牡趁着侍女备马的空当打起精神，饱餐一顿。马一备好，她便立刻出宫，向北追去。珠牡心意已决，此行就算一路风雨，山重水隔，不见到格萨尔也绝不退还。

不知是牵念后方的珠牡，还是思揣到达北方之后的降魔手段，格萨尔此趟北行并未全力驱使天马。因此，一路星夜兼程、马不停蹄的珠牡终于在翻越无数山岭，穿过千百河水之后，在北方一个名叫纳查贡的水草滩附近追上了格萨尔。

此时，格萨尔正在河滩边休憩，他毫无防备地卧睡成一个环形，天马江噶佩布也在一边悠闲地吃草。看到安然无恙的格萨尔，珠牡这一路上的饥寒困顿立时化作无形——只觉一切都值了！她立刻扑到格萨尔跟前，一把搂住了朝思暮想的雄狮大王。

就在双手触到格萨尔的瞬间，珠牡几日来紧绷的神经猛然松开，泪水也不争气地如骤雨般倾泻而下。她忍不住哭道："大王啊，你好狠心！将我独自留在岭国，知心的话说给谁听？伤心的泪流给谁看？大王啊，如果你坚持去北方，我也不拦你，只是请让我与你同去！"珠牡兀自哭诉，也不管格萨尔是真睡还是假寐。

其实珠牡的马蹄声远在百步外格萨尔便听到了，他本打算装睡躲过珠牡的责问，没承想听完珠牡的诉说，他忍不住鼻尖一酸，起身将珠牡抱在怀里。回想起与珠牡三年的婚后时光，无数快乐温馨的记忆涌上心头。此去北方降魔，少则半年，多则数载，想想还真舍不得珠牡。"好，我答应你。"格萨尔沉吟良久，最终柔声向珠牡说道。

珠牡听到这句允诺实在高兴坏了，她用力地抱紧格萨尔，怀里那温热而强健的身躯让她感到无比心安。不一会儿，旅途劳顿的珠牡便在格萨尔身边沉沉地睡去了。望着珠牡那张动人却因长途奔波而略染风霜的脸庞，格萨尔既感到温暖，又觉得有点儿愧疚。他悄悄替珠牡拭去腮边残留的泪水，俯身亲了亲她的额头，思虑着如何带珠牡一同北征。

怀里枕着心爱的妻子，虽然才过一会儿，但格萨尔觉得自己已经坐了很久很久。就像一对患难多年的夫妻，在经过一阵漫长的风雪侵袭后，终于迎来一个明媚的午后。他们靠在一起，享受这难得的惬意阳光，和彼此的温暖陪伴。

"铃铃铃……"一阵悦耳的仙乐打断了格萨尔与珠牡的甜蜜时刻。天母在诸位天女的簇拥下降临，她向格萨尔唱道：

> 白雪山脚的两头雄狮，
> 一头要出征猎取食物，
> 一头就要守住水晶洞；
> 苍穹之上的两条青龙，
> 一条要出巡负责打雷，
> 一条就要守在密云里；
> 红石岩上的两只雄鹰，
> 一只要外出展翅高飞，
> 一只就要守在雏鹰旁；
> 岭国的格萨尔和王妃，
> 大王要出征降伏四魔，
> 王妃就要留下守家园。

格萨尔知道天母的旨意，此次出征不应带上珠牡。但她既然已经追到这里，他总不能将她丢在这四下无人的水草滩吧。天母见格萨尔面露难色，便跟他交代："大丈夫不能心软，过分担忧也不必。趁着珠牡熟睡，你速离去。我自然会让珠牡安然回到岭国。"

格萨尔心知有天母允诺，珠牡自然平安，但自己仍是有点儿舍不得，他凝视着嘴角绽着幸福微笑的珠牡，寂寂无言。不知过了多久，他终于甩甩头，狠狠心，将珠牡轻轻放在旁边一块平坦的大石头上，悄悄打马离去。

珠牡这一觉睡得无比香甜，梦中格萨尔带着她御马飞驰，杀敌无数，好不快意。只是，再美的梦也有醒来的时候。当珠牡醒来时，格萨尔再次像梦境一样消失无影。望着眼前空无一人的河滩，她知道格萨尔又丢下自己偷偷走了。她来不及伤心，连忙打马追去。

半日过后，珠牡遇到一条横亘的大河，水流湍急，无处可渡。珠牡沿着河岸来回奔走，却怎么也找不到渡口和船只。她看见对岸有一位头戴法冠、身穿法衣的格西（即善知识，寺院里的最高学位），正倚着一株檀香树作法。珠牡对他大喊："喂！有道行的格西，慈悲心的格西，你可见一个长着白螺牙齿紫面皮，穿着金甲衣，骑着红色千里驹的人过去？"

格西朗声回答："看见了！但是那个人已经走了好久啦，姑娘你追不上了。"

珠牡不为所动："他是我的丈夫，我一定要追上他！"

格西继续劝道："姑娘啊，此河名唤黑魔沟，是妖魔的寄魂之处，不净不祥，姑娘家最好不要靠近。再说，这条大河你也没有办法过来呀！"

珠牡不甘心，再向上下游分别走出半日，却依旧没有找到能够渡河的地方。天色已晚，珠牡心灰意冷地徘徊在河边，她见格西还在对岸修行，便拜托格西，若是再遇见那个人，请向那人转告她的话：

他曾对我起誓，

生时绝不抛弃；

口中誓言如是说，

石上字句如是刻，

> 坚定如一恋大王，
> 他却狠心离我去；
> 今生缘分怕已尽，
> 只盼相见在天国。

这番话说得凄楚而绝望，格西听在耳中感觉十分悲伤。原来，这格西不是别人，正是担心珠牡安危，去而复返的格萨尔。他多想表明身份，再度拥珠牡入怀，又怕如此一来，北征之事便再无可能。他只能怔怔地望着渐渐远去的珠牡的背影，暗自忧虑神伤。

人们常说，指示正途的善良人少，心无旁骛的修行者少，永远知耻的朋友少，买卖诚信的商人少，信仰不变的弟子少，和睦相处的夫妻少。格萨尔与珠牡虽然为了北征之事多有龃龉，甚至屡屡说出绝情的话，但归根结底，他们还是一对令人称羡的和睦夫妻。

格萨尔不知道在北方等待自己的是什么，珠牡也不知道南归路上自己将面对什么。他们唯一知道的是，不论身体北征还是南归，他们的心，永远都只向着一个方向，那个方向叫彼此。

意外的邂逅，注定的缘分

格萨尔继续北行，一路上却不免担忧珠牡的安危："此处已近魔地，荒无人烟，珠牡回岭国的路途如此遥远，又是孤身一人，没人保护的她要是有个三长两短……"兀自忧虑的格萨尔转念又想起珠牡的种种好处，便忍不住唱出一支思念的歌：

> 我为降魔来魔国，
> 珠牡独自回岭地；
> 眼看太阳要落山，
> 北方又来酷寒风；
> 珠牡衣服太单薄，
> 雪雨狂风冻坏她；
> 人烟寂寥荒草滩，
> 野兽嘶鸣吓着她；
> 高高耸立土石山，
> 野牛吼叫惊着她。

要是为了救梅萨，却失去珠牡，那真是得不偿失了。一想到迎娶珠牡这三年来她对自己的体贴照顾，格萨尔更加踟蹰，赶路的速度也越来越慢。

"推巴噶瓦！你忘记自己立下的誓约了吗！"一个声音从空中飘来，柔和中透着严厉。这是天母朗曼噶姆的训话——每当格萨尔遇到危难或犹豫，天母总会及时出现,给他带来明确的指引。"你到北方去,不仅仅是为了梅萨,更重要的是降伏黑魔,解救众生。这是你自己发下的宏愿,也是天神给你的使命,更是众生对你的信任与嘱托。珠牡你不必担心,我会一路护送她回去,你莫再彷徨,加紧赶路!"

天母的训诫如一声惊雷,使格萨尔顿时从迷茫中醒悟。"不降黑魔,誓不返还!"他整理心神,将思念与忧愁化作前进的动力,一路向北,绝尘而去。天马似是感受到主人的决心,跑得格外卖力,一年的路程只用一月,一月的路程只用一天,一天的路程只用一顿饭的时间。它载着格萨尔翻过座座高山,穿过片片低谷,风餐露宿,披星戴月,终于在寒冬来临前,抵达魔地边境。

不知魔地边防如何,格萨尔放慢马步,审慎前行。这天,天色将晚,他行到一座形状奇特的山下。这座山的样貌酷似人心,山上还有一座诡异的四方城,城前的幢幡竟然是用人的尸骨做的。"这必然是魔地的前哨了!"格萨尔心想。他决定今晚就在这里投宿,顺便探探魔地的虚实。

格萨尔左手入怀,紧握水晶小刀,右手则轻轻叩响了城门。在格萨尔的高度戒备中,城门应声而开。沉重的城门似乎年久失修,打开时吱吱呀呀的,声音叫人害怕,但从门里走出来的,竟然是一位叫人怎么也害怕不起来的美丽姑娘。

就在格萨尔惊诧莫名时,这位美丽的姑娘倨傲地开口道:"找死的人才到罗刹门前,找死的虫才到蚂蚁洞边。门前这位从哪里来?莫不是天神送给我的晚餐?"

这话口气颇大,格萨尔并不回答,而是仔细地打量着眼前这位样貌与气势完全不符的奇异女子。她仪态端庄,美若仙女,举止间却有一种只有勇士才具备的豪气,这和格萨尔从前接触的温柔贤惠的岭国姑娘完全不同。

这姑娘似乎也从未见过来到魔地还这么气定神闲的人,忍不住又威胁道:"喂,我说你这敲门人,跑来我们魔国做什么?我看你容貌异人,应是有些修行的,还是珍惜性命福泽,别来送死了。若是让魔王鲁赞看见你,就是想逃也逃不掉了。快走吧!"

这姑娘虽然言语泼辣,但心肠倒不坏,格萨尔心中戒备放下大半。格萨尔有意戏弄她,便厉声回道:"人要降魔来找罗刹,虫要吃蚁来寻蚁窝;雄狮大王格萨尔就是我,先要降伏你这饶舌女魔!"说完他猛地向前一步,将其推倒在地,用膝盖压住她的身体,并从腰间抽出水晶刀,抵住她的喉咙:"立在雪山顶上的雄狮,能把庞大的玉龙降伏;潜在沧海中的鲸鱼,能把无数鱼虾吞噬;我降魔大王手中的水晶刀,能把魔地的妖魔统统制服。"

"大王饶命!"那女子自知不是对手,也不挣扎,只是连连讨饶。

格萨尔不依不饶,他将刀尖向前逼近"魔女"的喉头,继续追问:"说,你是谁?这是什么地方?黑魔鲁赞在哪里?"

"魔女"老老实实回答:"我乃阿达娜姆,这里是岭国与魔国的交界。黑魔鲁赞正是我哥哥,他命我守卫边界。原来您就是雄狮大王!"

格萨尔并不作声,只是定定望着阿达娜姆,似乎是在判断真假。

男女近距离四目相对,纵是天大的仇家,也不免生出别样情愫。阿达娜姆突然说道:"雄狮大王啊,您声名远播,仿佛南赡部洲的出水之龙。今日闻得龙吟,我阿达娜姆心生欢喜。都说美丽的孔雀爱玉龙,格萨尔,你也夺去了我的心。"

都说草原上的姑娘敢爱敢恨,性格爽朗,没想到这魔地的姑娘更加直接,竟在对方手拿尖刀抵在自己喉咙时表白。格萨尔见她眼眸流转,突表爱意,仿佛动了真情,一时竟不敢与之对视。他试探性地问道:"你哥哥掳去了我的王妃,你愿意帮我降伏他吗?"

阿达娜姆咬了咬嘴唇,坚定地说:"任凭大王吩咐!"

格萨尔有些诧异:"但他是你亲哥哥呀!"

"是的,但是他贪婪成性,我也看不过去。他派我来这边陲之地,也是因为我曾顶撞过他。大王若不嫌弃,请让我常伴左右。口若渴,我有好茶酒;身若乏,我有白罗帐;心若焦,有我阿达娜姆。"

格萨尔早就被她的美貌给吸引住,这番话又情真意切,一时不免心神恍惚,竟不由自主地答应下来。阿达娜姆既非单纯懵懂的少女,也不是阴险狡诈的女魔,她的表白一半因为害怕,一半源自冲动。而与格萨尔成亲之后,爱情的烈火竟从那一点点冲动的火星里熊熊烧起。原本的缓兵之计竟成了浓浓真情——这或许正是爱情让人难以捉摸的地方。

格萨尔与阿达娜姆在这边陲铁城成亲后，尽日跑马打猎，唱和对饮。阿达娜姆有惊艳动人的脸庞，洁白若雪的肌肤，窈窕婀娜的身姿，格萨尔怎能不为之神魂颠倒？他沉醉在欢歌笑语中，一时间竟忘了降魔之事。

其实，格萨尔不是健忘，而是他既舍不得离开阿达娜姆，又不忍心带上她，让她与哥哥手足相残。聪明的阿达娜姆哪里不晓得格萨尔的心思？她知道丈夫要做的事，作为妻子不该阻挠，而是全力支持，于是她当天晚上便做了一桌丰盛的饭菜。格萨尔见状不禁问道："有什么喜事吗？"

阿达娜姆款款说道："为大王饯行呀！"

格萨尔更加疑惑："饯行？去哪里？"

"黑魔不除，大王怎会安心住在这里？今天我会告诉你怎样才能战胜他，帮大王完成心愿。"接着她便附在格萨尔耳边，将降魔的步骤一一告知，同时，她还将手上的宝戒送给格萨尔："从此再往北去，你还会遇到很多妖魔，我将这只宝戒给你，你只要依法使用，必无性命之忧。"

"啊，我的阿达娜姆……"格萨尔一时无言。他只当阿达娜姆是个无与伦比的美人，却没想到她性格上也是如此通情达理。相比之下，就连珠牡也逊色几分。他感激地将阿达娜姆抱在怀里，轻轻说着温柔的离别情话。第二天，格萨尔与阿达娜姆依依惜别后，便按照她所指的道路，继续向北行去。

格萨尔是个多情的英雄，这点他自己也从未否认。很多人觉得所谓修法求佛，就是要将一个有情之人修成无情岩木，认为心如止水，万念止息才是大道所在。殊不知，真正的佛法不是变有情为无情，而是把有情的心，种到天地万物里去，悟出活泼泼的多情生命。格萨尔心无挂碍，随行随止，用一颗赤诚之心面对每段缘分，纵然偶尔被红颜祸水牵绊一时半刻，终究还是走在救人度己的大路上，圆满自在。

对付毒蛇心肠，要用苍鹰手段

北方魔国全称为"亚尔康魔国"，在那魔国中心的八山四口鬼地和采然穆布平原，伫立着一座有九个尖顶的魔宫。抢走梅萨的黑魔鲁赞就住在这座宫殿里。

这个凶恶的黑魔可不是一般小妖，它身如高山，指如鹰爪，共九头十八角，身上还爬满蛇蝎。他生气的时候口吐毒雾，吹沙走石，即便开心的时候，也面带着怒容和杀气。在他身边，聚集了一群妖臣，分别是：外大臣狗嘴羊牙，内大臣喝血魔童，出使大臣长翅乌鸦，办事大臣黑尾雄狼，还有二十九位法力高强的巫师。

黑魔早已觊觎岭国的珍宝和美女，只是忌惮于岭国号称神子降生的雄狮大王格萨尔，多有收敛。没想到，就在格萨尔闭关修炼的第七天，岭国的晁通派人送来书信，说格萨尔正在闭关，王妃梅萨独自留在家中，正是入侵的好时机。鲁赞一听，异常高兴，当即驾起黑云，带领妖臣来到岭国，不仅抢了落单的梅萨，还顺路劫掠了不少牧民。等格萨尔得知此事时，鲁赞早已逃回了魔地。

回到魔地后，鲁赞也忧心格萨尔得知爱妃被抢，是否会兴兵来袭。但多日过去了，仍不见岭国出兵的信号，他也就渐渐放下心来。这天，他仍在魔宫中兀自得意，却不料格萨尔居然已经只身犯险，深入魔国腹地。

格萨尔此时正行到一座黑猪鬃一样的山前，山前一座黑海横亘，阿达娜姆曾嘱托他千万不要跳入其中。格萨尔左右勘察，打算沿北边的小路绕行。没想到，还没转身，黑海中就突然钻出一条黑狗。这黑狗如黑熊一般大小，面容狰狞可怖，甚是骇人。格萨尔听阿达娜姆提起过，这必是魔狗古古然杂。

第三章 爱是缺口，亦是渡口

只听魔狗大叫一声"站住"，瞬间蹿到格萨尔面前。它张着血盆大口，仿佛随时要扑过来的样子。

格萨尔却一点儿也不担心，他面色倨傲地将阿达娜姆的宝戒举到面前："古古然杂，不要见了谁都喊'站住'，我乃阿达娜姆的丈夫，这便是阿达娜姆给我的定情之物。你若再阻拦，见了魔王我定要告你的状！"

古古然杂自然认得阿达娜姆的戒指，阿达娜姆是黑魔的妹妹，武艺超群，自己断然惹不起，于是灰溜溜地潜回黑海，乖乖放行。就这样，凭借阿达娜姆的指引和宝戒的帮助，格萨尔接连闯过红色三角城上的三头妖，黑色五指山上的五头魔，顺利来到魔宫附近。

谨慎起见，格萨尔化身为一位印度商旅，混进魔宫打探虚实。格萨尔借着跟魔宫仆从介绍货物的契机摸清了黑魔的寝宫和守卫状况，就在他找了个借口，打算离去时，背后传来一个声音："喂！你这有什么新奇的玩意吗？"

"是梅萨！"这声音如此熟悉，格萨尔自然认得。他踟蹰良久，却不转身。

"喂！我跟你说话呢！你这有什么？"梅萨见这印度商旅颇为古怪，再次问道。

终于，格萨尔转过身来，露出本来样貌。见到这"印度商旅"的真容，梅萨呆立当场，无法言语，她激动得甚至忘记了呼吸。良久过后，她终于回过神来，顿时泪如雨下——那梦中频频出现的容貌，那记忆中常常显现的身形，终于又真真切切地出现在了自己面前。格萨尔也愣愣地盯着梅萨——那依旧美丽的容颜，却遮不住憔悴的神情，那依旧华丽的服饰，却盖不住瘦弱的身形。她这些日子，究竟受了多少委屈！

斥退仆从后，两人紧紧搂在一起，默默无言。

突然，梅萨仿佛想起什么似的，一把将格萨尔推开："不要骗我！你这老魔！你又变成格萨尔的样子试探我！我听闻他早病逝了！没了他，我也不打算苟活！"说着，她竟朝石柱上决然撞去。

格萨尔眼疾手快，一把将她拉住，紧紧搂在怀里："梅萨，我的王妃！你这是怎么了？为何连我也认不得了？为了你，我一路跋山涉水，历尽艰辛，你怎么把我当成黑魔？"

梅萨依然不敢确信："你当真是雄狮大王？"

"当然！不信你问！"格萨尔连忙辩解。

二人将只有他们知道的岭国往事一一对起，梅萨这才相信眼前的这个人就是自己日思夜想的雄狮大王格萨尔。

"大王啊，你快带我逃出去吧！自从被鲁赞抢到魔地，我虽衣食无忧，甚至吃穿都是最好的，但那老魔不许我思念岭国，更不许提起半句有关的岭国的话，否则就大发雷霆，叫人害怕。我茶不思饭不想，人也日渐消瘦，这种生活我实在过不下去了，快带我走吧！"

格萨尔心疼梅萨，但黑魔未除，他还不能离去，他将梅萨的头搭在自己肩上："王妃不要心急，等我降伏黑魔为你报仇。"

"这……"梅萨深知这黑魔的厉害，她担心格萨尔不是他的对手。为了让格萨尔死心，她将格萨尔带到黑魔的寝宫："大王你看，这是老魔睡觉的床，这是老魔吃饭的碗，这是老魔打仗的铁箭。"格萨尔翻身往床上一躺，却像个婴儿一样只占据床的一小块地方。他又想端起铁碗，拿起铁箭，竟拿不起来。格萨尔心下大惊，没想到这黑魔竟然这么不好对付！

但格萨尔并不打算放弃，他朗声说道："我曾立下誓约，不降伏黑魔，誓不回岭国。再强横的魔王也有弱点，你与他相处多时，可知道他的弱点在何处？"

梅萨知道劝不动格萨尔，便收拾心神，仔细回忆起来："我记得，他有一头黄色母牛，它的肉怎么吃也吃不完，我有一次听他梦中说起，他像山一样高大的身躯，正是得益于这头母牛。"

"太好了！"格萨尔连忙叫梅萨寻来这头母牛。他依法吃下它的肉，身体当真膨胀起来，黑魔的大床刚好够他躺下，黑魔的铁碗铁箭更是可以轻松拿起。

格萨尔思揣降魔时机已到，便在梅萨耳边悄悄言语几句。梅萨虽舍不得格萨尔，但还是依其所言，默默离去。

这天夜里，黑魔鲁赞回到寝宫，梅萨倚在床边，忧虑地说道："大王，不好了！我做了一个噩梦，梦见我右边的头发被剪去，这恐怕不是什么好兆头。如果大王有个三长两短，叫我孤身一人怎么办呢？听说岭国的格萨尔要来北方，您最好藏好您的寄魂海、寄魂树、寄魂牛，切莫被他夺了去！"

黑魔从未见过梅萨主动示好，当即心花怒放。为了在她面前炫耀一番，他毫无防备地说："爱妃不必担心，我的寄魂海是仓库里的一碗癞子血，把这碗打翻，寄魂海才会干；我的寄魂树只有用我仓库的金斧子砍三次，才会断；我的寄魂牛，只有用我仓库里的玉羽金箭去射，才会死。在我睡熟的时候，我的额间有一条闪闪发光的小鱼，这是我的命魂，只有在鱼儿闪光的时候被箭射中，我才会死。"说完这些，黑魔鲁赞忽然后悔起来，他连忙叮嘱道："爱妃，这些事千万不能让外人知道！不然，我就真的没命了！"他哪里知道，梅萨的目的就是让他没命。

第二天，梅萨趁黑魔出巡，将消息悄悄带给格萨尔，格萨尔立刻来到魔宫，按照梅萨告诉他的方法，将黑魔的寄魂海弄干，将黑魔的寄魂树砍断，再把黑魔的寄魂牛射死。黑魔的三样神器一灭，妖气和法力自然大减，他顿觉不妙，赶忙回到宫中。

殊不知，格萨尔早已在宫中恭候多时。他藏在门后，趁黑魔开门的瞬间射出利箭，正中黑魔额间。但黑魔走运，被射中时，他额间的小鱼并未闪光，但即便如此，他也元气大伤。格萨尔不给他喘息之机，立刻上前与他扭打在一起。黑魔虽然受伤颇重，但他天生神力，余威犹在，格萨尔一时难以将他制服。梅萨在一旁看得焦急，她瞅准时机，将一把豆子撒在黑魔脚下，黑魔顿时滑到在地，格萨尔趁机抽出红刃斩妖剑，将黑魔斩为两段。

自此，格萨尔这趟一波三折的北方降魔之旅才算告一段落。

黑魔被诛后，格萨尔将他的尸体压在一座黑塔下，格萨尔则坐在一旁静修，超度鲁赞的灵魂到清净国土。此时，距离格萨尔出征北伐，才三个多月，但他的魔国之旅并未结束，他还将在这片土地上教化众生三年之久。而这三年里，岭国将经历一场翻天覆地的变故。

格萨尔这趟降魔救妃之旅在西藏家喻户晓，以至于后来藏族人民在嫁娶迎亲时，娶方在新人到达之前，会在大门两侧分别立上黑白两种颜色的大石头。当送亲人到达门口时，便拿出一条哈达献给门右边的白石头，作歌道：

> 翁萨地！愿吉祥！
> 这坚固的白神石，
> 是天界神主所立，
> 是天地稳固之柱，
> 是世界不震之杵。
> 愿三十九尊域拉神和九十九尊颇拉神，
> 赐福于我们！

然后再到左边的黑石头前，作歌道：

> 翁萨地！愿吉祥！
> 我乃雄狮大王罗布扎堆，
> 征得十地之佛子，
> 三大怙主①之化身，
> 乌坚林巴派我来，
> 黑魔一定要粉碎。

说完送亲人还要把黑石头踩倒在地，象征黑魔被格萨尔粉碎，从此夫妻幸福和睦，再无分隔两地的忧虑。人们之所以念诵格萨尔之名为新人祈福，不仅是因为格萨尔神力广大，更是因为他在这趟北征降魔的过程中，表现出的为爱奋不顾身的勇气和执着。

回首格萨尔这一路来几番起伏，多有意外的情感纠葛，让人不免唏嘘感慨，爱是缺口，因为心中有爱的人，便有了羁绊，有了不舍，有了软肋。但爱同样也是渡口，经历过重重羁绊，体验过回回不舍，敲打过根根软肋，我们才会成长为真正懂爱，惜爱，会爱的人。

---

① 怙主：即保护者、护法神。藏传佛教将观音菩萨、文殊菩萨与金刚手菩萨并称为"三大怙主"。

第四章
有烟火，就有尘埃散落

就在格萨尔征服魔地的同时，与岭国临近的霍尔国的白帐王看上了美丽的森姜珠牡，兴兵来抢。为等格萨尔班师回援，森姜珠牡屡屡设计，将霍尔大军拖住数年。奈何，与格萨尔向来不睦的晁通暗中通敌，致使岭国陷入绝境……

欲望是一切苦痛的根由。世人总是追逐灿烂烟火，却忘记烟火中散落的尘埃，才更像他们的人生。贪多务得，反有所失：贪恋美色失去生命，贪恋权力失去荣誉，贪恋财富失去人心。惩恶戒贪，是格萨尔救世之旅的第二站。

永不餍足的人心

　　时光荏苒，一晃即逝，格萨尔离开岭国去北方魔国已经两年多了。岭国的牧人每天都会看见王宫的最高处，有一位花容月貌却面带憔悴的女子，倚着栏杆痴痴地望着北方，她就是日夜思念格萨尔的岭国王妃——森姜珠牡。

　　原来，消灭黑魔鲁赞后，格萨尔被告知魔地众生在鲁赞统治时受尽欺凌，不少人被他变成妖魔的样子，人不人，鬼不鬼，苦不堪言。格萨尔虽然念着岭国的山川与亲人，但他明白，莲花生大师派自己降生人间，既为斩妖除魔，更为造福万民。所以，他决定先留下来，用自己的神力解救魔地受苦之人。

　　格萨尔在北方为众生慷慨解囊、遍洒福祉时，岭国的东面却有一个人正在为自己的私欲蠢蠢欲动。那是兵强马壮的霍尔人的领地，霍尔人的天帝名叫"霍尔赛庆"，"赛庆"意为大黄色，所以霍尔也被称为"黄霍尔"。

　　黄霍尔在英武的吉乃亥托杜王统治时，区域变得更加广大，属民变得更加繁多，在声势上渐渐压过了迁居黄河湾的岭国。吉乃亥托杜王有三个儿子，因为他们分别居住在黑、白、黄三种颜色的帐篷中，所以被称为黑帐王、白帐王和黄帐王。龙生龙，凤生凤，吉乃亥托杜王的三个儿子和他一样雄健勇武，其中尤以白帐王武艺最为高强。

　　与格萨尔信奉"能力越大，责任便越大"不同的是，白帐王认为"能力越大，欲望便越大"。可是，欲望的海水越饮越渴，只有拳头大小的人心，永远都不会餍足。白帐王凭借尊贵的身份和高超的武艺，几乎要什么有什么，但即便这样，他仍觉得缺了点儿什么。

　　就在格萨尔北征魔地的第三个年头，白帐王的王妃噶斯突然病逝。那一刻，他终于发现自己缺的是什么了——一位倾国倾城、冠绝天下的王妃！故去的噶斯并非不够美艳动人，只不过她是中原派来与霍尔联姻的公主，白帐王遵父命成婚，自己并没有选择的权利。如今噶斯病逝，他终于可以为自己挑选一位称心如意的美人了。

广袤的霍尔地区并非没有美丽动人的姑娘，但人心就是这般古怪，轻易便可以拥有的东西，怎会被视为珍宝？白帐王看不上唾手可得的霍尔姑娘，却派出手下的四只通灵鸟——鸽子、孔雀、鹦鹉和乌鸦，分别飞向霍尔之外的四方，去寻找世间最美的姑娘。

四只鸟奉命出发，在一处三岔路口，他们停下商议。老练的鹦鹉叹道："派出的使者射出的箭，我们四个真可怜。天下最美的姑娘本就难寻，即便找到，也必然身有所属。倘若真给自大又贪婪的白帐王知道美丽姑娘的属地，必然兴兵来抢！届时众生受难，尸横遍野，我们四个可就是帮凶了！"

"是啊，我们还是不要做这遭世人唾弃的事吧！"温顺的鸽子也附和道。

孔雀捋捋美丽的羽毛，生怕它因世人的唾骂而染污，也表示同意："对！可不能种下这般恶果。不过，回去肯定是交不了差了，不如我们都回各自的故乡吧。鹦鹉回门域，鸽子回中原，我回黄河边。乌鸦没有故乡，就随便找个地方安居吧。"

三只鸟说完也不管乌鸦的意见，各自开开心心地向故乡飞去。

不为私欲贻祸众生，这是连鸟兽都明白的道理，但身为万灵之长的人往往并不懂得，这实在是世间最令人啼笑皆非的事情之一。

当然，鸟兽和人一样，有良善明理的，也有自私自利的。望着三只鸟远去的身影，乌鸦又气又喜。气的是在白帐王王宫时，巧嘴的鹦鹉、温顺的鸽子、美丽的孔雀都比自己受宠，现在它们又丝毫不考虑自己的意见；喜的是它们的离开，正好给了自己讨好白帐王的良机！它可不甘心随便找段残枝了此余生，它还没试过锦衣玉食、众人宠爱的滋味呢！

乌鸦"不辞辛劳"地出发了，四只鸟的任务落在它一只身上。它从南飞到北，又从东飞到西，越千山，渡百河，却始终找不到所谓的"最美的姑娘"。这天，它身心疲惫地飞到岭国吉祥胜利宫，心想："这里要是再找不到，我也只能归隐山林了。"

乌鸦悄悄飞到雄狮大王寝宫的宝帐上，这也是王妃珠牡居住的地方。这天的天气格外晴朗，天龙吟哦，杜鹃欢唱，百灵清鸣，珠牡也一扫愁容，她算着与格萨尔约定的归期就快到了，便收拾心情，好好地梳妆打扮了一番。

她哪里知道，正是这个雨过天晴后的明媚瞬间，为岭国带来了更持久而可怕的阴霾。

乌鸦看到精心梳妆后喜笑颜开的珠牡，自己这一路的所有疲惫饥渴瞬间消失，剩下的唯有目瞪口呆，珠牡的容颜真是天上难找、地上难寻，再艳丽的莲花也被比了下去，再尊贵的仙女也要羞愧地退避。

乌鸦伺机叼走了珠牡掉在地上的小松石发卡，兴高采烈地飞回霍尔报信去了。此时距离白帐王派出四鸟已经百日有余，他早已等得心焦不耐。看到衔着宝石发卡的乌鸦回来，白帐王喜出望外："辛苦了！快告诉我，你可找到世间最美丽的姑娘？"

珠牡是乌鸦用来改变自身命运的重要筹码，它哪会这么轻易地和盘托出呢？乌鸦先是摆出一副疲惫而饥渴的样子，继而又愤愤地将鹦鹉、鸽子和孔雀数落了一通。白帐王听到三鸟"忘恩负义"，同样恨得咬牙切齿，他连忙招呼侍从宰杀白嘴神羊来犒赏忠心的乌鸦。乌鸦这时却依旧摆着谱，只字不提美女之事。白帐王求妻心切，又忍痛宰杀了黄鬃神马给它享用。

哪知乌鸦贪得无厌，还想提出更高的要求。白帐王顿时面露愠色，隐隐透着杀气。见风使舵的乌鸦吓得立刻把珠牡供了出来："在土地丰饶的岭国，有一位美丽动人的王妃，她往前一步就值百匹骏马，她向后一步便值百头肥羊；冬天她比太阳暖，夏天她比月亮凉；娇躯芳香胜鲜花，蜂蝶成群绕身旁；雄狮大王去北方，如今她正守空房。"

"太好了！天赐良机！"白帐王早就听说岭国王妃珠牡的美貌无人可及，只是一直忌惮于雄狮大王格萨尔的威名才没有动贪念，如今听了乌鸦的鼓吹，他恨不得立刻将珠牡抢到手。

白帐王的大臣辛巴梅乳泽听到白帐王与乌鸦的对话后，连忙劝阻："大王，我们和岭国实力相当，又一直相安无事，如今为了一个妃子就要大动干戈，是否太过草率？请大王三思！"辛巴梅乳泽本名梅乳泽，因其武艺高强，能征善战，便被称为"辛巴梅乳泽"。辛巴原意屠夫，后被引申为武艺高强的

第四章 有烟火，就有尘埃散落

英雄。梅乳泽虽能征善战，但本身却不好战。他像那三只逃走的通灵鸟一样，深知战争只能换来众生的鲜血和历史的唾骂。

白帐王早已被乌鸦的花言巧语弄得心急如焚，哪里听得进梅乳泽的劝诫。不过，兴兵打仗可是大事，为了让手下兵将信服，白帐王便招来吉尊益西打卦问卜。征兆和占卜是古代藏族人民借以判断吉凶的常见手段。征兆多是在日常生活中积累的经验，如"东虹日头西虹雨"等。格萨尔降生前，郭姆的帐房上空彩虹频现，祥云聚集，就是明显的吉兆。征兆既然是经验，就很难用明晰的道理来解释，只能归之为天意。这样一来，那些"上可表民意，下可传神旨"的巫师便轻松垄断了对各种征兆的解释权。久而久之，他们还开发出一套比偶然出现的征兆更加稳定的预测方式：占卜。巫师不再需要罕见的天征地兆，他们只要通过鼓、彩线、箭、动物肩胛骨等工具就可以帮人预测吉凶。

当然，占卜的准确程度因人而异，白帐王请来的这位吉尊益西就是一位极灵验的卦师。她是霍尔噶尔柏纳亲王的女儿，天资聪颖，能掐会算。接到白帐王的召唤，吉尊益西带来了全套的占卦工具：虎皮卦毯、白螺卦箭、红袖卦绸，以及绿松石骰子。

白帐王请吉尊益西算算此次出兵是否顺利，吉尊益西不敢怠慢，立刻凝神打卦。不多时，吉尊益西脸色陡变："卦象出现三座山，山间有草原，上有银刀闪闪，下有血海汤汤，我阿弟身死，大王也……"

"也什么？"白帐王听她这话十分不快。

"大王也在劫难逃。"吉尊益西想了想，还是如实禀报。

白帐王听了大为光火："一派胡言！你这卦象太荒谬！若不念你父王有功，我一定斩了你！"说完便喝退了吉尊益西。

"即刻点兵出发！我偏不信，没有格萨尔的岭国还能抵抗我霍尔数十万勇士不成！"白帐王被吉尊益西的卦辞激得暴跳如雷，他厉声向梅乳泽吩咐道。梅乳泽虽然心中忐忑不安，但见白帐王执意如此，也只能领命而去。

至此，这场因一己私欲而引发的众生浩劫已然不可避免。回望历史，有多少伏尸千万的战争都是源自某个君王的无谓贪欲，有多少家破人亡的惨剧都是发端于对某人某物的觊觎。难以餍足的人心，从来都是世间苦痛的根源。

无望的等待

"王妃,天色不早了,赶紧回屋休息吧。"阿琼吉小声提醒倚在宫门外的珠牡。

珠牡似是没听见她的言语,依旧呆呆地眺望着远方。格萨尔大王完全没有归来的迹象,这让她日渐神伤。前几日自己心爱的小松石发卡也不见了,这让珠牡有些惴惴不安。

这天夜里,疲倦的珠牡早早睡去。也不知过了多久,她恍惚间看见种种噩兆接踵而至:鹞鹰乱飞,恶狼下山,山崩地裂,洪水滔天,岭国的房屋被砸毁,岭国的牛羊被卷走,牧人流离,马群失散……珠牡从未做过如此凶险的噩梦,顿时惊醒,她用手一摸脸颊,竟然全是冷汗。

珠牡本是神女下凡,她的感应自然异于常人。她想起当年梅萨被劫之前,曾告诉自己做过一场怪梦,难道今天就要轮到自己了吗?珠牡心中惶惑不安,却又完全没有头绪,只得拿出格萨尔曾经穿过的衣物贴在胸口,并在心中一遍遍念诵雄狮大王的名字,希望他能听到自己的呼唤,速速赶回。

与此同时,远在北方魔地的格萨尔仿佛真的感应到了珠牡的祈愿,正准备返回岭国。他将魔地大小事务一一安排妥当,正打算出发,梅萨和阿达娜姆二人却笑盈盈地来到他身边,向他敬献美酒。以美酒饯行亲人本是常礼,格萨尔自然毫无戒备。他接过酒杯,痛快地一饮而尽。就在他放下酒杯,打算和她们告别时,突然感觉有些天旋地转,竟要向前栽倒。格萨尔连忙扶住天马的缰绳,这才勉强站住。

原来,梅萨与阿达娜姆竟然和当初不舍格萨尔北征的珠牡一样,在他的酒里下了使人健忘的药。一番眩晕后，格萨尔将岭国之事忘得一干二净，他有些茫然地问道："爱妃，我们在这里做什么？"

"大王真是健忘，您说好带我们一起出去打猎的呀！"梅萨笑着上前扶住格萨尔。

"是这样的吗？我这脑袋真不够用了！"格萨尔对梅萨的话没有丝毫怀疑，他甩甩脑袋，晕眩终于好了一些，但似乎有什么重要的事情怎么也想不起来了。

不等他凝神细思，梅萨和阿达娜姆便上前揽住他的手臂，拉着他向猎场走去。自此，格萨尔完全忘记了回岭国的事，整日只知和之前招降的魔臣秦恩下棋，与两位王妃欢饮，好不快哉。

按说格萨尔有了珠牡的"前车之鉴"，本该多加小心，但是在他看来，梅萨本就归心似箭，阿达娜姆又通情达理，万万没想到她俩居然会做出和珠牡一样的选择。原来，在格萨尔北征之前，梅萨思念大王和故土，只觉在魔宫度日如年。但黑魔被诛后，与格萨尔在魔宫相处的这些日子里，她渐渐习惯了这种集万千宠爱于一身的感觉。现在格萨尔身边只有她与阿达娜姆，若是返回岭国，还会有十二位王妃要与她们分享雄狮大王的爱，这让她有些接受不了。至于阿达娜姆，她是率性而为的魔地女人，她可以为了爱大义灭亲，自然也可以为了爱蛮不讲理。更何况，她从小生长在魔地，这里的一草一木之于她的意义，正如岭国的山川之于格萨尔，她又怎舍得离去？

从这点来说，格萨尔还不够了解女人。

也许，女人是永远都无法被彻底了解的吧。不过也正是因为这样，女人才如此动人。

就像珠牡，她曾经为爱选择无理取闹，如今为了岭国众生，她却又果断地选择了"舍身取义"。原来，就在她做噩梦之后没几天，岭国与霍尔边境的守卫便传来消息：霍尔白帐王率数十万大军压境，扬言不抢得珠牡誓不归还。

岭国大英雄丹玛装成跛腿逃兵，偷潜入敌营，砍倒了十八座大帐，踏翻了十八个锅灶，趁乱将霍尔人在阴山、阳山和山谷里放牧的战马统统赶跑。没想到，经此一役，白帐王没有知难而退，反而发了疯似的命梅乳泽率数万巴图鲁

（勇士）出击，与岭国守卫战在一起。都说"两军相遇，水火不容；刀兵相见，有你没我"，一时间，两军直杀得尸骨成山，血流成河，霍尔兵死伤不计其数，岭国兵将也损伤不少。

岭国十二王妃被嘉察送到珠康查姆寺避战，珠牡却心如火焚，昼夜不眠。望着静谧的寺院林木，她感受到的不是宁静祥和，而是簌簌杀机。她左思右想："看来这霍尔白帐王不把我抢到手是不会善罢甘休的，为护我一人安稳，竟要牺牲那么多勇士性命！不行，我也要为他们做点儿什么。"

女人就是如此奇怪的生物，她前脚可以像个刁蛮公主那样胡闹任性，后脚又可以像个母仪天下的王后忧国思民。而且，珠牡有的不只是满心忧虑，她更有连岭国大英雄都欠缺的过人智慧。她一面派出白仙鹤给格萨尔送信求救，一面向白帐王假意允婚，调停战事。

格萨尔的哥哥，岭国的大英雄嘉察虽然不愿珠牡忍辱负重，但见岭国兵马受损不轻，也只得默许。白帐王几仗下来吃了不少苦头，听闻珠牡答应嫁给自己，顿时喜出望外。他即刻停止进攻，开始筹备迎娶珠牡的事宜。

为了拖延时间，珠牡一会儿谎称身体不适，需要休息数月，一会儿又说还有亲人没有饯别，需要前去拜访……就这样，数月又数月，一年又一年，三年的时间竟然一晃便过去了，白帐王日渐焦虑，他数次派梅乳泽前去催珠牡启程，却均被珠牡巧言骗回。

三年里，珠牡和白帐王一样焦虑，为何雄狮大王还未回来？难道白仙鹤路上出了意外？甚至是大王自己出了意外？她哪里知道，那白仙鹤早就到了魔宫，信也送到了格萨尔的手中，只是接下来的剧情却由不得格萨尔自己做主。

那日，白仙鹤的信帮雄狮大王恢复了记忆，他顿时想起岭国与珠牡：

黎明时分起新云，
必然无法见阳光；
大河之上雾茫茫，
必然无法见村庄；
岭国派来传信鸟，

> 消息必然不吉祥。
> 三春时节倒春寒，
> 水土结冰下脚慌；
> 三夏时分狂风起，
> 旱灾必然来势凶；
> 三秋天气降寒霜，
> 庄稼残尽人心伤；
> 三冬时节天不冷，
> 四季从此不分明；
> 寄魂仙鹤来魔地，
> 必有兵灾不吉祥。

格萨尔一边兀自忧虑，一边打开信纸：果然，是一条噩讯！霍尔人已经包围了岭国，就要抢珠牡作妃！格萨尔一边捶胸顿足，自责不已，一边归心似箭，备马待发。这时，梅萨与阿达娜姆却又故技重施，她们趁格萨尔心急如焚，口干舌燥之际送来下了药的香茶。格萨尔情急之下没有防备，喝完再度昏睡过去。一觉醒来，又将一切忘得干干净净。

岭国这边，珠牡左等右等，却等不来格萨尔；紧拖慢拖，却拖不过白帐王，忧愁得几近绝望。这时，梅乳泽又来给这绝望加了一份最后通牒。

这天中午，他又来催珠牡出发了："珠牡王妃，我们大王好耐性，等你一天又一天，等你一月又一月，到现在不多不少整三年。耐性再好也等不及，脾气再好也要发火。如果今天再不跟我走，霍尔三王可就不客气了！"

珠牡不甘心，还想再拖最后一天，她知道梅乳泽心肠软，便软磨硬泡道："辛巴莫生气，梅乳泽别着急，我从小生长在岭国，要离去自然麻烦多；再说出嫁是大事，怎能当儿戏？我今天还要去上沟看一下姑母，她已经老了，我这一走恐怕再难与她相见。"梅乳泽是个通情达理之人，听她这么一说，也不好阻拦。不过，白帐王已经下了死命令，他只得一路跟着珠牡，寸步不离。

走到上沟山下时，珠牡拿出一壶酒对梅乳泽说："好心的梅乳泽，你且在这里喝酒，我一个人上去吧。不然，姑母见你这副杀气腾腾的样子，会吓坏的。"

"也好！"梅乳泽看了看山路，料定珠牡无法逃跑，便随她去了。

珠牡爬到山顶，顾不得喘息便拿出随身携带的一面水晶宝镜。这面宝镜能把世界各个角落看得一清二楚，她平日都藏在宝库里，舍不得用。她这次登顶，就是为了看看格萨尔究竟还在不在人世间。珠牡将宝镜对准北方魔地，念诵咒语。顿时，万千光影从镜面上掠过，珠牡仔细分辨筛选，终于在半炷香后找到了日夜期盼的格萨尔大王的身影！但让她心灰意冷的是，她从宝镜中不但看见了格萨尔，还看见梅萨和另一位美若天仙的姑娘，两人正陪着格萨尔饮酒唱歌呢！

那一刻，珠牡真如万箭钻心般痛彻骨髓。这个狠心的大王！当真忘了我和岭国吗？如今黄霍尔的兵马将岭国重重围困，岭国臣民苦不堪言，所有人都在期盼你归来，没想到你却在饮酒唱歌！真是个狠心肠的人！珠牡越想越伤心，竟因悲愤过度，昏了过去。

过了许久，一只机灵的小喜鹊叽叽喳喳地唤醒了珠牡。见珠牡泪眼婆娑的样子，小喜鹊不忍，便答应帮她再给格萨尔送一次信。

人们常说，哀莫大于心死。的确，倘若失去希望与期盼，人生便当真失去了意义。珠牡虽然痛彻心扉，但她心底里，依旧对格萨尔抱有最后一丝希望。她收拾心情，红着眼睛下了山，对守候多时的梅乳泽说道："我的姑母病得很重，我要侍奉她老人家几天才能走。"

梅乳泽见珠牡眼圈红肿，动了恻隐之心，便相信了她的话。几日后，见格萨尔还没有归来的迹象，珠牡万般无奈，只得回宫准备和梅乳泽出发了。回到宫里，伤心欲绝的珠牡久久不愿动身。侍女里琼吉看在眼里，痛在心底。她突然眼前一亮，计上心头："王妃，大家都说我和您长得像，白帐王又没见过您真容，不如……"

里琼吉的掉包之计珠牡并非没想过，只是她不愿牺牲无辜的侍女罢了。见里琼吉主动提起，珠牡感动莫名，她拉起里琼吉的手说："不，里琼吉，你我名为主仆，实为姐妹，你这么做，我怎么对得起你……"

第四章 有烟火，就有尘埃散落

里琼吉哽咽着说道："王妃，您不要这样说。您一向待我如亲人，如今正是我报答您的时候！为了岭国，为了王妃，我愿意！"

二人几番争执，珠牡却始终不允。里琼吉无奈，便偷偷出宫将此计告诉了岭国众位英雄。他们听了纷纷同意，只有晁通一人脸上阴晴不定。众英雄进宫向珠牡请愿，珠牡无奈，只得答应了他们的计谋。

黄霍尔终于退兵了，因为他们的目的达到了。白帐王高兴异常，三年多的征战与等待让他身心俱疲，但今日他终于能娶到朝思暮想的美人了！

"一切都值得！"他如此安慰自己。虽然眼前的"珠牡"并没有自己预期的那般出尘脱俗，但出征这么久，整日只能与将士朝夕相伴，看到女人已是难得，更何况里琼吉本就姿色不差，如今配上美丽的嫁妆，更是明艳动人，他也就没有怀疑。

至于梅乳泽，他自然看出了破绽。但是，为了早日结束战争，他选择了装聋作哑。是呀，历史上有过多少"狸猫换太子"，都是在类似的心照不宣的默契里被掩盖过去了。

毕竟，和平岁月，比所谓真相要更珍贵得多。

煌煌烟火，簌簌尘埃

不过，并不是每个人都乐于用自欺欺人来换得一时安稳。至少，白帐王就不是这种人。

霍尔兵马偃旗息鼓，排列整齐地向东北方向撤去。霍尔和岭国的民众也都安下心来，以为战争已经结束了。谁知，就在霍尔兵马后撤的第六天傍晚，一支红铜尾箭带着呼啸声，落到白帐王的大帐前，把守在门口的将士吓了一跳。

霍尔的大将们出帐探视，以为岭国献妃后心有不甘，前来偷袭。左查右探，众人才发现原来并没有偷袭，只是一支突兀的信箭。侍从将信呈给白帐王。读罢，白帐王的脸色如那信纸一样蜡黄，他猛地一拍王座："快把梅乳泽给我叫来！"

梅乳泽听到侍从传话的语气便知不对，刚进大帐，白帐王就把信纸摔给了他："你自己看看吧！你办的好事！"

梅乳泽心知不妙，小心翼翼地从地上捡起信纸。果然，他日夜担心的事终于被信上几句话揭露了出来：

可知将士生命换取的战利品，
竟是——
绿石头仿冒了碧玉，
枯树枝代替了净莲，
粗黄铜冒充了黄金，
老乌鸦伪装了杜鹃，

小丫头替换了王妃。

信上不仅揭露了珠牡被侍女替换的真相，还不吝恶毒的讽刺：

以为和雪狮结成了伴侣，
没想到伴侣却是长尾狗；
以为和猛虎结成了夫妻，
没想到妻子却是臭狐狸；
以为和大熊结成了伴侣，
没想到伴侣却是小骡驹；
以为和珠牡结成了夫妻，
没想到娶的却是里琼吉。
威震四方的白帐王，
如此欺哄竟然不知？
声名赫赫的白帐王，
这般侮辱竟能忍受？

难怪白帐王如此暴怒。这封信不仅揭露了岭国的掉包之计，还瞅准了自大的白帐王不堪受辱的个性，故意出言挑衅。梅乳泽恨不能一口把这写信之人吞到嘴里狠狠地嚼碎，他的心慢慢往下沉，脸上则阴云密布："大王，没想到岭国人居然骗了我们！"

白帐王见他似乎不知情，依旧怒气冲冲地质问："我们都没有见过珠牡，可你是见过的呀！我们被骗情有可原，你呢？"

"大王，珠牡乃是您的王妃，我怎么敢仔细看她呢？再说，我梅乳泽只懂带兵打仗，天下女人对我来说没有什么不同，只是服饰不一样罢了。"梅乳泽急忙解释道。

白帐王见梅乳泽从容不迫，说得条条在理，疑心消去大半："好！给你个将功赎罪的机会！你先带十万精兵去岭国把珠牡抢来，我率大军随后就到！"

梅乳泽知道此战在所难免，也不多言，领命而去。

眼见霍尔兵马又铺天盖地袭来，岭国将士惊诧莫名，唯有一个人别提有多高兴了——那正是阴险狡诈的晁通王。上回偷报北地黑魔鲁赞抢走王妃梅萨，仍未能解晁通心头之恨。此次霍尔来抢亲，他哪能放过再次重挫格萨尔的良机？那支信箭，正是他派人射去的！

梅乳泽并不想和岭国打仗，只想劝珠牡早日跟他们一起回国，免得血流不止，尸横遍野。所以，梅乳泽并没有和岭国军队正面对抗，而是悄无声息地潜入腹地，直接围住了珠牡居住的王宫。清晨，当珠牡照例推开窗户，眺望北方时，顿时惊呆了：宫殿下全是霍尔兵马，人头攒动，刀枪林立。数不清的军队，数不清的马匹，煞是恐怖。

就在珠牡准备呼救之际，梅乳泽从万军中站了出来，对珠牡大声唱道：

美丽善良的珠牡，
听我辛巴一句劝。
自从霍岭两相争，
无数英雄把命丧；
多少母亲失去爱子，
多少妻子失去丈夫。
碧根青苗被严霜毁于一旦，
苍天要为此负责；
美丽鲜花被冰雹毁于一旦，
乌云要为此负责；
长长鱼儿被铁钩钩住腮帮，
只怪这鱼肉太新鲜；
鸟王灵鹫被捕网网住双爪，
只怪羽翎可造利箭；
无忧岭国被强大霍尔侵犯，
只因珠牡你太美貌。

第四章　有烟火，就有尘埃散落

> 好话坏话，哑巴心中有数，
> 是爱是憎，孩子心头分明，
> 莫再犹豫快启程！

　　珠牡知道梅乳泽的话有一定道理，但是哪里肯从。梅乳泽又不愿强攻伤人性命，一时僵持不下。

　　"梅乳泽，你怎么还有闲工夫和她费口舌？快些动手！把她抢走！"就在梅乳泽好言劝说珠牡的时候，白帐王已经亲率十万大军从后面赶到。原来，白帐王担心梅乳泽的兵马太少，不能成功，便亲率大军支援。

　　梅乳泽不急不忙地说："大王，别急。俗话说，'那黄野牛的肥肉，有煮熟的工夫，就有晾凉的工夫；酥油放在茶灶上，有烧茶的工夫，就有品味的工夫；利箭搭在弓上，有瞄准的工夫，就有射击的工夫'，大王一路劳顿，不宜征战，您先回大帐歇息片刻，我再劝珠牡几句。她若能顺从地离开，岂不更好？"

　　白帐王心知有理，便回到了自己的帐房。没想到，他还没在虎皮垫上坐稳，一支利箭便仿佛夹带闪电与霹雳似的呼啸而来，径直飞到白帐王的帐房里，死死钉在白帐王座椅上方的柱子上，把他吓得滑倒在地。

　　这支利箭可不同于之前那支，白帐王连忙把见多识广的梅乳泽请来。梅乳泽一进大帐便看到那支依旧被余劲震得兀自颤抖的利箭："大王！这是格萨尔的神箭，他一定就在不远处了，我们还是赶快撤兵为妙！"

　　白帐王只听说格萨尔神勇无比，没想到他竟然强悍至此！一时吓得六神无主，连忙应允。晁通王见霍尔人迟迟不肯攻打宫殿，正暗自疑虑，没想到半天过去，他们竟然又撤兵了。他连忙派人打探，才知道白帐王是被格萨尔的神箭威慑住了。他趁霍尔兵马尚未撤远，连忙再向霍尔营帐射出一支信箭。

　　白帐王收到第二支信箭后，愁云顿扫："虚惊一场！珠牡，这次你可真跑不掉了！"原来，晁通在信里告诉白帐王，格萨尔尚离岭国十万八千里，否则他也不会射箭警告了。只要他动作快点儿，格萨尔一定赶不及！

白帐王正准备下令强攻王宫，却见一位头戴战盔、身披铠甲、手执弓箭的英雄立在高处。原来，这是珠牡在假扮格萨尔，她不愿被掳，打算做最后一搏。珠牡接连射出四支神箭，神箭带着雷霆之势呼啸而去，瞬间射死了四百霍尔兵。但是，就在她准备射出第五支神箭时，霍尔兵破门而入，将她制服。等到嘉察等岭国勇士赶到王宫时，这里已经人去城空。

嘉察气得发狂，他既不和大家商量，也不部署战事，只身朝霍尔撤兵的方向追去。他从未如此失去过理智，但是格萨尔北征之前，曾将珠牡托付给他，让他留守岭国护王妃、卫牛羊。可如今王妃被劫，宫中无数珍宝也被抢，让他如何向弟弟交代？

俗谚说得好："好汉里的真英雄，危急关头才能认清；骏马中的千里驹，大滩上赛跑才能分明；人群中的智者，遇到大事才能显本领。"现在，正是嘉察显露本领的危急关头。

嘉察驾着白色战马跑得四蹄生风，疾如闪电。终于，在翻过第八座山头时，他看见了霍尔那漫山遍野，如丛林密布的兵马。嘉察顾不得权衡谋划，他不顾一切地直冲入霍尔营帐。只见他一把白缨刀左挥右砍，杀得霍尔人措手不及，血肉横飞；几支霹雳箭疾疾四射，射得霍尔马悲鸣阵阵，拔蹄狂奔。霍尔人哪见过如此神勇的敌人，顿时大乱，四散奔逃。

在军队后方压阵的梅乳泽见嘉察狠命追来，心知大事不好。如果硬拼的话，自己恐怕也不是他的对手；不过要是不能把他杀退，岭国各路兵马一到，霍尔人恐怕就走不成了。梅乳泽对战经验丰富，略一思索，便生出一计："大英雄嘉察协噶，今天正巧是十五月圆之日，不杀不打，宜结善缘。我俩今天别真打，不如做个游戏，比比武艺。你若胜我，我自去请大王归还珠牡和珍宝；你若负我，就请大英雄折身回岭国。"

嘉察豪气云天，哪里会忌惮比武。他略一沉吟，点头答应。梅乳泽提出先比箭，再比刀。嘉察想都没想，立即抽出雕翎箭，搭在弓上唱道：

霍尔辛巴梅乳泽，
马上比武我不弱。

第四章 有烟火，就有尘埃散落

> 我不射你的战马，
> 射马的难度不高；
> 我不射你的花鞍，
> 射鞍的要求太低；
> 我不射你的铁甲，
> 射甲的必要不够；
> 我不射你的铁盔，
> 射盔的技艺庸常；
> 只拿你盔缨作靶，
> 这就要它往下落！

唱罢，嘉察一箭射去，正中梅乳泽头上的铁盔缨，把它射得抛飞出去。更让梅乳泽色变的是，那利箭射中铁盔缨之后，居然闪着光，打个旋，又飞回到了嘉察的箭筒里。

梅乳泽心下急转："这个嘉察真算得上是个大英雄，听说格萨尔比他还要厉害百倍，真是神魔一样的存在了！比武看来我是赢不了了，今天若不狠心除掉他，我霍尔将士还不知要死伤多少。"梅乳泽思定后暗道一声："嘉察，只怪你运气不好！"

梅乳泽雷厉风行，想定便不再犹豫，他满面笑容地唱道：

> 嘉察英雄好武功，
> 仁义无双讲信用。
> 我向上不射那青天，
> 日月受伤我有罪过；
> 我中间不射那高空，
> 雄鹰暴毙我也难过；
> 我向下不射那大地，
> 莲花枯萎我也造孽；

> 我也射你头顶盔缨,
> 我百发百中准没错。

谁知梅乳泽嘴上说要射嘉察的白盔缨,眼睛瞄准的却是他眉心。嘉察哪里算到大英雄梅乳泽会使诈,猝不及防之下被呼啸的利箭正中前额,疼得万箭钻心。但是,岭国的大英雄并没有立刻倒下去,他的任务还没有完成,他对弟弟的承诺还没有践行,他不能就这么死去!

嘉察踉跄着挺直身子,奋力抽出腰刀,忍痛一夹马肚,拼尽最后一丝力气冲向霍尔人。梅乳泽心知勇士的拼死一击有多么恐怖,早就躲了起来。嘉察找不到梅乳泽,也看不见珠牡,发狂似的左砍右杀,直到杀得整个压阵的霍尔兵死伤殆尽,他才耗尽命力,轰然倒下。伟大的岭国英雄,雄狮大王格萨尔的好哥哥,岭国众生的守护者,神勇无双的嘉察协噶,就这样死在了霍尔人的诡计之下!

随后赶到的岭国众英雄们看到嘉察的尸体,无不悲愤莫名。英雄丹玛即刻便要打马追杀霍尔人,却被老总管拦下:"你们哪个比嘉察的武艺高,哪个比嘉察更英勇?你们还要去送死吗?"

嘉察的父亲森伦王也不想再看见无谓的流血牺牲,他说:"我们每人向霍尔城的方向射一支箭,每支箭射中一样东西,让白帐王明白:我们岭国的英雄多如草木,我们岭国的英雄繁如河沙。他们一定会为自己的行为付出代价!"

众英雄见嘉察父亲都这么说,便默然应允。他们纷纷拈弓搭箭,齐声唱道:

> 一箭射穿你铜壁金顶,
> 一箭射倒你旌旗宝幢,
> 一箭射碎你玻璃阳窗,
> 一箭射毁你王宫营帐,
> 岭国英雄还有后继人,
> 要从你雪山上开路,
> 要在你河滩上跳舞;

第四章 有烟火，就有尘埃散落

> 要让千峰雅泽城成灰，
> 要叫剩下辛巴成骷髅；
> 要让白帐王身首异处，
> 要叫万千将士齐悲楚；
> 要叫阿钦十二部，
> 永远失去安居处！
> ……

在众英雄响彻天际的歌声里，一支支箭羽被射出，裹挟着他们的愤怒，飞向霍尔城的方向。而伟大的英雄嘉察，却再也听不见任何声响。他的逝去，将点燃格萨尔潜藏在心的熊熊怒火，让他真正成为那个让敌人忌惮害怕，使妖魔闻风丧胆的雄狮大王！

不过，如果格萨尔可以选择，他一定会用自己通天的神力去换取哥哥的性命。但即便是神，也有留不住的人。在煌煌如烟火的战争里，每个人都只是簌簌尘埃，身不由己地燃烧，身不由己地坠落。再神勇无匹，也敌不过欲望的穷追猛打；再智慧过人，也难以抵挡人性的撕扯绞杀。这是历史用无数人的鲜血，教给人们的残酷教训。

变了容颜的故乡

嘉察中箭的瞬间，格萨尔只觉心口一痛，顿感大事不好，却什么也记不起来："究竟哪里不对？我为什么会有一种归心似箭却又不知往哪里归去的感觉？"

原来，珠牡几次送去的信使要么被梅萨与阿达娜姆拦下，要么就是通知到格萨尔之后，他又被药酒灌醉，忘记此事。有一次，格萨尔已经整装待发，他还运起神力向白帐王的营帐射了几箭，以作为警示。奈何，最终格萨尔又被二妃巧计拦下，那支神箭带去的警示也因晁通通敌而没有起到作用。

就这样，三年又三年，三年又三年。此时已是格萨尔来到北方魔国的第九个年头，珠牡王妃也被霍尔人掳去三年了。这天，格萨尔只身外出打猎，心情好不愉快。结果刚走出城堡，胯下的千里宝驹江噶佩布却忽然唱起歌来：

> 在富庶吉祥的东方汉地，
> 聚集着来自各国的商旅；
> 他们在四方进行贸易，
> 最后还是得回到故里；
> 谁又想舍弃锦绣繁华？
> 有聚有散是自然规律。
> 在佛法庄严的卫藏圣地，
> 聚集着来自四海的僧侣；
> 他们心意相投如兄弟，

> 最后还是要回到故里；
> 谁又想抛弃浩瀚典籍？
> 有聚有散是自然规律。
> 世界雄狮大王格萨尔，
> 今魔国归顺百姓无忧；
> 珠牡却被掳身死未卜，
> 有聚有散是自然规律。

原来二妃只给格萨尔下药，却忘了通灵的天马江噶佩布。江噶佩布本不愿干涉格萨尔的人间修行，但见他被二妃玩弄于股掌，实在忍不住，便趁格萨尔独自外出打猎时加以提点。天马的话再度点醒了格萨尔，他终于想起一切——包括二妃给他下药之事。

痛定思痛，他决定不再耽搁，立即动身返回岭国。梅萨还想再施计阻拦，却被阿达娜母劝住："我们原本以为岭国能抵抗霍尔人的侵略，没想到岭国被抢劫，珠牡被掳，格萨尔已在魔地耽搁了九年。若再不放他回去，天上诸神一定会惩罚我们。不要再给大王吃那健忘的药，让他回岭国报仇，我们也收拾东西随他去吧。"

格萨尔归心似箭，顾不得担心凡人被惊扰，他驾着千里宝驹江噶佩布腾空而起，直向岭国飞去。江噶佩布其实早对格萨尔流连魔地感到不满，只是它知道，这是格萨尔必经的人间修行，它不好插手，只能静静候命。此时，腾空而起的江噶佩布不再有顾虑，它拼尽全力，比平日跑得更快、更急，恨不得一步把格萨尔带回岭国。

数月的路程不多时便快到了。靠近岭国边境时，也许是近乡情怯，望着渐渐清晰的岭国山川，格萨尔突然犹豫起来。他不知道岭国会在霍尔人的欺凌下落入怎样的田地，深觉自己有愧于岭国众生的期望，便放慢天马的脚步，化身为一个牧羊的小伙，赶着一群羊向岭国走去。

三年前，霍尔人抢走了王妃珠牡，掠走了王宫珍宝，杀死了英雄嘉察。晁通却因为屡次报信有功，不但没有被霍尔人劫掠，反而在他们的暗中支持下，当上了岭国的临时国王。没想到,在赛马大会上没能凭借实力得到的东西,却被他用诡计轻易攫取了。

当上国王后,晁通像所有昏君庸主一样,只顾自己享乐,不管百姓死活。他把琼卡穆布王宫修得金碧辉煌——白日里金光耀眼,黑夜里灼灼放光。为了满足自己日渐滋长的欲望,他竭力压榨百姓,岭国上下怨声载道。只是,没有了神勇无敌的雄狮大王格萨尔,没有了武艺超强的大英雄嘉察,谁也无力与兵强马壮的晁通抗衡。

这天,晁通正在他那辉煌的王宫顶上悠闲地散着步,正巧看见远处赶着羊群的格萨尔。晁通不放过每个敛财的机会,立刻吩咐格萨尔的父亲森伦前去讨要过路的水钱和草钱。昔日赫赫有名的森伦王,此时已经沦为晁通的侍从。在晁通王的积威下,森伦不敢不从,他骑上跛马,慢慢地朝格萨尔行去:"年轻人,我们大王说了,你的羊群在此喝水要交水钱,在此吃草要交草税。"

格萨尔看见父王狼狈不堪的样子,强忍住心头酸楚,悄声打探道:"当然了,老人家。您先坐下,草钱水钱好说,我先问您一些事情。"说着,他便扶森伦坐下,还拿出自己的圆满吉祥碗给他喝茶,又用自己的白把水晶刀给他切肉。森伦一见,又惊又急,心想:"我儿子的碗和刀怎会落到这个外乡年轻人手中?莫非……"森伦睹物思人,妄自揣测,竟抑制不住大哭起来。见父亲老泪纵横的样子,格萨尔再也忍不住,他变成原来模样,猛地扑到森伦怀里,唤了一声:"阿爸!"

森伦惊喜莫名,他左看右看,终于相信眼前的正是自己的儿子,英武的雄狮大王格萨尔。他将九年未见的儿子紧紧抱在怀里,失声痛哭。过了好一会儿,森伦才咬咬牙不再抽泣,并将格萨尔离开岭国以后的事详细地对他说了一遍。讲到王妃珠牡被白帐王抢去时,格萨尔的眼里冒出了凶光;讲到哥哥嘉察为国捐躯时,雄狮大王的泪水打湿了衣裳;讲到晁通通敌叛国时,格萨尔的牙齿咬得咯咯响。他愤怒地唱道:

在寂寂无声的夜空中,

星星为自己的光辉得意;

第四章　有烟火，就有尘埃散落

> 当旭日从东方升起，
> 星星哪里还有踪迹。
> 在青青翠翠的密林中，
> 斑虎为自己的武艺得意；
> 当勇士射出那利箭，
> 斑虎只能留下毛皮。
> 在哀鸿遍野的岭国，
> 晁通为自己的权力得意；
> 当格萨尔从魔地归来，
> 他到时想躲也来不及。

说完，格萨尔便安顿好年迈体衰的父亲，前去王宫找晁通算账。格萨尔神勇无敌，王宫的守卫形同虚设，他径直来到晁通的寝宫。只见那身着华服的晁通王正惬意地躺在床上休息，神色颇为得意。格萨尔怒火攻心，猛地一步上前，将水晶刀抵在晁通胸口呵斥道："怒呀怒！气呀气！记得我远征北方时，曾嘱托你守卫岭国。谁知霍尔人一到，你却第一个降了敌。嘉察哥哥被害死，王妃珠牡被抢去，你却在这悠闲地当上了王，把百姓折磨得断了气。今日就是你死期，死前容你再说最后一句！"

之前几次，晁通使心眼陷害格萨尔只是小打小闹，伤不了格萨尔半根汗毛，格萨尔也乐得看这位穷奢极欲的叔叔屡次出丑。但这一次晁通的通敌行为当真触怒了格萨尔：哥哥被杀，爱妃被抢，这岂止伤筋动骨？

晁通虽然一直担心格萨尔返回岭国拿自己兴师问罪，但哪里料到他来得这么突然。晁通被格萨尔的尖刀和比尖刀还要锋利的责问吓得面如土色，话不成句："对，侄儿说得对，叔叔确实有罪。只是……只是叔叔虽然做错事，但毕竟是你叔叔，老人的性命你不要伤害。"

格萨尔骨子里终究不是暴戾无度的嗜血者，于是怒气冲冲地说："用佛像砸死自己来表示虔诚，这种行为不值得敬佩；用尖刀杀死有罪的亲人，这种行为不值得庆贺。但是，不杀你实在难消我心头之恨！"一旁的天马江噶佩布闻言，一张嘴把晁通吞了下去。

得知格萨尔回国的消息，老总管带领丹玛等众家兄弟前来迎接。经过这九年的风雨起伏，老总管的面容显得更加苍老，但他见到日夜企盼的格萨尔，一下子又来了精神："快乐升平的好时光又要降临岭国了！"

> 长官何必为人少担心，
> 只要你真心卫国保民，
> 部落的未来自然光明。
> 男子何必为财少担心，
> 只要你对人善良宽厚，
> 家里的财货自然增多。
> 妇人何必为食少担心，
> 只要你待人周到热情，
> 桌上的食物自然丰盛。
> 岭国百姓何必再担心，
> 雄狮大王已返回故土，
> 牛马羊自然遍布岭国。

老总管唱出了众人的心里话，大家无不欢欣鼓舞。就在这时，梅萨和阿达娜姆也带着魔地的财宝与牛羊回到了岭国。格萨尔慷慨地把珍宝和牛羊统统分给了受尽苦难的人们。这时，江噶佩布也把只剩一丝气儿的晁通拉了出来。格萨尔虽然余恨难平，但依然念及亲情，也给他分了一份财物，令他到偏远的部落去放马。晁通能逃过这劫已算万幸，他嘴上千恩万谢，领物而去。

格萨尔将两个王妃安顿下来，并嘱托她们好好侍奉郭姆和森伦。交代妥当后，他决然地骑上天马，朝霍尔的方向奔去。

第四章　有烟火，就有尘埃散落

缘分是最奇妙的征程

雄狮大王骑着千里宝驹江噶佩布，带着弓箭和宝刀，踏上了孤身一人的复仇之路。他的满腔怒火夹杂着后悔与羞愧，反而像被风撩拨的柴火，愈烧愈烈！他一口气跑到霍尔边境，却被一只硕大而凶恶的黑色青蛙拦住了去路。

原来，白帐王抢走王妃珠牡和岭国珍宝之后，一直担心格萨尔前来复仇，便一路设置了九道关卡，这巨大的黑色青蛙便是第一道。这黑色青蛙不仅体型巨大，身手也很敏捷，格萨尔救人心切，一时间竟然没能将它制服。只见它左跳右闪，始终没给格萨尔砍到自己的机会。格萨尔急得使劲一夹马肚，江噶佩布立即变作一只硕大的乌鸦，猛扑下去，叼住了黑色青蛙，将它吞了下去。格萨尔兴奋地摸了摸天马的脖子，感激它关键时刻又帮了自己。

霍尔人留下的九道关卡一道比一道险恶。第二道关卡设在一座陡峭的山岩峭壁下，一个瞎眼的母夜叉拦在唯一的通行之路上。经过黑色青蛙一战，雄狮大王浪费了不少时间，他无心和母夜叉纠缠，便运起十分神力，将天神所赠的宝弓变成一块大磨磐石，自天上落下，将那母夜叉砸得粉身碎骨。

就这样，格萨尔接连打败了魔狮、魔马、魔狗、魔牛等妖魔，闯过了前面的八道关卡。这第九道关卡最为厉害，是一条只容一人一马的羊肠小道。守关的却是两个神勇无敌的大力士，他们把一面鲜艳的红旗插在关口石岩上，风一吹便正好把关口挡住，他们则躲在红旗后面，轮流站岗守卫。

格萨尔知道这两个人天生神力，就算是再大的石块也无法将他们压死。不能硬拼，只能智取。他摇身一变，成为侍从模样，走到关前。守关的大力士听到脚步声，早已警觉。格萨尔不等二人发问，主动说出自己的身份和来意：

"两位大力士，我是岭国嘉洛家的用人。我家主人让我给珠牡王妃送个口信，并给她带来她最喜欢吃的食物。"

珠牡自从被白帐王劫去后，便成了他最宠爱的王妃。大力士一听是珠牡王妃家的仆人，不敢怠慢，立即出关迎接："辛苦了，辛苦了！从岭国来霍尔山长水远，快进来休息一下。"

格萨尔装作热情的样子，趁机拿出事先准备好的药酒向他俩敬献："二位勇士独自守卫此地，比我辛苦多了！来，这是我家主人特命我敬献给二位的美酒！"

二人终日守在这荒无人烟的道口，哪里有机会品尝美酒。酒壶尚未打开，他们就被那酒香馋得口水直流。不等格萨尔多劝，他们便痛饮起来。保险起见，格萨尔一边说着赞颂的话一边劝酒，不一会儿，他们便各自喝下十壶下了迷药的烈酒，昏睡过去。

格萨尔毫不犹豫，立即抽刀结果了他们的性命，继续驰马前行。

出了山口，格萨尔却不知走哪条路才能到霍尔王宫。就在此时，天母朗曼噶姆再次为他带来指引："白帐王的王宫坚不可摧，你要先去寻找霍尔姑娘吉尊益西，她将是你的终身伴侣，让她帮你进王宫，寻珠牡。"

格萨尔依言打马翻过三座大山，越过三条大河，果然看见一个美若天仙的姑娘正在山泉边汲水。定睛望去，只见她穿着绣有金龙的黑绒长袍，衣领是珊瑚般的红狐皮，镶着白猞猁皮大边，蓝黑色水獭皮滚的小边，腰间束着五彩帮垫，胸前挂着三层黑金镶花佛盒，脖子上戴着绿松石、红珊瑚等各种珠宝制成的项链，煞是好看。

可最美的还是她的样貌，若能看到她鲜花般的容颜，深山老林中的苦行者也会微笑，高僧比丘也不免会动心，长途旅客也会频频回眸，小伙子更会失魂落魄。格萨尔心想，面对这样美丽动人的姑娘，真会令人放弃对极乐世界的向往，转而对人间流连忘返。

这个美丽的姑娘就是之前为白帐王占卦的吉尊益西。为了抢珠牡，霍尔损兵折将，吉尊益西的弟弟和卦象所说的一样——死于战争。她知道，卦中的预言还没结束，白帐王一定会覆灭。就在昨天晚上，她梦见将有一位天神来到自

第四章　有烟火，就有尘埃散落

己居住的地方附近，于是一大早她便来到泉边打水——可是，她没见到什么天神，却碰上个小叫花子。

这小叫花子自然是格萨尔幻化而成的。吉尊益西聪颖异常，她细细观察了一番，看出了破绽，便质问道："你头上有金盔印，腰上有铠甲痕，弯着腿像是刚下马，哪里像是要饭人？"

格萨尔暗自佩服这姑娘的慧眼，急忙解释："这位阿姐好粗心，把我叫花子当天神。我头上哪有金盔印，那是帽子压的痕；腰上哪有铠甲痕，那是穿衣叠的印。我天生弯腿，从没骑过马，我不是要饭人，还能是什么？"

格萨尔越是掩饰，吉尊益西越是怀疑，但她也不能肯定眼前这个叫花子就是天神化身。不过，无论是人是神，带回家招待一番总没错。想到这，吉尊益西便招呼格萨尔和她一起回家去。格萨尔此时一路劳顿，正乐得去她家大吃大喝。

吉尊益西和父亲噶尔柏纳亲王住在一起，见吉尊益西带了个小叫花子回来，他微微皱眉，却也不多管。他知道这个宝贝女儿除了有聪明的脑袋，还有一副古道热肠。格萨尔也不客气，坐下便大快朵颐起来。见格萨尔吃相粗鲁，噶尔柏纳亲王脸色难看，吉尊益西却并不在意，只在一旁微笑。酒足饭饱，格萨尔也不客气，当即起身向吉尊益西道谢要走。

吉尊益西连忙拦住了格萨尔："阿爸，看他怪可怜的，我们就把他留下吧。小叫花子，你会做些什么事呢？"

格萨尔爽快地答道："我不会转没有经文的轮子，不会把外边的敌人引进门，不会把家里的东西丢出去，除了这些，什么都会做。"

"好，那你就留下吧。"噶尔柏纳亲王见他还算勤快，便答应道，"现在，你先到磨房去磨些炒面吧。"

格萨尔眼珠一转，狡黠地回答："主人，我说了我不会转没有经文的轮子。"

噶尔柏纳亲王一时语塞："那……那你把房子打扫打扫，把垃圾倒掉吧。"

格萨尔又说："您忘了，我不会把家里的东西拿出去扔掉！"

噶尔柏纳亲王没想到收留了一个小滑头，无奈地说："那你去打些刺柴来总可以吧！"

"不，我说过啦，我不会把敌人①引向家里的。"格萨尔第三次拒绝了噶尔柏纳亲王的吩咐。

眼看父亲就要发怒，吉尊益西急忙给格萨尔解围："那你会烧火吗？"

"这个我会！"格萨尔只是一时玩兴大发，也不想多刁难还算和善的噶尔柏纳亲王。

就这样，格萨尔在噶尔柏纳亲王家里住了下来，帮他烧烧火、打打铁。这天，噶尔柏纳亲王对格萨尔说："孩子，家里的木炭没有了，你和吉尊益西去砍些柴，烧些炭回来吧。"

二人依言来到靠山的一片树林里。格萨尔眼珠一转："阿姐，我们各干各的吧！"吉尊益西拗不过他，便自己去挖窑、砍树，格萨尔却舒舒服服地躺在地上睡着了。吉尊益西点火时来找格萨尔帮忙，却见他睡得正香，气不打一处来。她把带来的午饭吃了一半，剩下的一半留在格萨尔身边，便驮起烧好的木炭回家了。她到家后跟噶尔柏纳亲王告了一状，只等格萨尔回来再跟他算账。

没想到，吉尊益西刚到家没多久，格萨尔便跟着回来了，而且还驮着很多烧好的木炭，比吉尊益西的还多。噶尔柏纳亲王用怀疑的眼神看着女儿，吉尊益西却以若有所思的目光看着格萨尔。这自然又是格萨尔作弄吉尊益西的恶作剧了。吉尊益西也不恼，她暗中观察格萨尔的饮食起居，渐渐看出端倪。

这天，家里木炭又用完了，吉尊益西主动对父亲说要和格萨尔去烧炭。吉尊益西带上早早准备好的饭菜，又来到第一次烧炭的树林里。格萨尔像上次一样，倒头就睡，吉尊益西却没有离开，而是静坐在地上，口中默默念诵着什么，好一会儿才起来烧了一锅茶。吉尊益西把头茶献给了天地，把第二碗茶献给了正在地上熟睡的格萨尔，又把一条哈达和一对象牙手镯放在他身旁，继而欢悦地唱道：

---

① 敌人：藏语中，"刺柴"与"敌人"同音。

> 这高耸的雪山，
> 是你雄狮的好归宿，
> 为何至今不显露玉鬃？
> 这青柔的草山，
> 是你红咒①的好归宿，
> 为何至今不显露抵角？
> 霍尔吉尊益西，
> 是你大王的好伴侣，
> 为何至今不显露真容？

雄狮大王知道姻缘已成，显露本相的时候已到，便退去幻象，还了真身。吉尊益西唱完歌却不见了地上的小叫花子，只见半空中出现一位齿白如玉，面色黑红，身材魁梧，双足沉稳，身披白盔白甲，腿跨火红宝马，腰间绫带飘飞，浑身闪耀着金光的绝世英雄，真似天神下凡一般！

格萨尔也在吉尊益西的脖子上搭了一条祝福昼夜平安的洁白哈达，对她吐露心声：

> 我乃雄狮大王格萨尔，
> 从那遥远的岭国赶来；
> 我追击强敌却丢了兄长，
> 我征服魔地却毁了家乡；
> 我知道霍尔山川多奇伟，
> 但我更想追回被劫王妃；
> 在这孤立无援的时刻，
> 你是我最依赖的伴侣。

---

① 红咒：上古瑞兽。

> 降敌时请为我出谋划策，
> 竟功后请和我同返岭国。

二人朝夕相处，早有感情，又深知天意如此，便立刻发愿白头偕老，永不分离。

格萨尔一路连闯九关，到达霍尔腹地，没想到竟遇见这么一段难得的异国姻缘。回顾他之前的几位爱妃，珠牡美丽动人，梅萨细腻温婉，阿达娜姆豪爽通达，却都不如眼前的吉尊益西聪颖善良。格萨尔感念天神的护佑，与吉尊益西一起向天神供奉祭祀。

该抹去的抹去，该放过的放过

有了吉尊益西的帮助，格萨尔的征程顺利许多。吉尊益西虽是霍尔人，却也看不惯视将士生命如草芥的白帐王，更何况如今做了雄狮大王的妻子，自然要与他同仇敌忾。她把格萨尔带到霍尔山间，向西边指道："大王，你看那座像酥油一样白的雪山，山后就是霍尔三王的寄魂牛。黄野牛是黄帐王的寄魂牛，白野牛是白帐王的寄魂牛，黑野牛是黑帐王的寄魂牛，红野牛是辛巴梅乳泽的寄魂牛。你要想降伏霍尔三王，就要先要把黄、白、黑三色野牛的角砍掉，而且砍完千万别回头。"

寄魂兽并非神话中胡编乱造的神怪，而是藏族地区独有的灵魂崇拜的产物。藏族人民在各民族极为普遍的自然崇拜的基础上，经过多年的积累与演变，渐渐发展出了"灵魂崇拜"这种独特的崇拜形式。

远古时期，由于人们还不能明确地区分睡眠和清醒两种状态，便自然而然地把自己的灵魂和肉体完全分割开来，认为灵魂是独立于肉体的存在，而梦只是独立的灵魂的一种活动而已。古代藏族人则认为一个人死后，他的灵魂就会离开肉体。这些离开肉体的魂魄或者成为"神"，继续护佑着亲人；或者成为"鬼"，祸害人间。更有甚者，他们认为一个人即便活着，其灵魂也能够离开身体，寄附在其他动植物，甚至非生命体之上：如寄托到牛身上的叫"寄魂牛"，寄托到树上的叫"寄魂树"，寄托到石头或箭上的叫"寄魂石""寄魂箭"。

据说，这些离开肉体的灵魂一旦有了寄托之处，这个人也就多了一层保障。即使肉体受到伤害，他也会因为灵魂未损而很快复原。所以，格萨尔不论北征降伏黑魔，还是东征剿灭白帐王，第一步要做的都是消灭他们的寄魂物。

格萨尔听了吉尊益西的话，立刻来到雪山后面，果然看见一群颜色各异的野牛漫步其间。格萨尔摇身一变，成了一只大鹏金翅鸟，闪电般地落在黄野牛身上，砍掉它的一只角，接着又将白野牛和黑野牛的一只角分别砍下。当格萨尔落在红野牛身上时，却突然觉得有些不舒服，没顾得上砍下梅乳泽的寄魂牛牛角就飞了回来。

另外一边，珠牡来到霍尔已经三年了。万般无奈下，她忍辱做了白帐王的王妃，还生了个儿子。虽然痛苦的往事历历在目，但有了儿子之后，珠牡的心境完全不一样了。为了骨肉，日子怎么说都得过下去。这天，珠牡正抱着儿子在王宫的最高处玩耍，忽然看见一个衣衫破烂的耍猴人在王宫附近徘徊，便将他招来逗乐。

霍尔三王自从寄魂牛被砍去一只角后都得了重病。白帐王奇珍异宝最多，在吃了神药之后，身体恢复得最快，已经能够下床走动了。听到有耍猴人，他也忍不住出来一探究竟。耍猴人技艺精湛，那猴子也机灵精怪，引得白帐王开怀大笑，小王子也嘻嘻笑个不停，一直缠着耍猴人不让走。白帐王久坐不适，便留下珠牡和儿子，回去休息了。

珠牡听耍猴人说他云游四方，便想着也许他到过魔地，见过多年不归的格萨尔，便偷偷问道："老叫花子呀，赏你的吃食你已吃完，赏你的钱币你也拿走。我有话要问你，你若说实话，我再赏你能吃一百年的饭食，能用一百年的钱财！"

耍猴人闻言开心地点点头。

珠牡连忙问道："你途经岭国时，是否看见过两座大山，一座像黄毡衣缝着纽扣，一座像头上戴着的黄帽。它们有什么变化，请快快告诉我！"

耍猴人略一思索："尊敬的王妃，如此有名的两座山我怎能没见过？只是一座山的纽扣已经解开，另一座山的黄帽也已经落地！"

听到这凶恶无比的征兆，珠牡的眼泪已经在眼眶中打转："岭国的亲人也

第四章 有烟火，就有尘埃散落

不知受了多少苦！"她这时伤心难耐，也顾不得一旁的霍尔侍从，接着追问："那你可知道雄狮大王格萨尔的消息？"

"知道！知道！他到北方降魔，结果没有征服黑魔，却为黑魔所杀，已经死去好几年了！"耍猴人仿佛精通的不是耍猴，而是逗弄珠牡。他一点儿都不怜惜王妃的眼泪，又说出这么一个令她悲痛欲绝的消息。

珠牡一听日夜思念的雄狮大王已经去世多年，再也忍不住，大声哭了出来。她在岭国坚守三年，来霍尔又隐忍三载，无非就是在心底怀着对格萨尔的最后一丝期望——期望他身着白甲，驾着天马，一路披荆斩棘而来，将她重新揽入怀中。

可如今，一切等待和坚守都失去了意义。

珠牡心如死灰，甚至来不及考虑一旁的儿子，她将自己头上的松石发卡、身上的黄金饰物一一摘下："这些都给你吧，老叫花子。你带来的这些不幸的消息，让一切饰物在我身上都失去了光彩。我不想再苟活于世，只望你拿了这些首饰，能多做善事，超度雄狮大王格萨尔和她的王妃森姜珠牡。"说罢，珠牡拔出一柄随身携带的小刀，向自己胸口猛刺。

"等等！"耍猴人眼疾手快，一把将小刀从珠牡手中夺下，"王妃呀，这是何苦！我刚才是和你说着玩的！岭国的两座山没有任何变化，格萨尔也已经降伏黑魔，正在来霍尔的路上哪！"

"老叫花子，你别骗人了！"珠牡将信将疑，满面泪珠亦喜亦忧。

"刚才是骗人，现在不骗你了！快把首饰都戴上吧，省得白帐王见了要杀我。"耍猴人顿了顿，又加了一句，"也免得你见了雄狮王失去了容光。"

这衣衫褴褛的耍猴人正是雄狮大王格萨尔所变，他不知珠牡来霍尔三年过得如何，听说她和白帐王已经生了一个儿子，莫非心意也有所转移？于是他假扮成耍猴人，前来一探究竟。他见珠牡仍像从前那样爱着自己，心中既感动，又羞愧。但是，现在他还不能将这份感情表露出来，霍尔人实力不明，那霍尔大将辛巴梅乳泽的寄魂牛并未受伤，白帐王的伤势也未完全查明，为防打草惊蛇，只能下次再来了。

格萨尔依依不舍地离开了王宫，半路上，一个故意压低的浑厚声音从身后传来："站住！"格萨尔回头一看，原来是正准备进宫的辛巴梅乳泽。格萨尔心下一紧：莫非被他看出了破绽？这一仗看来在所难免了！

"跟我来。"梅乳泽只轻轻说了这三个字，便转身朝一个僻静的地方走去。格萨尔不知道他葫芦里卖的什么药，不过既然可以不用在人多的地方动手，他也无所忌惮，便快步跟了上去。

刚到一处拐角，梅乳泽却突然一转身，倒头便拜："尊敬的世界雄狮大王格萨尔，统治万民的贤主。请接受我的敬意！"梅乳泽边说边捧出一条洁白的哈达，又从无名指上摘下碧玉戒指："大王，我是有罪的辛巴，可我也有难言的苦衷。"梅乳泽将霍岭之战的始末事无巨细地向格萨尔讲了一遍，最后恳请道："雄狮大王，我自知罪孽深重，只是请手下留情，饶我一命。我愿献上我所有的珍宝，以赎我的罪过。"

格萨尔一想起自己的好哥哥嘉察死在他手中便心生杀机，但转念一想："现在还不宜打草惊蛇，既然他有意投降，不如先降伏霍尔三王再说！"格萨尔也不言语，只是装傻充愣，仿佛听不懂他的话。

梅乳泽见格萨尔没有当场发作，知道自己算是逃过一劫，当即表态："大王，我知道您有大事要做。从今日起，我将闭门静修，再不出来。"说罢，梅乳泽扭头便走。

格萨尔也不阻拦，他捡起地上的哈达和戒指，似有似无地笑了笑，转身回到吉尊益西家中。

格萨尔离开的这几天，吉尊益西也没闲着，她为格萨尔打造了能重创霍尔三王寄魂牛的神器："大王，你现在再到白雪山后面去，在霍尔三王的寄魂野牛头上钉上铁钉，就可以重创他们了！"格萨尔依言而行，霍尔三王果然再度病倒，而且比上次更加严重。

白帐王病急乱投医，他顾不得当初对吉尊益西恶言相向，执意请她来占卦看病。白帐王哪里知道，聪颖的吉尊益西早已是心腹大患格萨尔的妻子了！吉尊益西拿着占卜工具进了王宫，装模作样地卜算了一会儿，突然大惊失色地谎

第四章 有烟火，就有尘埃散落

称："大王，这卦象可不妙！这是您的家神离开了您，必须请五个漂亮的姑娘戴上最好的首饰到前山上煨桑敬神，同时，王宫的三个宫门大开三天才行。"吉尊益西前面说的都是障眼法，最关键的正是最后这个"宫门大开"。白帐王被病痛折磨得昏了头脑，立刻吩咐侍从照做。

就在当月十五，月圆之夜，格萨尔化装成一个毫不起眼的霍尔人，身穿毛毡袍，头戴白毡帽，悄悄来到王宫。由于城门大开，他轻轻松松便进到宫里。就在格萨尔偷偷潜入霍尔王宫时，岭国的战神和霍尔的护卫神像云雾一样聚在一起，厮杀起来。这声势惊得珠牡的儿子大哭，白帐王从昏睡中醒来，却正撞见从窗户跳进来的格萨尔。

白帐王正要拿起武器抵抗，却被眼疾手快的珠牡一把推倒在地。格萨尔也不迟疑，当即一个箭步赶上，左脚踏在白帐王身上连踩三下，又将一个金鞍压在白帐王身上，让他动弹不得。最后，格萨尔抽出白把水晶刀，口中大吼一声："拿命来！"结果了白帐王的性命。

"大王！真的是你吗？"格萨尔未及抽出水晶刀，便被身后的珠牡一把抱住。

听到珠牡的呼唤，格萨尔也忍着眼泪转过身来，将她拥在怀里："珠牡，是我！我回来了！"

就在二人相拥之际，外面传来震天的喊杀声。格萨尔连忙依法诛杀了黄帐王和黑帐王，带珠牡逃出宫去。

霍尔三王平日作威作福，不得民心，知道神子降生的格萨尔杀了三王，全城的百姓都很开心，纷纷赶去向格萨尔庆祝。辛巴梅乳泽也来了，格萨尔一见他便怒从心头起，揪住他要为哥哥报仇。就在这时，霍尔的百姓一齐跪下为梅乳泽求情，说他是爱民如子的好官，就连珠牡也说霍岭之战不是梅乳泽的罪过。

格萨尔见梅乳泽深受百姓爱戴，必然不是恶人，但仍心有不甘。他闭上眼睛，回顾这一路来的种种杀戮与征服，似乎也有些倦了。这场浩劫的根源不是仇恨，而是欲望。既然贪婪的白帐王已经被诛灭，为何还要平添杀戮呢？

宽恕别人，也许就是放过自己吧！格萨尔最终选择了饶恕梅乳泽，并封他为霍尔王，让他治理霍尔。梅乳泽当即跪拜叩谢，并向岭国宣告臣服。这场毫无意义的战争，终于落下帷幕。

第五章
别和这个世界的黑暗玉石俱焚

霍尔三王被诛后,岭国享得几年太平。但是,岭国南边有一个国土广大、实力强劲的近邻——黑姜国。黑姜国国王萨丹生性暴虐贪婪,不仅对国内的百姓横征暴敛,还经常向邻邦发动攻击。这一次,他受妖魔蛊惑,竟觊觎起岭国的阿隆巩珠盐海……

世道若是凶险艰难,世人也难免戾气加重。格萨尔深知除魔必用雷霆手段,但亦要避免戾气入心,万劫不复。当我们面对世间黑暗时,暴戾的玉石俱焚永远不是最明智的选择。

贪暴意味着毁灭，而不是征服

　　岭国北接魔地，东靠霍尔，南临黑姜，远望门域，四方商队都要在此过路通行，本该是兵家必争之地。但是，这里从前一片荒野，还有毒蛇猛兽出没，所以常年无人问津，最终沦为山贼流寇的地盘。其后数年间，格萨尔先来此地斩妖灭盗，安定民心，后又和迁居此地的岭国人一起苦心经营，终于让这里变成风物闲美、资源充足的所在，邦邻向往，名传四方。

　　若非忌惮于格萨尔的威名与神通，相信如今的岭国早就被周围虎视眈眈的大国给吞并了。如今，格萨尔主动出击，先后诛灭北方黑魔鲁赞和东方霍尔三王，魔地和霍尔也纷纷归顺于岭国。接下来，就该轮到南方的黑姜国了！

　　黑姜国坐拥十八万户部落，和黄霍尔一样国土广大，实力强劲。黑姜国国王名曰萨丹，他不仅武艺高超，而且通晓妖法邪术，再加上手下兵多将广，粮草充足，一时间四处征伐，风光无限。不过，力量是一柄双刃剑，它既能让人呼风唤雨，予取予求；也能令人迷失自我，万劫不复。越是强横无匹之人，越是容易为内心不断滋长的贪婪和暴戾之气所伤——说不定下一个死在他贪暴利刃下的，正是他自己。

　　萨丹王就是这样一个为超过自身承受极限的力量所吞噬的"狂人"。他不仅对自己的属民横征暴敛，百般奴役；还经常劫掠邻近的部落和小国，搞得整片南方土地怨声载道，乌烟瘴气。不少夹在岭国和黑姜之间的小部族纷纷投奔格萨尔寻求保护，格萨尔爱民如子，自是来者不拒。但在另一边，萨丹王却毫无收敛之意，他认为这一切，才刚刚开始。

　　这天，萨丹王一觉醒来后无所事事，忽然想体会一下雪山狮子巡视领地的快感。他召来成群的大臣和侍卫，浩浩荡荡地出发了。他来到粮草充足的粮仓，随便看了一眼，撇撇嘴说："这还不够。"他来到堆满金子的金库，眼也不眨一下："这还不够。"他来到广袤无垠的牧场，百无聊赖地说："这还不够。"他来到存满珠宝布匹的仓库，还是摇摇头说："这还不够。"

萨丹王越看越不满意，很快便失去继续巡视的兴味，并把原来的狩猎计划也取消了。见萨丹王眉头紧锁，闷闷不乐的样子，周围的大臣不知所措，只能格外小心地伺候着——萨丹王喜怒无常，一个不小心就会引来杀身之祸。

黑姜国的大臣天天陪在萨丹王身边，却不知他真正想要的是什么。而远在天边的黑姜国保护神"魔鬼神"却清楚得很。当天夜里，萨丹王正坐在自己金碧辉煌的玉珠塞钦宫中独自喝闷酒，魔鬼神骑着他三条腿的紫色骡子，悄无声息地出现了。

魔鬼神悄悄隐在暗处，用一种颇值得玩味的眼神注视着眼前这个孔武有力而又贪暴成性的男人——萨丹王啊萨丹王，你和我是如此相像。就算全世界都臣服于我们，我们还是不会满足。因为我们渴望的不是某件珍宝，而是渴望这种感觉本身；我们贪恋的不是征服大国小邦，而是征服这个过程。想到这，魔鬼神似有似无地笑了一声说道："是时候去挑战下一个能唤醒你一腔热血的对手了！"

"是谁？"萨丹王听到动静，顿时拿起武器，全神戒备。

"是我呀！大王！"魔鬼神缓缓从暗处走出，"大王的苦恼我知道，姜国不缺金不缺银，不缺牛羊不缺草，只缺一种上好的调味品——盐巴。所以，大王才觉得吃饭无味，饮茶不香。"

见是自己的保护神，萨丹王松开手中的武器，重新拿起酒杯："我难道不知道吗？姜国土地肥沃，却偏偏没有盐海，你让我怎么办？"

魔鬼神上前一步，低声说道："别急呀大王，姜国北面就是富庶的岭国，岭国有个阿隆巩珠盐海，盐巴多得像天上的繁星。大王，不如把它抢过来？"

区区盐巴，竟要引发一场战争？而这在资源紧缺、交通不便的古代西藏，却是再"合理"不过的事。都说酥油、茶叶、糌粑和牛羊肉是西藏饮食的"四宝"，但除了这四宝，盐巴也是让藏族人民割舍不掉的挚爱，很多藏餐除了盐和葱蒜几乎不放任何调味品。

西藏有两个比较集中的产盐区：一在阿里地区，尤其集中在昆仑山南麓高原的高原多湖区，以池盐为主；一在喜马拉雅山北麓，拉萨河、年楚河谷地，多为井盐。从空中俯瞰广袤的阿里地区，盐湖犹如大地的美丽眼睛一样，注视着亘古不变的日月星辰。也正是因为有盐，古象雄文明得以在此孕育。

魔鬼神用阿隆巩珠盐海诱惑萨丹王，正是因为黑姜国虽然土地广袤，却偏偏缺少产盐丰富的盐湖，常年都得用牛羊和其他国家交换才行。重要资源受制于人，早就让横行无忌的萨丹王颇有不满了。只不过一直以来他四处盗抢劫掠，倒也不缺盐巴。如今，听魔鬼神这么一"点拨"，他有些心动了："是啊！为什么总要从小邦小国那里抢盐巴储备呢？不如直接抢个盐海过来！一劳永逸！"

见萨丹王眼中放光，魔鬼神继续鼓动道："勇武无双的萨丹王，格萨尔你不用怕。头别怕，我做金盔护着你；身别怕，我做银甲裹着你；脚别怕，我做大地载着你。"

听到魔鬼神的保证，萨丹王仿佛已经将盐海纳入囊中似的，兴奋地站起身来豪饮三杯，白天的莫名郁闷因新目标的出现一扫而光。对他这种人而言，目标与渴望是唯一的精神良药，征服与杀戮是最好的情绪疏解。

只是，这样的人往往既无法准确判断别人，也缺乏足够的自知之明。萨丹王盲目相信魔鬼神的保证，就像他盲目相信自身的武力。殊不知，从他心中种下贪暴种子的那一刻起，他已经开始一步步走向自己挖掘的坟墓了。

每个男人心中，都有一场刀光剑影

"大王一大早召集我们，是出了什么大事吗？"

"不知道啊，昨天大王出去巡视了一周，路上一直阴沉着脸，今天会不会是要惩罚谁？"

第二天天刚亮，黑姜国众大臣便被丹萨王召集到王宫外候命，他们交头接耳，议论纷纷，但谁也理不出个头绪。轰然一声，宫门大开，众大臣各自心情忐忑地缓步入内，那情形仿佛不是进宫门，而是赴刑场。

此刻，萨丹王正兴奋地坐在王座上，擦拭着手中的宝刀。有了魔鬼神的鼓动和保护，他希望能立即集合黑姜国的主力兵马去抢占阿隆巩珠盐海。

众臣行礼问安后，萨丹王迫不及待地起身说道："我们姜国地大物博，唯独缺一座盐海，这让我寝食难安。昨天，魔鬼神告诉我，岭国有个阿隆巩珠盐海，盐巴多得像天上的繁星，那正是我们姜国所缺的！"

几位大臣听萨丹王言下之意竟是想去攻打声名远播的雄狮大王格萨尔，一个个噤若寒蝉。他们既不敢反对眼前这个残暴易怒的恶鬼，也不敢招惹北方那个勇武无敌的神魔，只能用沉默和颤抖来表达自己微不足道的抗议。

萨丹王出征心切，不等众人谏言便直接命黑姜国的三员大将珠扎白登桂布、杰威推噶、蔡玛克吉为主将，令王子玉拉托琚为先锋，立即发兵岭国，夺取阿隆巩珠盐海。三位久经沙场又对萨丹王忠心耿耿的大将自是没有异议，他们齐声领命而去，只剩下一众文臣呆立当场，面如死灰。

话说，那位被任命为前锋的王子玉拉也不是凡人，他三岁就被称为英雄，现在五岁，更被称为大英雄。他左手能抓闪电，右手能搬石山，"一吼赛过青龙吟，一叫震过天雷轰。"加上黑姜国王子的身份，一时竟比当年平定黄河湾的觉如还要引人瞩目。

不过，王子玉拉虽然年纪轻轻就身具异能，但毕竟是个乳臭未干的小孩儿，哪能清楚地知道此行的风险？纵是最魁梧的勇士，在残酷的战争中，也不过是刀剑可戮的血肉之躯罢了。

可怜天下父母心，王子玉拉的母亲王妃白玛曲珍听到黑姜国出兵攻打岭国的消息坐不住了。她立即赶来劝阻萨丹王："大王啊，好战的人常常只会战死，好胜的人往往容易失败；我们姜国土地广粮草多，切莫侵扰他国徒增灾祸。"萨丹王好不容易才找到一件能让自己热血沸腾的事，哪里听得进一介女子的劝诫，当即不耐烦地将她赶走。

王妃白玛曲珍见劝不了萨丹王，又转过来劝被她视为掌中宝、心头肉的王子玉拉。这时，王子玉拉正在自己房中兴冲冲地收拾衣物兵刃。王妃白玛曲珍将他拉到一旁，眼含热泪地柔声说道："玉拉啊，我的宝贝，五岁的孩子怎能上战场？你若有个差错，叫我如何独自在人间活下去？"

王子玉拉见到母亲忧虑的眼泪心有不忍，但心底又对在战场上冲锋陷阵跃跃欲试，他只得推脱道："儿做先锋是父王点的将，您应该去劝父王才是。"对孩子来说，暴力是最容易学习的"技能"。在耳濡目染下，他们会发现，利刃和拳脚原来有这么多好处——它可以让别人惧怕你、臣服你，并给你一种众星拱月、无所不能的幻象。只有五岁的玉拉已经在和萨丹王的朝夕相处中体会到了暴力的好处和施暴的快感，若不是温柔善良的母亲在一旁时时教导，估计他早就成为人见人怕的小魔王了。

王妃白玛曲珍见玉拉有意敷衍，便拉起他的手，继续苦口婆心地劝说："儿啊，你若是听妈妈的话，就到父王跟前去告假；若是父王不允许，至少也要拿出礼物作为代价。"她让玉拉向萨丹王要百匹千里马、千只梅花鹿、万只犏牛和绵羊，外加九百个金银库、九百个绸缎库，还有三位大英雄。

王妃白玛曲珍的本意是让萨丹王知难而退，不再让玉拉上前线战场。结果这番话却引来玉拉的不满，他心想："去打仗是我心甘情愿的事，又怎能借机向父王伸手要东西呢？而且一要就要这么多！"不过，出于对母亲的尊敬，王

第五章　别和这个世界的黑暗玉石俱焚

子玉拉伸手拭去白玛曲珍的眼泪，依旧温言缓语："阿妈呀，孩儿打敌人赛猛虎，在父母面前却像奴仆。这次出征夺盐海，也同样是孝敬父母。这样，才算是大丈夫！"说罢，不待母亲再劝，他便穿起盘龙小红袍，扎上绿色宝石腰带，踏起黑缎小靴，系上五彩靴带，头也不回地策马而去。

望着玉拉娇小而又坚定的身影疾驰而去，王妃白玛曲珍终于忍不住大声哭了出来："可恶的战争！你让我的丈夫变得残暴，也让我的孩子变得充满杀气。你究竟要俘虏多少草原汉子的魂魄，才能满足你饕餮的胃口！"

战争当然不会回答柔弱无助的王妃白玛曲珍的质问，它只会用血流成河、尸骨成山来为成功者的头颅加冕，为失败者的孤魂送葬。

就在王子玉拉打马奔赴的方向——遥远的北方岭国，无数英雄同样摩拳擦掌，静静等待着即将到来的刀光剑影。原来，在萨丹王尚未觊觎岭国盐湖、王子玉拉尚未抛弃母亲决然出征、王妃白玛曲珍尚未失声痛哭之前，格萨尔早已为一切做好了准备。

自从诛灭霍尔三王之后，格萨尔便带着王妃珠牡和吉尊益西回到了岭国。有了魔地和霍尔的征战经历，格萨尔的能力日渐增长，眼界自然也有所提高。回国后，他命人将达孜宫重新修饰了一番。层层楼阁遥遥望去雄伟壮观，金色殿宇在阳光下异常耀眼，正配得上"世界雄狮大王"这个名号。在这焕然一新的达孜宫中，格萨尔勤奋地管理政务，似是要弥补在魔地饮酒作乐荒废的时光。被晁通压榨三年的岭国牧民终于重新拥有了自己的牧场和土地，以及一位真正关心、爱护他们的国王。

只是，在漫长的人类历史长河里，和平安乐的日子永远都是短暂的。

这年初夏的一个清晨，太阳尚未升起，勤勉的雄狮大王已经起身。他照例漫步来到王宫顶楼，在极目远眺中安排一天的工作事宜。忽然，他发现清晨暗蓝色的天空中出现了一片光彩夺目的祥云。定睛望去，祥云上托着一匹俊逸非凡的白马，马上则坐着一位威严庄重的天神。他周围围绕着无数的天神和仙女，五色花雨随彩云一路洒落，一股世间罕有的芳香扑面而来。"是天父白梵天王！"格萨尔一声惊呼，认出了那个威严庄重的天神，正是自己在天上的父亲。

"梵"本是清净之意，在佛教中被视为"万有之源"。所以，白梵天王被视为创造之神。白梵天王的法相通常是一面二手，神色如同万束月光闪耀，右手持与天同高的水晶长剑，左手托着装满珍宝的平盘，骑白马，头戴白海螺，还有飞幡长矛立在身侧。

见法相庄严的白梵天王前来，格萨尔立刻伏地叩拜。这时，只听琵琶铮琮，铜铃叮当，白梵天王作歌道："儿啊，你是长了绿鬃的白狮子，你是檀香林中的花斑虎。你已经降伏黑魔鲁赞，又消灭了霍尔三王。众生欢乐，天神欢畅。但是，好日子要想久长，就必须用刀矛来守护。南方有个萨丹王，他不仅残害本国属民，如今还要发兵抢夺岭国盐海。你不得不防！"

格萨尔一听有人要来抢夺盐海，立刻抽刀在手怒喊："父王，孩儿马上就去讨伐萨丹王！"

白梵天王微微一笑："不忙，这次对付黑姜王不用你出手，还记得霍尔降将辛巴梅乳泽吗？这次该他出力了。你派人通知梅乳泽去守卫盐海即可。"

格萨尔虽不知白梵天王的用意何在，但依然恭谨地领命而去。

格萨尔派出蒙古小臣索米班笛去向辛巴梅乳泽传令，索米班笛不敢怠慢，他匆匆出发，连夜赶路，生怕耽误了格萨尔的大事。让索米班笛没想到的是，快到霍尔王城时，一群人竟浩浩荡荡地出城来迎接他，这着实把他吓了一跳。他只是岭国的微末小臣，哪里受过这等礼遇？原来，辛巴梅乳泽自从被格萨尔宽恕之后，一直感念于心，而且他也忧虑格萨尔哪天又想起杀兄之仇，再度迁怒于他。所以，在得知岭国派来使臣后，梅乳泽小心又小心，郑重又郑重。他下令霍尔十三部落和一百二十万户都派人出城迎接，还挑选了许多美丽的姑娘进茶献酒，歌舞载道。他还把自己也认真装扮了一番：头戴红狐狸皮帽，身穿黑羊皮缎袍，日月联璧的金银碗由七色带子拴在身上。只因，在梅乳泽眼中，索米班笛代表的就是岭国，就是雄狮大王格萨尔的威名。

在索米班笛惊慌的目光中，梅乳泽恭谨地献上哈达，并主动为从前的罪行忏悔。在为格萨尔祈福健康长寿，并问候完岭国的诸位王妃和英雄后，梅乳泽开心地对使臣介绍："现在的霍尔可跟以前不同了！现在霍尔穷人变富有，老人更长寿。牦牛、奶牛、犏牛比天上的星星还要多；山羊、绵羊、羊羔仿佛白雪落山坡。无主的骡子赛过茜苡草，无主的野谷开满美丽花朵。牛奶像海，美酒像湖，大臣欢歌百姓跳舞。这都是格萨尔大王的功德，让我们再祝雄狮大王康乐！"

索米班笛被梅乳泽的热情所感染，渐渐放松下来。他和梅乳泽一起欢饮三杯，好不快哉。但索米班笛并没有忘记自己的使命。酒足饭饱后，他将格萨尔的命令传给了梅乳泽："黑姜国兴兵侵犯岭国盐海，大英雄梅乳泽，如今正是你报答雄狮大王的良机！"

梅乳泽收起笑意，郑重地起身领命："大王怎么说，梅乳泽就怎么办！"这是他向格萨尔回报恩德、表明忠心的最好时机，他自然不会放过。

第二天正午，辛巴梅乳泽头戴金盔，身披红甲，脚跨枣红千里马，来到霍尔最高的山上煨桑敬神。在袅袅升起的青烟里，梅乳泽向左转三圈，又向右转三圈，向天神献歌道：

在白云般的帐房里，
在水晶做的城门内，
在雪白狮皮坐垫上，
是霍尔的白魔鬼神。
在黄铜般的帐房里，
在金子做的城门内，
在花斑虎皮坐垫上，
是霍尔的黄魔鬼神。
在黑风般的帐房里，
在钢铁做的城门内，
在粗粝猪皮坐垫上，
是霍尔的黑魔鬼神。
有了这三位守护神，
大杀四方不再怯阵。

敬完霍尔的三位保护神之后，辛巴梅乳泽遥望苍茫远方，不禁心生豪气。上次随白帐王劫掠岭国是不义之举，他战得不痛快。这次抗击萨丹王则是名正言顺，他自然豪情万丈。他忍不住对着苍茫大山唱道：

> 天上太阳有本领，
> 区区白雪不足虑；
> 且看我融化冰雪，
> 驯服白狮当坐骑。
> 天上雷电有本领，
> 山岩巨石不足虑；
> 且看我击碎高山，
> 驯服大鹏当坐骑。
> 熊熊火焰有本领，
> 蓬蓬茅草不足虑；
> 且看我烧光茅草，
> 驯服野马当坐骑。
> 英雄辛巴有本领，
> 小小玉拉不足虑；
> 且看我踏平霍尔，
> 驯服萨丹当坐骑。

唱罢，梅乳泽带上格萨尔和岭国三十位英雄赠予他的三十一支利箭，骑着枣红千里马，像一团红色焰火似的朝阿隆巩珠盐海奔去。

第五章　别和这个世界的黑暗玉石俱焚

一粒盐巴，一个少年

阿隆巩珠盐海如一块巨大的宝石镶嵌在大地上，站在那宝石的中心位置，抬头是一片蔚蓝，低头仍是一片蔚蓝。然而，如今这洁净无瑕的天空之镜却被隆隆马蹄踏碎——那是萨丹王的先头部队，他们在王子玉拉的率领下，乌泱泱一片，声势浩大地杀来了。

王子玉拉在姜国将士的簇拥下好不神气，他恣意地欣赏着眼前的圣洁景致，心中颇为欢喜："太美了！难怪父王要来抢这盐海！"小小年纪的他尚且无法理解，真正能驱使兵戈的不是美景，而是贪心。

就在这时，一人一马突兀地闯入王子玉拉的眼帘。只见那马红如火焰，即便只是在那悠闲地吃草，也气势惊人。再看倚在湖边酣睡的那个壮汉，三十多岁的样子，神态怡然自得，对隆隆马蹄声竟充耳不闻。

不消说，这自是霍尔如今的统领辛巴梅乳泽了。虽然霍尔王宫与阿隆巩珠盐海相隔千里，但梅乳泽人强马快，又立功心切，所以数月的路程只用了七天工夫就到了。梅乳泽身经百战，足智多谋，他见远处众多黑姜兵将簇拥着一个气势汹汹的小将，料定这是黑姜国王子玉拉托琚，于是脑筋急转，心生一计。他当即写了一封长信拴在箭杆上，然后脱下战袍，悠闲地睡在盐海边歇息起来。

王子玉拉老远便看见这个红衣红马的陌生人，觉得颇为古怪，他担心有埋伏，便在离梅乳泽几十步的地方停住并喊道："喂，盐海边的红衣人，你从哪里来？绵羊在草地，寿尽才到狼面前；山羊在草坡，寿尽才到虎面前；小鸟在林中，寿尽才到鹰面前。你有什么事要到我面前？若不是寿尽，还不速速离开！"

听到王子玉拉的警告，梅乳泽这才睁开双眼，佯装才发现他们的样子："你们这是要做什么？我为什么要离开？这难道是你们的领地吗？"

王子玉拉年轻气盛，被他这么一激便和盘托出："我们姜国地大物博，唯独缺少调味的盐巴。今奉父王萨丹之命，夺取阿隆巩珠盐海。你若不想死，还是快滚吧！"

"果然！格萨尔大王没有骗我！"辛巴梅乳泽确认对方的来意后，笑吟吟地站起来，从怀中掏出一条五尺长的白绸哈达，慢慢来到玉拉面前："尊敬的玉拉王子，我是霍尔的辛巴梅乳泽。我们白帐王有一王子今年八岁，到了要娶亲的年纪。天神降示说姜国公主与我们王子正相配。霍尔王和萨丹王结合起来就是世间霸主。我这正是要给萨丹王送信呢！"

王子玉拉虽然年轻，但也没那么好骗，他大笑道："梅乳泽真是个爱撒谎的骗人精！你们霍尔白帐王早被格萨尔诛灭了，只有你这老东西不嫌丢脸活在世上！"

梅乳泽早料到他会这么说，倒也不急，他再上前一步，拍着胸脯信誓旦旦地说："王子玉拉可不要听人乱讲，堂堂霍尔白帐王怎会死亡？这里有白帐王亲笔书信一封，请王子代我向萨丹王呈上。"说着，梅乳泽便把刚才准备好的信递了上去。

见梅乳泽不卑不亢的样子，王子玉拉不免有些疑虑："莫非，传言有误？"他犹豫着接过信封，只见上面写着"霍尔王的事情但愿成就"——这是古代交通不便，写信人以自己的名字祈愿书信能顺利送到的常用标识。打开一看，信中果然是霍尔向姜国求婚的内容，信末还署有"从霍尔国雅塞王宫寄出"的字样。王子玉拉看完沉思不语，他虽然习得了父亲贪战好武的特点，但在姜国大臣的教导下，倒也颇通政治之道："如果霍尔没有臣服于岭国，还能与姜国结盟，那对姜国来说自然如虎添翼！到时别说一座盐海，就是十座金山都能轻松拿下。"

不过，王子玉拉还是有些不放心，他略一沉吟，对梅乳泽道："刚才多有得罪，不过我不能信你一面之词，且容我去霍尔看看真假！"王子玉拉座下的千里马堪比格萨尔的天马，从阿隆巩珠盐海到霍尔王宫距离很远，但他一天就

第五章　别和这个世界的黑暗玉石俱焚

能返回。说完不等梅乳泽再辩解，王子玉拉便打马腾空而起，朝霍尔飞去。

梅乳泽没料到这小王子不仅高强如斯，还心思缜密，顿时有些心慌。他趁黑姜国兵马安营扎寨的空当偷偷跑到无人之处煨桑敬神："霍尔的保护神啊，王子玉拉要去霍尔探虚实，请用迷雾遮他双眼，让他看不清真相。"

半日后，王子玉拉来到霍尔领地，只见蓝天白云下的霍尔牛羊遍地，骡马成群，一派祥和，哪有战败的阴云？而霍尔王宫周围则笼罩着青云，什么也看不清。不过在练武场上，霍尔三十位英雄像牛角一样排列整齐，安心操练，并未像传言那样和霍尔三王一起被诛。王子玉拉放下心来："传闻果然不能信！我差点儿让两国结下大仇！"

王子玉拉立刻掉头返回盐海，等到回来时已是晚上。辛巴梅乳泽此时正在忐忑地等待结果，但表面上依然轻松，和霍尔将士一边喝酒一边开着玩笑。王子玉拉下马后立刻赶到梅乳泽跟前，满脸笑意："辛巴梅乳泽，刚才多有得罪，多多包涵！"

"王子你回来啦！没事没事！成大事，自然要谨慎一点儿！快来喝酒！"梅乳泽心知必定是障眼法起了作用，心下大安。

王子玉拉接过梅乳泽递来的酒壶，一饮而尽："客套话咱就不说了！不过，就算您说的都是真话，我的姐姐能否嫁给你们霍尔王子，还得看聘礼如何。"

梅乳泽右手一摆，豪爽地答道："聘礼当然不成问题！我们霍尔金银珠宝遍地，随你们挑！"

王子玉拉小小年纪，倒也熟谙"物以稀为贵"的道理，他吹嘘道："我姐姐年纪虽小智慧大，世上姑娘难比她。前年汉人的国王来求亲，四百箱聘礼未收下；去年印度的王子来求亲，四千箱聘礼未收下；今年大食国诺尔王来求亲，四万箱聘礼未收下。"

梅乳泽一听："好大的口气！"他心中蔑然，表面上则十分恭谨："那么，你们想要多少聘礼呢？"

"金马十八匹，银羊十八只，玉象十八头，铁人十八个，白水晶侍女十八名。还有百匹毛色好的千里马，千头颈项好的野牦牛，万只肉质好的大肥羊。"王子玉拉当即说道。

"有有有，我们都有！"此时就算他要金山银山，梅乳泽都会一一应允，"霍尔的金马会奔跑，霍尔的银羊会嘶叫，霍尔的玉象能载重，霍尔的铁人能拔刀。你要的聘礼霍尔都应承，还额外送上数不清的珍宝。"

王子玉拉见萨丹王常年东征西伐，有时也才抢得百只牛羊和一些不值钱的首饰，像这样不费一兵一卒就能收获万千珍宝，还当真是头一次，当即喜笑颜开，连连向梅乳泽敬酒。

梅乳泽见王子玉拉面露小孩独有的天真神色，心知时机差不多了，便搂住他肩膀笑说："我见王子您身手不凡，心中好生敬仰。今天婚约既定，我俩自当痛饮庆祝！"

王子玉拉一旦放下戒心，自然就任梅乳泽宰割了。梅乳泽放下手中的普通酒壶，从行囊中拿出一只刻有八吉祥花纹的黑金木碗，上面还有正在开放的莲花，周围镶嵌着五色宝石，月光下光彩夺目。梅乳泽斟满一碗美酒端到王子玉拉面前。王子玉拉见这宝碗早已心生欢喜，碗里的美酒也变得诱人起来，当即端起碗来，一饮而尽。

狡黠的梅乳泽一边敬酒还一边唱酒歌：

大英雄饮酒，

仿佛骏马喝水；

普通人饮酒，

好似姑娘喝茶；

没本事的人饮酒，

才像病人喝药。

你是姜国大英雄，

饮酒要像骏马喝水。

喝下第一碗，

白帐王和萨丹王永为兄弟；

喝下第二碗，

第五章　别和这个世界的黑暗玉石俱焚

霍尔王子和姜国公主永不分离；
喝下第三碗，
霍尔百姓和姜国万民永远和睦。

就这样，王子玉拉忘乎所以地喝了一杯又一杯，早就忘了"多喝几碗酒，一定要出丑"的古训，最后终于喝得酩酊大醉，身影踉跄，不多时便躺倒在地，鼾声如雷。

梅乳泽见王子玉拉已睡着，佯装扶他回营帐休息，趁众将士饮酒欢歌的空当，他偷偷拿出牛毛绳子将王子玉拉的手脚捆了又捆，还在四周钉了四个铁橛子，绑在天青马上，向岭国奔去。在颠簸的马背上，王子玉拉终于有些酒醒，恍惚间他心知自己被骗，很是愤恨。他忽然想起母亲临行前的告诫，心中又愧又悔，忍不住唱出声来：

姜国的保护神，
快解救落难人，
玉拉遭敌人暗算，
无法回去见父母。
雪山上的雄狮能和幼狮嬉戏；
檀林中的斑虎能和雏虎团聚；
草滩上的母鹿能和小鹿打闹；
只有阿妈和我玉拉远隔千里。

只是，姜国听不见他的呼唤，阿妈听不见他的悲歌。他为无尽盐海而来，自己却仿佛一粒入水即化的盐巴，就这样消失在阿隆巩珠盐海的尽头。在人类历史上的所有战争里，还有多少这样心比天高的懵懂少年呢？他们为君王的欲望所左右，为当权者的暴戾所牺牲，最终只成为历史长河里，一个连名字都没有的潦草记录。

当暴戾屠尽世间鲜活生命

王子玉拉是幸运的,他不仅留下了名字,还保住了性命。

当天夜里,梅乳泽快马加鞭带着王子玉拉来到岭国王宫,等候雄狮大王格萨尔发落。格萨尔听闻被绑的是霍尔先锋,本有几分怒气,但一见玉拉王子只是小小年纪的孩子,心肠不免软了几分。

不过,格萨尔并不打算轻易地赦免他。他要给这个不知天高地厚的小子留个教训——需要用自己的勇气来证明他值得被对手尊敬。格萨尔怒目凝视着王子玉拉,厉声说道:"王子玉拉,你竟敢侵犯岭国盐海,今天就要用你的身体祭祀天神。"

王子玉拉一路心如死灰,但一听这番狠话,反而被激起满腔热血,他扬起仍旧稚嫩的脸庞,傲声回答:"如今我来岭国,身体已非我所有。你要祭神就祭神,你要喂狗就喂狗!"

格萨尔一听颇觉有趣,王子玉拉原来是条有骨气的汉子!当即笑道:"哈哈哈!王子玉拉,别把笑话当真,我雄狮大王四处降伏妖魔,只是为民除害,对真正的英雄却倍加爱护。你身手不凡,又有大丈夫气概,我要让你做姜国国王,姜国的事业也会无比兴旺!"

王子玉拉久闻格萨尔大名,原以为他是个半神半魔的恶王,没想到却如此慈悲心肠,不由心生敬仰。但他天生傲骨,哪肯轻易归降:"战士只能战死沙场,哪能投降在敌人的营帐?"

格萨尔倒也不生气,他命梅乳泽给他松绑,移步上前,看着他的眼睛说道:"王子玉拉,你这话可太小家子气,战士为保家卫国拿起武器是天经地义,但为君王的贪欲而牺牲则是愚不可及。你不怕死,但你可曾考虑过你手下将士和后方亲眷的安危?"

格萨尔语重心长的话语让王子玉拉幡然醒悟过来,他心知岭国有神通广大的格萨尔,还有足智多谋的梅乳泽,姜国必定不是对手。这时,他想起朝夕相伴的父亲和从小一起长大的姜国战士,当即跪下连磕三个响头:"我父王有罪过,雄狮大王饶他一命行不行?我母后是善良之人,请别让她受饥饿;我姐姐姜国公主,请让她来岭国侍奉。"

格萨尔见他不仅豪气干云,还心地善良,当即爽快地答应了他的所有要求。

降服王子玉拉后,格萨尔再无顾虑,他亲自率军向盐海进发。数日后,岭国兵马在距盐海不远的一座小山丘安营扎寨。格萨尔派出几路兵马四处打探虚实,当晚与众将士彻夜商议,最终制订了一个巧妙而谨慎的作战计划。和萨丹王不同的是,格萨尔并不迷恋刀光剑影带来的快感,他打仗能智取,就绝不力敌。他当然不是没有这本事,他只是不愿平添无谓的杀戮。

第二天,辛巴梅乳泽又一次单枪匹马来到盐海边,正碰上姜国的三军统帅珠扎白登桂布等三员大将。梅乳泽不等对方发问,抢先说道:"我是霍尔大臣辛巴梅乳泽。我们霍尔白帐王为抢岭国的王妃珠牡兴兵岭国,不想那雄狮大王格萨尔太厉害,大王被杀,一百二十万霍尔兵也丧生雪山,只有我一人逃了出来。前日我来投靠姜国,恰遇王子玉拉。王子命我率一万士兵打先锋,谁知岭兵凶恶,一万士兵全军覆没!"

珠扎白登桂布听言大惊:"那王子呢?"

梅乳泽装作惊魂未定的样子粗喘了几口气:"王子正在前面奋战,叫我回来请兵将。现在没空多说话,耽搁了时间王子玉拉有危险!"

珠扎白登桂布闻言大惊,当即命大将杰威推噶跟梅乳泽一同前去接王子回来。只是左等右等,珠扎白登桂布却不见王子和杰威推噶的身影,这才发觉有些不对劲——这自然又是梅乳泽的孤身诱敌妙计。在那个英雄辈出的年代,一位武艺高强的勇士,就相当于一百个全副武装的士兵;一位骁勇善战的大将,更是神勇无匹,万夫莫敌。所以,两军对垒,往往决定胜负的,就是主将之间的较量。如今两国尚未交锋，黑姜国已先损失两员大将，战斗力自然大打折扣。

梅乳泽将杰威推噶捉回后还想再用同样的方法，却被老总管绒察查根拦下："大辛巴，你去了一次又一次，不能再去第三次。雄鹰展翅满天乱飞，羽毛迟早会落到人手里。你若再去，敌人必会猜透你心机。"

梅乳泽慨然说道："大王待我恩重如山，为了大王的事业，为了百姓的安宁，我辛巴梅乳泽死而无憾！"他说这话时的神态不像一位降将，倒似岭国土生土长的大英雄。说完，梅乳泽便再次披甲上马，决然而去。

然而，再强悍的狮子也有打盹的时候，再勇健的雄鹰也有瞌睡的时候，再威武的英雄也有大意的时候。梅乳泽第三次前去诱敌，还没开口便被多长了个心眼的珠扎白登桂布派人拿下。眼看太阳落山，梅乳泽却仍未归营，格萨尔当机立断，立刻发兵营救。

追风骏马放开了健步，削肉宝刀离开了银鞘，黑色羽箭搭上了宝弓，岭国一百八十万兵马浩浩荡荡地向盐海杀去。珠扎白登桂布见远处尘土飞扬，知道岭兵已经出动，正准备出营迎战。突然，一头硕大的野牛出现在不远的山坡上。那野牛的长角仿佛插入天空，声音好似雷鸣电闪。珠扎白登桂布立刻取过弓箭，安抚将士："别怕！这是姜国保护神给我们的吃食，是我们的福分，看我一箭射死它！"说罢，珠扎白登桂布奋力射出一箭。不料那曾杀敌无数的利箭射在这野牛身上竟像茅草一样无力，野牛毫发无损。珠扎白登桂布心下一沉："我再连射三箭，如果还不能杀死它，就不是好兆头！"珠扎白登桂布又连射三箭，却同第一箭一样，仿佛石沉大海。珠扎白登桂布又惊又怒，一箭接着一箭，不知不觉就把自己的三百支利箭统统射了出去，野牛却浑然不觉似的，慢悠悠地朝岭兵袭来的方向走去。

珠扎白登桂布见野牛远去，就想取回自己的三百支利箭。没曾想，珠扎白登桂布刚来到山坡上，以丹玛为首的岭国将士就像骤雨般铺天盖地而来，将他团团围住。珠扎白登桂布惊慌失措下抽出长刀殊死抵抗，大英雄丹玛却没给他喘息的机会，两个回合便砍掉了他的脑袋。岭兵一路杀将过去，姜国军队失去统帅指挥，军心溃散，只剩四处奔逃的命。姜国仅剩的大将蔡玛克吉头都不敢

第五章　别和这个世界的黑暗玉石俱焚

回，一路逃回王城。

听闻先锋部队惨败，萨丹王气得七窍生烟。他嚣张跋扈多年，哪里吃过这种亏？他立刻亲自带上姜国的一百八十万兵马倾巢出动，去营救王子玉拉，为大将珠扎白登桂布和杰威推噶报仇——当然，还要让阿隆巩珠盐海永归姜国所有。

一百八十万对一百八十万，岭国人和姜国人终于在日那绷黑山下正面遭遇了。

岭国大将以丹玛为首，左翼黄旗飘飘，尼奔达亚为统帅；右翼白旗招展，阿努巴亚为统帅；中间青旗开路，森达阿冬为统帅。三路兵马，遮天蔽日；八十位英雄，威风凛凛。

姜国大将以法王滚噶吉美为先锋，噶伦尼玛、董本噶玛绷图、角头铁辛巴、大力士熊头拉马、单脚白魔鬼、九头黑魔鬼等众妖殿后。

谋定而后动，老练的丹玛仔细分析了对方的阵形后下令："右翼对垒噶伦尼玛，要像从天而降；左翼迎战噶玛绷图，要从山上冲下；中军力敌法王滚噶吉美，要从正面强攻。岭国的勇士们，杀敌要像山坡滚落石，除魔好似平地铲草根。冲啊！"

岭国万千勇士随着丹玛的口令一齐冲了出去，姜国法王滚噶吉美也不示弱："当太阳照到山顶时，就是杀死岭国人马的好时机！高处的在三山尖上杀死，低处的在河水边杀死，最后把那该死的辛巴梅乳泽活捉回来！"说完，他一马当先，冲上前去。

姜国法王对着丹玛连射三支冒着黑烟的无羽毒箭，正中丹玛的护身青甲，却并未伤着丹玛分毫。丹玛哈哈大笑："愚蠢的姜国法王，你这箭伤不了我。今天让你尝尝青钢刀的厉害！"丹玛策马扬鞭，手起刀落，瞬时将他的脑袋砍落。姜国士兵见主帅这么轻易就被斩落，顿时乱了阵脚，不一会儿便被杀得丢盔弃甲。

这一战，岭国以很小的代价重挫姜国主力，姜国元气大伤，一连几天都龟缩在营地，没有任何动静。格萨尔并不像萨丹王那样贪战黩武，他命令岭兵日夜守卫盐海，并不主动出击。但战争就是这样，想开始容易，想结束却必须让一方付出惨痛的代价才行。

这天夜里,雄狮王正在酣睡,天母朗曼噶姆驾着祥云前来,对格萨尔降示:

> 明日太阳闪耀时,
> 你将遇见萨丹王。
> 他本黑魔神通多,
> 身壮如牛劈不动,
> 声如雷鸣有神威,
> 小心应对别大意。

接着,天母又向他传授了具体的降妖之法。第二天,格萨尔依天母所言把江噶佩布马变作一棵百年檀香树,把雕翎箭变作无数小灌木,把宝弓和盔甲变作鲜花开满山谷。

萨丹王见这好山好林,一时忍不住出营散心解闷。心志难舒的他不知不觉间便走出很远。这时,萨丹王有些口渴,他看见一座幽静的林间小湖,便忍不住跳了进去,恣意酣饮起来。这湖水甚是清冽可口,他忍不住喝了又喝,连日来的郁结似乎也被这清水冲淡了。就在他心神渐渐放松的时候,一只古怪的金眼鱼混在湖水中伺机钻进了萨丹王的肚子里。一进入萨丹王的身体,这金眼鱼立刻变成千辐轮不断搅动,萨丹王在水中痛苦地翻滚挣扎,却无济于事。原来,这金眼鱼正是格萨尔变化而成的。萨丹王纵有千般武艺,被格萨尔在他身体内翻来覆去地折腾也施展不出。最终,贪暴的萨丹王在这个人迹罕至的地方,悄无声息地断送了性命。

几日后,巡游的姜国兵马发现了萨丹王的尸体,他们立刻赶去报告王妃白玛曲珍。这白玛曲珍原是天女下凡,颇具神通,她早知萨丹王会有此下场,奈何毕竟夫妻一场,听到消息仍不免心伤:"哎!该来的,还是来了!"不过,伤心过后,她更关心自己的宝贝儿子玉拉,思前想后,她决定归降格萨尔。

可惜,不管什么国家,什么年代,都不缺愚忠之人。就算战争的暴戾会将一切屠戮殆尽,也有人会心甘情愿地为那利刃献血开锋。一直镇守在姜国城堡中的老将齐拉根保誓死不愿随军归降，岭国将士兵临城下时，他默不作声，孤身一人杀将而出，砍倒了岭国金旗，踏翻了岭国大帐，杀死了众多岭国将士。他抱着必死的决心而来，无人可挡，无将可敌，就连格萨尔也束手无策。最终，还是聪明的天马江噶佩布想出了办法，就在齐拉根保又一次全身而退时，江噶佩布装作逃散的千里马挡在路上，齐拉根保想都没想便上前驯服，结果被江噶佩布纵身一跃带上天空，最终被丢在毒海里，瞬间被毒水吞噬，尸骨无存。

就这样，齐拉根保成了这场无谓战争中的最后一个牺牲者。

姜国归降后，雄狮大王格萨尔安顿好白玛曲珍母子三人，又令丹玛将萨丹王多年劫掠来的金银珠宝、绸缎布匹、粮食物品统统搬出来分给了姜国的穷苦百姓。从此，岭国和姜国和睦相处，永享安乐。

故事的结尾永远是圆满的，但谁知道过程当中有多少满目疮痍的鲜血和泪水？千军万马、旌旗招展的战争固然能引得惨绿少年，甚至是垂暮老将热血沸腾，但暴戾之刃屠戮的往往不只是对手，还有自己。格萨尔深知，即便是被迫迎战，身处正义的一方，用暴戾与暴戾对抗永远不是最明智的选择。

为了世间的洁白澄净，每个人，都不应该放弃心底的那片光明。

第六章
心中有只永不停转的经筒

　　降伏黑姜后,岭国收获了十年的和平光景,但四方魔王中,最南方的辛赤还活着。格萨尔征服辛赤的最后机会就在此时,否则,等辛赤法力圆融,便再也无法降伏他了……

　　有情、知足、宽柔,做到这三者可得一时欢愉,却未必有一世安稳。因为人生最持久而充沛的能量,是灵魂深处的坚定信念。格萨尔此役,便是为了教化缺乏信念、恣意妄为之人。

四方最后一个魔王

在古代，一个国家是否兴盛富足，往往从其王宫的构造就能一窥端倪。每降伏一方魔王，岭国王宫就会重新修筑一次。如今，距萨丹王被诛、姜国臣服已经过去整整十年了，岭国愈发富饶美丽，百姓愈发祥和幸福，雄狮大王的达孜城与达孜王宫也愈发雄伟恢宏。远望那上城部像雄狮蹲踞，再看那中城部似金刚石矗立，近看那下城部如青龙盘绕，前来觐见的人无不叹为观止。

这是实力的成就，也是信念的杰作。

缺乏实力，众生温饱堪忧，哪有余力建造雄伟宫殿？缺乏信念，属民散沙一盘，哪有可能完成浩大工程？值得庆幸的是，格萨尔既为岭国人带来了无与伦比的力量，也为众生种下了坚定不移的信念。所以，再恢宏的宫殿，他们都能齐心建造；再伟大的城池，他们都能一起修筑。

堆砌达孜城每块砖瓦的，包裹达孜宫每段木石的，正是比水泥还坚固的信念！

但是，不是每个国王都看重信念的价值，不是每个君主都在意人心的向背。他们引以为傲的宏伟宫殿，是由四方劫掠的珍宝所装扮，是由无数可怜的战俘所建筑。也正因如此，他们的宫殿看似雄伟，他们的城门貌似坚固，实际上却千疮百孔，不堪一击。

在岭国南方，比姜国还要遥远的地方，有一块叫作"门域"的土地。这里有十三条大河谷，有十八个大部落，有三百多万户，骡马成群，牛羊遍地，原本是个富庶祥和的所在。可惜，在格萨尔的时代，门域的国王是魔王噶绕旺秋化身的辛赤，他手下有六十个骁勇善战、却专爱吃人肉、喝人血的勇士。为了满足无厌的食欲，他们经常骚扰邻近的几个邦国，有时来不及兴兵出征，他们

第六章 心中有只永不停转的经筒

甚至连本国的属民也不放过。所以，门域众生虽然生活在一片山清水秀的土地上，却整日提心吊胆、惴惴不安，生怕哪天就被抓去吃了。

魔王辛赤今年五十四岁，他最仰仗的魔臣古拉妥杰三十七岁，他最喜爱的魔马米森玛布刚满七岁。这魔王、魔臣和魔马可不容小觑，他们不像北方黑魔那样轻敌，也不像霍尔三王那样无知，更不似姜国萨丹王一般骄纵。今年正是他们修行路上的最后一道坎，这道坎如果跨过去，他们就无人可敌。野心勃勃而又小心谨慎的魔王辛赤早已规划好了，努力熬过这个秋冬，他就兴兵一路北伐，让一个部落接着一个部落臣服于自己脚下，让一个邦国接着一个邦国陷落于自己手中。

他要干出一番前无古人、后无来者的伟业——在雪域、在世界称王！

格萨尔，是魔王辛赤唯一的顾虑。当听说格萨尔已经先后降伏了三方魔王时，辛赤着实害怕了一阵子。就在格萨尔诛灭萨丹王的消息传来时，他立刻在边境囤积重兵，日夜站岗，生怕下一个就轮到自己。但左等右等，一晃十年过去了，格萨尔和岭国却没有一点儿兴兵来犯的意思，辛赤才渐渐放下心来。不过，今年是他修行路上最关键的一年，历来谨慎的辛赤一点儿也没有大意，他严格吩咐属下魔臣勇士：在这一年之中坚决不准外出骚扰，想吃人肉就去监牢里吃囚犯，实在忍不住就抓几个门域的属民来解馋，总之不准外出，否则严惩不贷。他想着：这一年可千万别出差错，熬过这一年，就什么都不怕了！

熬过这一年，就真的什么都不用怕了吗？

俗语说得好：心中没有神明，走夜路自然胆战心惊；灵魂没有寄托，在尘世自然惴惴不安。在魔王辛赤心中，最重要的东西不是信念和愿力，而是野心和欲望。诚然，没有野心的人征服不了世界，但只有野心的人，同样不可能天下无敌。尤其是冷兵器时代的西藏，若轻视联结臣民的信念，导致人心背离，纵然你有妖法神通，也只能落得一败涂地的下场。

人在做，天在看。就在魔王辛赤紧闭城门，隐忍蛰伏之时，格萨尔收到了白梵天王的指示："我的孩子推巴噶瓦，你如今已经降伏了三方魔王，但最南方的辛赤还活得好好的。他今年五十四岁，他的大臣古拉妥杰三十七岁，他的魔马米森玛布也已七岁。今年正是征服他的最好时机。若让他熬过这个冬天，想再降伏他就难了！"

格萨尔享受了十年难得的和平光景，对战争颇有顾虑，他不禁问道："父王，辛赤对岭国造过什么罪孽？为何要孩儿主动声讨？"

白梵天王耐心地向他解释："在你尚未降生的时候，你的哥哥嘉察也还年幼，门域十五万人马劫掠了岭国达绒十八部落，抢走了晁通属下的马匹、牛羊和粮草，还把他的六摺云锦宝衣抢走了。许多人因抽刀反抗而被残忍杀死。那时，岭国孱弱，兵少将弩，无力报仇。如今，岭国有了你，正是报仇的好时机！好孩子，莫迟疑！不降伏魔王辛赤，就拨不开南方天空的黑云，融不化南方土地的冰冻。"

格萨尔听言心下凛然，当即正色道："孩儿遵命，明天就发兵进军门域！"

"不急！"白梵天王拦下格萨尔，"冤有头，债有主。门域的这些罪恶是在晁通王的达绒十八部落犯下的，你要托梦让晁通做出兵的主力。"

格萨尔一想起晁通便怒气陡生，但既然白梵天王这么安排，自有他的道理。格萨尔不再多想，立刻亲自驾马朝达绒十八部落的属地奔去。

第六章　心中有只永不停转的经筒

晁通的自我"救赎"

自从格萨尔降伏霍尔三王后，晁通便被派到偏远的牧区放牧。几年后，格萨尔见其老迈，便将他召回达绒，允许他在家颐养天年——这是格萨尔连战连捷，心情大好时对他的特赦。三番四次陷害他人，却被一次次原谅，就是再狠心肠的人，对此都会心怀感恩，晁通也不例外。只是在感激之外，他还不乏几分自责与愧疚——岭国大英雄嘉察孤身战死，王妃珠牡被劫走三年，这都是拜自己所赐。当然，他愧疚的对象不只是格萨尔，回到达绒后，那些年被他奴役驱使的岭国属民的怨恨眼神，也让他感到如坐针毡。所以，晁通平日很少出门，只在家安心修法。

嗔恨易平，贪欲难填。晁通虽然感念雄狮大王格萨尔的恩德，不想再与之争锋，但他贪财好色的本性却依旧难除，只等惹人的春风微微撩拨，便又会蠢蠢欲动。早春的一天，晁通正在家中闭关静修，忽然，耳畔一声鸟鸣传来，一只鸟扑腾着翅膀飞入屋中，嘴中还念念有词。晁通睁眼一看，原来是自己的寄魂兽"先知鸟"，只听它开示道："正在修行的晁通王，你可忘了旧日的创伤？你的两个家臣死在门域魔军的箭下，你的宝马与牛羊正在门域的牧场上繁衍生长，你的六摺云锦宝衣还在门域魔王辛赤手上——今年正是降伏门域的好时机。"

先知鸟提起的旧日仇怨让晁通王一想就生气，但此刻的他却没有多少报仇的动力："可是我在达绒部落已经失势，哪还有能力去报仇呢？"

先知鸟继续劝道："你若一心为属民着想，他们自然向着你。而且，那门域的公主梅朵卓玛像森姜珠牡一样美丽，她今年刚好二十五岁，你若能攻下门域，她便是你的！"

俗话说："掉了牙的犏牛喜爱吃嫩草，上了年纪的男人钟爱美少女。"听先知鸟这么一鼓动，晁通寂灭许久的贪欲又复燃起来。报仇倒是其次，若是真能娶到美丽的梅朵卓玛为妻，他就是再损失两个家臣和千百牛羊都在所不惜。

晁通当即出关，吩咐家臣道："将达绒十八部落的七十万将士全部集合起来，并准备好解渴的茶水和美酒，还有酥油糌粑、牦牛奶酪以及各种肉食，随时准备出发！"

晁通的妻子丹萨以为晁通闭关太久走火入魔，连忙拦住家臣，并质问晁通是要造反还是要做什么，晁通早就对和自己一样衰老的糟糠之妻丹萨颇有不满，但一想到遥远的南方有一位美丽的姑娘在等自己"营救"，他便兴奋多于不满地将先知鸟的预言告诉了丹萨。

丹萨一听："原来又是白日做梦！"她不禁冷笑道："您难道忘了赛马大会前，所谓马头明王对您的预言了？那时您就妄想迎娶珠牡，结果如何？如今，你已六十二岁了，还想娶二十五岁的姑娘为妻，真是越老越没出息！"丹萨越想越来气，规劝的语气也不免有些冲。

晁通早已受尽世人白眼，哪里还能忍得了糟糠之妻的讽刺？丹萨话还没说完，他已经胡须微颤，脸色铁青。不过，由于丹萨说的都是事实，他也只得恨恨地指着丹萨，却说不出一句反驳的话来。

见晁通如此生气，丹萨知道自己的话说重了——再怎么昏庸无德，他毕竟还是达绒长官和一家之主。丹萨连忙识趣地退了出去，过了好一会儿，估摸着晁通气消了，她才左手端着盛茶的金壶，右手提着装酒的银壶，悄悄进屋，柔声细语地规劝晁通："王爷啊，俗话说：'静坐时哪能突然起身？修行时不该半途中断。'门域是堪比霍尔与姜国的大国，达绒十八部落怎么敌得过？梅朵卓玛是风华正茂的姑娘，怎会嫁给头发雪白的老人？这预言绝非神明的旨意，为您、为我、为达绒十八部落长享安乐，王爷三思啊！"

此时晁通已经缓过神来，气却一点儿没消。他一生野心勃勃，却只在格萨尔孤身北伐的空当里享受过三年君临天下的得意，他最恨别人说他已经老了、不中用了。他一把掀翻丹萨拿来的茶壶和酒壶，破口大骂："无知而又丑陋的婆娘！我晁通长官要你来教？达绒的士兵骁勇善战，怎会不敌区区魔王辛赤？还说年轻姑娘不会爱我晁通，你这是妒火中烧。女人的脾性我最了解，她们不看头发白不白，只看能不能像公羊一样斗起来。没有人不爱我晁通王，除了你这坏婆娘！若再多嘴，定惩不赦！"

晁通像着了魔一样，丹萨怎么劝他都听不进去。怕他真为了无谓妄想而断送达绒十八部落的数十万勇士性命，丹萨便假意应允："既然您决心要去，我也不拦您，只是此事事关重大，务必要通报一下格萨尔大王。如果雄狮大王能助您一臂之力，岂不如虎添翼？"

晁通一听，丹萨说得有理。自己手上这点儿兵马，还真有点儿拿不出手。如果格萨尔肯帮忙，那自然十拿九稳！为了美丽的姑娘，晁通决定厚着脸皮，去求一次格萨尔。

格萨尔料到晁通会来，早已恭候多时。那只先知鸟，自然就是他的化身。晁通进宫后，还不待他开口请罪，格萨尔便从宝座上起身相迎："原来是叔叔来了！大老远赶来，一定有急事吧！坐下慢慢说。"格萨尔边说边吩咐侍女倒茶端水，好生伺候。

自从"霍岭大战"后，格萨尔便恨透了晁通，只是念在同宗同族的分上才没有杀他。再后来将他从边地召回达绒已是天大的恩德，晁通哪里料到格萨尔会如此亲切地对待自己？他一时有些受宠若惊，手足无措。

晁通战战兢兢地饮完茶水后，身心舒畅，终于想起这次前来的目的。他故作关切地问道："天下共有四大魔王，如今大王已经降伏了其中三位，为何独独留下南方门域的魔王辛赤呢？"

格萨尔答道："连年征战，岭国将士哪得安宁？我亦不愿多增仇怨。"

晁通急忙道："我们和门域可不是新仇，而是旧恨。他们早年曾兴兵来犯，杀了我们的勇士，抢了我们的牛羊，夺了我们的珍宝。当初我们势单力薄，无力报仇，如今在大王的统领下，岭国日渐昌盛，兵强马壮，为何还不发兵报仇？"

格萨尔此次变作先知鸟鼓动晁通，一则是遵从白梵天王的指示，另外也是想试试他的心意是否有所悔改。没想到，他还是不改往日油嘴滑舌、冠冕堂皇的讨厌模样。嘴上为国为民，理直气壮，只字不提想娶梅朵卓玛为妻的事，心里的算盘打得叮当响。

格萨尔有意逗他，便慢条斯理地说："唉，过去的事就让它过去吧。如今岭国国泰民安，众生安居乐业，何必再大动干戈呢？"

"这哪行！"见格萨尔不急，晁通便急了，"俗话说，'问话若不答，那是傻瓜；有仇若不报，那是狐狸。'如今，门域杀人的血债还没报偿，岭国丢失的财物还没讨回，大王若贪图安逸，不但在大国之间有损威名，岭国众生也会心有不满的！"

"叔叔此言有理！我近日也得到白梵天王的预言，要我们出兵门域，夺回牛羊与珍宝，一雪前耻！叔叔也可以——"说到这，格萨尔故意一顿，"娶个年轻的姑娘为妻！"

晁通见自己的小算盘被格萨尔轻易识破，一下羞红了脸，不敢再言语。

格萨尔不再理会晁通，当即传令下去：将岭国的一百八十万将士悉数召集起来，备足粮草，随时准备出征。同时，令岭国的白鹤三兄弟分别通知北方魔地的大臣秦恩、东方霍尔的辛巴梅乳泽和南方姜国的王子玉拉前来听命。那几日，格萨尔望向南方的天空，似有风云变色的迹象，心中颇为阴郁——因为他知道，那片土地在不久后必又是一场刀光剑影，血流成河。

献给你，最美的山赞

北方魔地的大臣秦恩、东方霍尔的辛巴梅乳泽和南方姜国的王子玉拉接到格萨尔的传令后，立刻马不停蹄星夜奔赴岭国。人马齐备后，三国将士在格萨尔的亲自率领下，浩浩荡荡地朝门域进发了。

按照格萨尔的指示，晁通做先锋，他得意扬扬地行在队伍最前面。晁通好久没这么威风了，他将自己最好的装备统统穿戴在身上：头戴鹏巢型头盔，身穿红底金纹、边镶獭皮的锦袍，里面还配上了防身软甲，弓袋里是一把声如雷鸣的宝弓，箭袋里是五十支红铜尾箭，腰间是桑雅宝剑，胯下是追风宝马，当真像一个四方征战的老英雄一般。

他们刚出发没几步，珠牡便率领众位王妃手捧各色哈达前来送行。经过这么多年的风雨洗礼，珠牡早已不似从前那般任性，她诚意唱道：

勇猛无敌的格萨尔，
愿您速速征服门域。
献上白哈达三条，
为白梵天王送行，
期盼早日重逢；
献上黄哈达三条，
为念神格卓送行，
期盼早日重逢；
献上青哈达三条，

> 为龙王邹纳送行，
> 期盼早日重逢；
> 献上红哈达三条，
> 为战神念达送行，
> 期盼早日重逢；
> 献上金哈达三条，
> 为众位英雄送行，
> 期盼早日重逢。

几声唱罢，珠牡早已泪如雨下。岭国剩下的老幼妇孺也都站在路旁，依依不舍地为自己的丈夫、儿子、父亲送去祝福，愿他们早日功成，平安归来。

就这样，带着后方亲眷的不舍与祝福，一百八十万人马直向门域奔去。

关于古代"门域"的确切地理位置，有两种说法：一是泛指西藏所属的喜马拉雅山的高山深谷地区，因为"门"在藏语里有"低热之地"的意思；一是指山南错那宗以南，以达旺为中心的现"门隅"地区。相对而言，第二种说法更确切些。

提到山南和达旺，想必人们首先想到的会是西藏传奇人物——六世达赖仓央嘉措。但在格萨尔时代，这里还是魔王辛赤的属地——这里没有最动人的佛法和情诗，这里只有吃人肉、喝人血的鬼魅魔头。

门域北高南低，地势险峻，而且大部分是高山窄谷，路途崎岖，很不好找。在历史上，这里就被视为神秘的所在，藏语称"白隅吉莫郡"，意为"隐藏的乐园"。而且，门域诸座高峰上积雪皑皑，更有漫山遍岭的原始森林，若是不小心误入其中，真是生死由天定了。不过，若只是抱着纯欣赏的眼光来看，这里当真是草原明珠般的所在。

这天，岭国军队行到达拉查吾山脚，稍作休息。格萨尔与众位英雄登高远眺，望着错落有致，重峦叠嶂的群山在阳光照耀下壮美非凡，格萨尔不禁默默祈念："愿天父白梵天王，天母朗曼噶姆保佑这美丽山川，永远不堕战火。"

若要人间永享和平安乐，唯有将土地和众生交予贤明宽厚的君王。想到这，格萨尔突然想考一考年方十五的姜国王子玉拉托琚："王子玉拉，我的爱将，做君王不能只懂打仗，我来考考你，你能说出这些形态各异的群山的名字和来历吗？"

王子玉拉年少气盛，他不明白格萨尔的深意，只当是在众位英雄面前显露锋芒的良机，当即应声："但凭雄狮大王发问，我愿意献丑！"

"好！等我指出，你要马上作答。"格萨尔向远方伸手指去，一座座美丽青山映入王子玉拉的眼帘：

远处那座石山，
好似小沙弥在案前持香，
它叫什么名字？
旁边那座紫岩，
好似大鹏鸟在山林低飞，
它叫什么名字？
前面那座怪峰，
片片石板好似旌旗招展，
它叫什么名字？
后面那座险峰，
身姿绰约仿佛披霞仙女，
它叫什么名字？
仙女脚下山丘，
瑰丽无比犹如孔雀开屏，
它叫什么名字？
再看南面高山，
光华圆满如同初升明月，
它叫什么名字？
中间四座雄峰，
雄伟壮阔就像城楼宫殿，

它叫什么名字？
北方峻峰一座，
霸气无匹仿佛勇士舞旗，
它叫什么名字？
峻峰后面缓山，
尊贵异常犹如国王登基，
它叫什么名字？
再往东边看去，
好似空行母举着五座山，
它叫什么名字？
五山之间平地，
好像大象在平地上漫游，
它叫什么名字？
大象之后，
美人怀抱婴孩仿佛翘首望夫，
它叫什么名字？
……

王子玉拉整整头盔，清清嗓子，仿佛一位得胜归还的将军一样，骄傲地答道：

第一座小沙弥持香，
乃是印度檀香山；
第二座雄鹰王低飞，
乃是印度吐鲁乌山；
第三座旌旗舞招展，
乃是娃依威格拉玛山；
第四座仙女披彩霞，
乃是珠穆朗玛山；

> 第五座孔雀妙开屏，
> 乃是尼泊尔长寿五眼佛山；
> 第六座明月正升起，
> 乃是不丹天雷轰顶山；
> 中间四座雄峰，
> 乃是雪域四大神山；
> 北方勇士舞旗，
> 乃是七虎雄踞山；
> 后方国王登基，
> 乃是念青唐拉山；
> 东方空行母托五山，
> 乃是汉地五台山；
> 五山间大象走平地，
> 乃是中原峨眉山；
> 美人抱婴翘盼夫归，
> 乃是忽赞德穆神山；
> ……

格萨尔一口气问了一百多座山，王子玉拉也立即将一百多座山的名字一一报出。他小小年纪就有这等见识，引来众位英雄连连称赞。这就是史诗《格萨尔》当中著名的《山赞》。格萨尔对王子玉拉愈发喜爱，忙让侍卫端来美酒，与他一起豪饮数杯。

格萨尔既是考验王子玉拉的学识，也是帮他变得更加成熟。知道一百座山的名字不难，难的是饱含爱意地将他们的名字一一念出。为山川命名是人类亲近故土的自然选择，在人世间匆匆云游行脚，我们常常会忘记自己打哪儿来，要到哪去，唯一能提醒自己初心的，只有故乡山川熟悉的名字。

西藏，献给你，这最美的山赞；故乡，献给你，这最深的眷恋。

隔河相望的杀气

作完《山赞》后，格萨尔愈发喜爱眼前的壮丽山川，他打算就在达拉查吾山脚安营扎寨，多流连几日再出发。这时，倒是王子玉拉谨慎地劝道："雄狮大王，此山虽然风景壮美，却毫无遮挡和隐蔽之处，若被偷袭，我们必然溃不成军。不如速速行军，晚些时候到南钦杂拉娃玛扎营，那里有门域沟通外界的交通要道金桥，先趁夜色拿下那里再说！"

格萨尔听言有理，一边懊恼自己差点儿贪小失大，一边连忙下令加速行军。在夜幕初降时，他们终于赶到了南钦杂拉娃玛。

就在军队急速行军时，另一边的魔王辛赤还在宫里静修，今年是他修行路上最重要的一道坎，他每日谨慎持修，丝毫不敢怠慢。

"禀……禀告大王！今早河对岸突然出现无数兵马，金桥已被他们夺下。"侍卫传来边境的战报，正在静修的魔王辛赤瞬间惊惶地跳起问道："什么！上次派去岭国的探子回报说格萨尔还在宫中问政，并未出门，这是哪儿来的大军？"他努力定定心神，大声呵斥道："慌什么？他们是什么来路，具体有多少人马？"

侍卫喏喏答道："不……不知道是从哪来的，一大早仿佛从天而降一般。他们的兵马和粮草多得数不过来。我们的守卫只看见对面抬水运物的士兵如蚂蚁搬家，吹火做饭的声音似春雷贯耳，烧水煮茶的蒸汽像云雾漫天，反正……反正人多极了！"

辛赤一听，气不打一处来，他一脚踢倒前来报信的侍卫："没用的东西！居然连对方的来历都看不出，连对方的人数都数不清！要你何用？"他蓦然抽

第六章　心中有只永不停转的经筒

刀劈去，那侍卫顿时身首异处。"叫一个有用的人来！"多日来的静修并未让辛赤的暴戾脾气有所收敛，他发狂似的吼道。只是，看到前一个侍卫的下场，外面候着的人哪里还敢进来送死？

辛赤见半天无人响应，心中更怒，当即提刀向宫外走去，却和魔臣古拉妥杰撞了个正着。"古拉，你来得正好！快说说情况！"辛赤连忙拉住古拉妥杰的手臂，"究竟是何人率兵来犯？他们有多少人马？"

古拉妥杰面色凝重地答道："他们并未插上旗帜，但看起来的确像是岭国军队，其中还混有不少黄霍尔和黑姜国的兵将。"

"真是格萨尔来了？"辛赤听言十分紧张地说，"十日前探子回报，说格萨尔还在宫中好端端地待着，怎么一转眼就到了我们门域的土地上？"

"大王，我也不清楚，兴许是格萨尔使的障眼法，毕竟他……"古拉妥杰犹豫了一会儿，最终还是没有说出下句：毕竟他神通广大。

辛赤知道古拉妥杰支支吾吾背后的担忧：敌人突然出现，又瞬间夺下金桥，如今正是最伤士气的时候，千万不能再神化对手的实力，否则只会让门域将士丧失抵抗的信心。不过，这魔臣古拉妥杰天生勇猛，他主动请命："大王，您先别急，待我出城探探对方的虚实，再从长计议！就算真是格萨尔来了……"他整整衣冠，一字一顿地说道，"我们大不了倾全国之力和他拼了！"

辛赤当即命他为先锋大将，让他带领得力助手达娃察琤到边境河边查探。虽然金桥已经被对方占据，但古拉妥杰毫无惧色。他吩咐达娃察琤在一旁警戒，自己则打马上桥，大声喊道："我乃门域大将古拉妥杰，你们打哪来？要到哪去？快叫你们的长官出来说话！"

站在军队最前头的晁通老远便看到了古拉妥杰，并认出他就是曾带领门域军队劫掠他达绒十八部落的阿琼格如的后代。他正想大声回应，却被格萨尔用神通制住，顿时说不出话来。该是让后辈出来一展风采的时候了！格萨尔附在王子玉拉耳边低言几句，王子玉拉听完微露笑意，立刻骑马出来答话："我乃姜国王子玉拉托琚，您有什么话就说吧！"

古拉妥杰见出来的竟然是个年方十五六岁的俊朗少年，又自报是姜国王子，心下一沉暗暗思忖："姜国早已归降岭国，王子玉拉也是格萨尔的降将，这必是格萨尔的军队无疑！"古拉妥杰又惊又怒，惊的是格萨尔大军竟能避开他一路上设置的重重耳目，怒的是向来只有门域侵犯他国，哪里轮得到他国对门域兵临城下？但古拉妥杰毕竟老成持重，稳了稳心神，沉声说道："你们驻扎的河畔，是我们门域大王的猎场、王妃的花园，也是我们门域大臣的圣地。这里群鸟鸣唱、鲜花竞放，你们竟无故带来这么多兵马，将它强行占住，未免有些唐突吧！"突然，他话锋一转："在强悍无敌的辛赤大王面前，再多的兵将都如草芥；在神勇无匹的古拉妥杰眼中，再厚的盔甲都似茅棚；在锐不可当的门域骑兵看来，再壮的士卒也像瓦罐。这里可不是你们能长久落脚的地方，为小事断送性命，甚至全军覆没可不值得！"

王子玉拉听言并不动怒，他面露笑意，好言劝道："大英雄古拉妥杰，久仰您的大名！您先平息心中怒火，我们并非带着敌意前来，请听我细细道来。"

> 从门域飞来一只布谷鸟，
> 它栖息在岭国的柳枝上；
> 我们君臣从岭国来联姻，
> 正像盘旋的布谷鸟啼鸣；
> 岭国的少王子扎拉泽杰，
> 辛赤王的公主梅朵卓玛；
> 两人天生一对地设一双，
> 吉日就要结亲请莫阻挡。

古拉妥杰一听是来求亲的，心中顿时轻松不少，但一看河对岸的大批兵马，立刻又警觉道："既然是来求亲，为何不派使臣带着书信与聘礼，却大军压境，将我们门域勇士困在金桥之内？你可别想骗我！"

王子玉拉依旧神色自若地说："想必您也清楚，贵国公主梅朵卓玛美丽动人，辛赤大王视她为掌上珍珠，先前多少国家的求亲使者都碰了一鼻子灰，我们也怕使者无功而返，所以才……"

听到这，古拉妥杰暴跳如雷："听你的意思：如果辛赤大王不允婚，你们还打算抢走公主不成？放肆！我古拉妥杰对亲朋温柔如绸缎，对敌人却冷酷似利箭，你们最好小心自己的脑袋！"

"您别动怒呀！我们当然也不想大动干戈，所以劳烦您去劝劝辛赤大王，答应了这门亲事，也就皆大欢喜。"王子玉拉满脸笑意地劝说道。

古拉妥杰心想此事还得禀报大王做定夺，嘴里却撂下狠话："玉拉托琚，我今天一不用手中的刀，二不用腰间的箭，三不用胯下的马，给你们一日的时间撤出门域。倘若明天一早你们还在此地逗留，就别怪我们门域勇士不客气！"

旭日下，一箭一刀

古拉妥杰连忙回宫向辛赤王禀报岭国军队的来意。辛赤王一听，又喜又怒。喜的是，格萨尔不是来兴兵报仇；怒的是，他们竟敢明目张胆地来抢自己最爱的女儿。他不想在臣民面前露怯，便狠声说道："我们和岭国世代为敌，我也要和格萨尔争夺世界之王的宝座，若不是为了修行，我早就杀过去征服他们了，他们居然还敢主动上门抢亲？真是不自量力！"

古拉妥杰老练地给大王一个台阶下，便开口规劝道："大王还请息怒！此事不宜冲动，最好从长计议。我在问话时仔细观察了一下，这次格萨尔带来的不仅有岭国军队，还有北方魔地、东方霍尔以及黑姜国的兵将。他们的金缨在阳光下飞舞，银缨在月光下闪耀，绿缨像海水涌起波涛，红缨如火焰恣意燃烧，黑缨似魔鬼阴沉可怖。"说到这，赶来议事的各位大臣不免窃窃私语起来。

古拉妥杰接着说道："如果力敌的话，我们即便取胜，也不免元气大伤。届时我们就算熬过今年，法力大成，但要想征服世界还得再多等几年了；不如先将公主许配给他们，等过了这个冬天，我们再兴兵带回来，顺便一举扫平岭国！"

辛赤王听言点了点头，但嘴上却依旧不依不饶："古拉妥杰，我知道你说得有道理。但你可听过，大丈夫要有三种志气：第一，英雄斗智斗勇时，不可冒险拼命；第二，大臣帮国王理政时，不可为自己牟取私利；第三，两国商量联姻，不可主动示弱。如今他们带着百万兵马前来求亲，我们要是轻易答应，

第六章 心中有只永不停转的经筒

岂不贻笑大方？届时就算我们神功大成，那些被我们征服的部落城邦也不会真心臣服。"

魔王与魔臣一时相持不下，众位门域大臣也七嘴八舌地发表着意见。有人主张允婚避战，有人主张出城迎敌，还有人主张趁夜偷袭……最终，他们请来在门域颇受人尊敬的独脚魔鬼上师打卦问卜。独脚上师仔细推算后，朗声说道："这卦象有好有坏，好少坏多。若是安分守己，必受敌人欺辱；若要全力硬拼，就要流血受伤。"

"那可如何是好？"辛赤王不禁问道。

"大王，别急！"这独脚魔鬼上师倒是不急不慢地说，"面对这避无可避的兵灾，诸位大臣要严管自己的属下，穿好甲胄，备齐马鞍，将刀刃擦亮，把毒液涂在利箭上。我会用威力无比的咒火来帮助你们！"

辛赤王原本并未打算与格萨尔决一死战，毕竟熬过这一年，他神通大成，就算是天神下凡，也不能动他分毫。但听到独脚魔鬼上师的话，他决定孤注一掷——既然战与不战都有灾祸，那为何不奋力一拼呢？他对众臣朗声说道："俗语说'海螺要用牛奶喂，这样能把鳄鱼吓跑；骏马要用细料喂，这样路再远都不怕；上师要悉心供养，这样自然能得护佑。'我们不仅有法力高强的上师，还有六十位用血肉喂饱的猛虎似的英雄，今天正是他们施展神威的好时机！"

辛赤王当即吩咐下去：古拉妥杰率金缨部，玉珠妥杰率黄缨部，洞炯达拉率白缨部，达娃察琤率红缨部，郭波巴达率青缨部，卡扎容廓率花缨部，阿杰布噶率黑缨部，雍仲苯杰率绿缨部。八部人马明天一早在金桥桥头布阵迎敌！

第二天，天色尚早，太阳尚未从山间跃起，门域的百万兵马已经悄然来到河岸边，八部众队列整齐，与对岸的五色岭国军队遥相对峙。一百八十万对一百八十万，这场惨烈而悲壮的战争至此避无可避！

就在第一缕阳光照在恢宏的金桥上时，门域红缨部主将达娃察琤利用光线变化令岭国将士视力减弱的空当，连向岭国的红缨军射了六支淬着毒液的利**箭。瞬间，十几位岭国勇士当场毙命**。此举惹恼了岭国红缨军的主将辛巴梅乳**泽。他用力一夹胯下枣红马**，瞬间蹿到门域红缨部阵前。

梅乳泽没有像达娃察琤那样选择偷袭，而是朗声说道："美丽的门域草原还开着鲜花，怎么可以随便把人杀？俗话说，'不知洪水往哪泛滥时，从洼地搬家不应当；不知布谷鸟何时鸣叫时，喜鹊叽喳不应当'。岭国将士并无挑衅，你先发箭不应当。都说'讲经容易实践难，骑马容易喂马难'，杀人很容易，让人复生难。既然你先动手，也就别怪我不客气了！"

说着，辛巴梅乳泽便拿出自己的宝贝"莲花弯乐弓"。此弓上下半截分别用大鹏角与野牛角制成，握弓处是精致象牙，结实的弓弦则用千里马背上的筋制成，威力无比。这本是霍尔的镇国之宝，如今放在辛巴梅乳泽手中更是令其威力大增。梅乳泽左手持弓，右手抽出一支长箭，定定地对着达娃察琤射了出去。这箭毫不花哨，却带着强劲的力道，在雷鸣般的轰响声中径直飞向达娃察琤胸口。达娃察琤胸口有一块护心宝镜，为了在三军面前壮壮声威，他不躲不避，愣是硬接下了这支箭。不过，他的护心宝镜也应声而碎。

没想到辛巴梅乳泽果然名不虚传！达娃察琤心中惊骇莫名，嘴上却不肯吃亏，他张狂叫嚣："辛巴梅乳泽也不过如此！你既然降了岭国，就好好在家待着，居然还敢出来充当先锋，我看你是活得不耐烦了！"达娃察琤边说边抽出一支毒箭射去，梅乳泽急忙闪身，还是被射到左边的肩甲上。辛巴梅乳泽仿佛受了奇耻大辱，顿时火冒三丈，转眼间便抽出腰刀要上前与他力拼。就在此时，一条细软的套绳悄无声息地飞向达娃察琤，尚在全神戒备辛巴梅乳泽的达娃察琤顿时被捆缚住，动弹不得。辛巴梅乳泽哪里会放过这等良机，他闪电般冲到达娃察琤面前，将其脑袋砍下。

原来，那套绳正是雄狮大王格萨尔以神力所抛。他一来担心爱将辛巴梅乳泽的安危，二来心知两军对垒，首战的结果对士气的重要性，所以才忍不住施以援手。格萨尔在战前提醒众位将士："这次南征门域，不比之前三次，门域魔王辛赤早已修炼多年，法力高强，再过一年就要臻于化境。你们若掉以轻心，恐怕就会前功尽弃。"

门域士兵见红缨部主将达娃察琤瞬间被斩落马下，无不骇然，顿时面面相觑，噤若寒蝉。而格萨尔也不愿两败俱伤，这一箭一刀之后，两军像凝固的雕像一般，只是隔着湍急的河水，各自凝神屏息，严阵以待。

终不过一场大火

初次交手，虽然斩杀了门域一员大将，但岭国也损失了十三位勇士。若是硬拼，不知道还要有多少将士白白牺牲。格萨尔暗暗发愁："白梵天王只让我进军门域，却没有明示最佳的降魔方法，我们岭国人在这里人生地疏，若是不小心马失前蹄……"格萨尔担心将士安危，又多年未战，不免有些踟蹰犹豫。

很快，夜幕降临，两军依然紧张地对峙着，谁也不敢趁夜色跨越雷池一步。这天夜里，格萨尔辗转反侧，左思右想，无法安然入梦。不知过了多久，隐约中一阵清香之气袭来，让格萨尔的精神顿时为之一振。天母朗曼噶姆的警示声紧随香气而来："好孩子，莫再睡！贪睡的男人没出息。上师若是贪睡，心灵就会昏沉；官吏若是贪睡，执法就会昏沉；长老若是贪睡，决定就会昏沉；将军若是贪睡，指挥就会昏沉。你是世界雄狮大王，不要贪睡快起身！"

格萨尔羞愧地翻身坐起，伏耳恭听训诫：

孩子勇敢莫惧敌，
十八日良辰吉时。
天兵天将来相见，
玉山顶上声震天；
夜叉兵马九十万，
札洼滩上尽绵延；
龙兵龙将威无敌，
纳弄山下亦聚齐；
……

为防止被河对岸的门域将士听到，天母的歌声到了关键处忽然变得十分微弱，但格萨尔却听得一清二楚，他紧锁的眉梢终于渐渐舒展——他知道降伏辛赤的办法了！

第二天清晨，对岸的门域士兵尚在昏沉与忧惧中，格萨尔已神清气爽地召来所有大将，面授机宜："俗话说得好，好兄弟要'同食山顶草，同饮河中水'，如今正是我们四国兄弟一起并肩战斗、杀敌制胜的好时机。但俗话又说，'白色善业的太阳不出现，黑色罪孽的迷雾不会散；千里冰雪若不被热气融化，白色雄狮就永远捉不到；浩渺海水若不放下钓钩，哪有金眼鱼会兀自跳出水面'。我们百万大军浩浩荡荡奔赴门域，若不制订一个万全的计划，哪能轻易成功？这南方湿热的空气里满是毒瘴，你们先将我大帐中的药水与天母的护身结分发下去，静守到二十九日，降魔的机缘自然成熟！"

众英雄依言而行，岭国将士果然感到前所未有的神清气爽，一个个容光焕发，精神十足。门域大将古拉妥杰原以为岭国军队深入南方，时间一长必定水土不服，哪料想他们竟寻得破解毒瘴的良药，一个个仿佛得胜般精神百倍。古拉妥杰心知再拖下去，门域兵将的士气必定大落，他当机立断，来到金桥前，向对方叫阵。

上回古拉妥杰前来问话，穿的只是普通装束，这回两军对垒，他头戴红缨金盔，身着黄金铠甲，外覆黄缎披风，再加上他本就虎背熊腰，身壮如牛，配上这身装备顿时如战神下凡，势不可当。趁着对方愣神的时机，古拉妥杰骑着他的鹅黄千里马闪电般朝岭军营帐杀了过来，打算先给对方一个下马威。没想到，岭国诸位大英雄在格萨尔的安排下，早就做好了准备。就在古拉妥杰离岭国军队的营帐还有五十步时，丹玛一箭射出，正中古拉妥杰的左肩甲片，古拉妥杰为之一倾，险些跌倒。

丹玛和其他四位英雄大笑着从营帐中缓步而出，仿佛完全没把古拉妥杰放在眼里。古拉妥杰怒火中烧，当即就要抽刀上前拼命。丹玛向古拉妥杰扬了扬手喊道："喂，门域的古拉妥杰，我敬你是条好汉，不如跟我比比箭术吧！"

丹玛有意在两军面前立威，他慢条斯理地从身后抽出一支鹰翎箭，缓缓搭在宝弓上，神色轻松地说道："你可知道，这个地方叫'亡命平原'，我们五

第六章　心中有只永不停转的经筒

人叫'死神阎罗'。穿黄衣的是噶德米钦色波，力大无穷能举山坡；穿白衣的是洞琼巴拉，威如雄狮厉赛阎罗；穿红衣的是辛巴梅乳泽，刀法凌厉无人能活；穿青衣的是玉拉托琚，俊逸非凡天生神力。不过，你要先尝尝我丹玛的鹰翎箭，我不射你眉心，亦不射你胸口，单射你头顶红缨！"

话音刚落，丹玛的鹰翎箭便离弦而去，"嗖"的一声带走了古拉妥杰头顶金盔上的红缨。古拉妥杰反应不及，一下输了声势，好不气恼。他脸色阴沉地抽出一支毒箭，运起十分神力，同样射向丹玛的头顶红缨。古拉妥杰这一箭可不容小觑，它不仅射掉了丹玛的红缨，还将他身后的一片树林焚毁。一时间，大军阵后毒烟四起，弄得丹玛心神不宁。

古拉妥杰正打算趁着丹玛神思不定时再射一箭取他性命，却被丹玛旁边的四位英雄抢先射出箭羽。不容古拉妥杰再度取箭，他们已经抽刀杀去。五人顿时混战在一起，杀得难解难分。古拉妥杰虽是魔鬼绷巴纳布的化身，但岭国四位英雄亦非凡人，缠斗一会儿后，讨不到便宜的古拉妥杰便知趣地驾马逃遁了。

其实，这一战岭国五位英雄均未尽全力，因为格萨尔大王暗中嘱咐他们：与门域要慢慢周旋二十九日。就这样，接下来几日里古拉妥杰数次来袭，却屡屡被岭国众位英雄联手化解。

二十九日很快便到了，格萨尔依照天母的指示，天没亮就悄悄来到玉山山麓。山上有一块形似骏马的巨石，巨石上供着一块牦牛形状的铁块。格萨尔来到巨石前，在铁块下细细摸索，不一会儿果然发现一道小暗格。他轻轻推开机关，一间暗室豁然显现。暗室里有一只九头毒蝎和一只九头乍瓦，它们正是魔王辛赤与魔臣古拉妥杰的寄魂兽。格萨尔毫不犹豫，立刻搭弓引箭，射死了两只毒虫。

两只寄魂兽被射死后，门域的气运顿时衰颓，国中各种异兆频现：山中无故大火，宫中梁柱开裂，神湖里结了冰，神山上塌了庙……门域人人自危，惶恐不安。就连美丽的公主梅朵卓玛也做了一个不祥的噩梦。在梦里，巴拉玉隆隆下了贝壳大小的雪花，那是白梵天王在施法；"隆隆"雷声中一只黄牛满身露珠，那是她父亲辛赤要受灾祸；冬杂拉卡纳出现了四个太阳，那是古拉妥杰丧失法力的缘故；门域雪山变成了风化的石山，那是门域要遭难的征兆……

公主梅朵卓玛不仅美丽动人，还心地善良。她跑到辛赤王面前央求道："父亲，既然岭国军队声称是为我而来，那为了结束眼下门域的种种灾祸，不如……不如您就答应他们吧！"

此时的辛赤王因为寄魂兽被射死，早已失去往日的神采，但他不愿在女儿面前丧失威严："我的梅朵啊，你是门域的明珠，也是我的珍宝，只要我还有一口气在，就绝不会抛弃你！"

就在父女二人争执不下的时候，岭国大军已经在诸位英雄的率领下发起了全面进攻。由于格萨尔射死了古拉妥杰的寄魂兽乍瓦，他也失去了往日的战斗力，虽然余威犹在，却敌不过岭国几位英雄的夹击，最终被俘。

古拉妥杰虽然杀死了不少岭国勇士，但格萨尔独怜其才，他想像收服辛巴梅乳泽和王子玉拉那样收服他做门域的统领："古拉妥杰，我念你是个大英雄，想饶你不死。但是，你必须助我降伏魔王辛赤。事成之后，我让你做门域的统领，你意下如何？"

古拉妥杰虽然精神不振，却傲骨犹存，他狠狠地啐了一口，对格萨尔怒目而视："坏觉如！你借口联姻，实则劫掠门域。我古拉妥杰虽然贪生，却并不怕死！要我向你投降讨饶，倒不如让我死得痛快！"

众英雄见古拉妥杰如此无礼，齐声怒喝。格萨尔心中惋惜，却只能无奈下令将他斩首。

门域大将接连被杀，门域军队自然也溃不成军，四散奔逃。魔王辛赤见大势已去，却还不甘心，竟然命人放火烧掉自己的宫殿，欲与格萨尔玉石俱焚。等格萨尔赶到魔宫时，魔王辛赤正在火中怒吼，他拼尽最后一丝力气，向格萨尔射出一支毒箭，却被格萨尔轻松躲过。雄狮大王反手向他回射一支利箭，穿透他胸前护心镜，直刺其心窝，魔王辛赤就此殒身火海。

至此，世界雄狮大王格萨尔终于彻底降伏了四大魔王，为雪域众生带来了久违的祥和安宁。此后数年，在格萨尔与诸位英雄兢兢业业的治理下，岭国、魔国、霍尔、姜国、门域的属民个个心中安乐，笑颜常开；各部牧民不再彼此仇视，各国百姓不再相互猜忌；人们频繁走动，互通有无，一片欣欣向荣。

这才是人间本该有的样子。

第七章
逃不过自己，跃不出轮回

格萨尔降伏四方魔王后，又过了三年祥和时光。晁通虽表面改过，但骨子里还是私心重重。这年夏天，他觊觎大臣丹玛的女儿，为了让王子扎拉帮他做媒，他打算献上一匹绝世无双的宝马。为了一己私欲，晁通竟命人将大食国的千里宝驹"青色追风"连夜盗来。事情败露后，大食国王震怒，两国大战一触即发……

人心本善，皎如明月，但也如明月般有阴晴圆缺。所以，征伐完四方魔王的四种恶，格萨尔的下一个目标，就是对善的漫长守护。

为一个人，盗一匹马，犯一国家

四方妖魔尽除，雪域又迎来了三年和平的光景。这三年里，岭国、魔国、霍尔、姜国和门域间的国界线在人们频繁的走动中渐渐消失，高耸的城墙也抵挡不住众生互通的热情。关于战争的记忆，则迅速风化成了来自远古的雕塑，鲜有人问津。

如果可以快乐地和平相处，谁会怀念战争呢？这一年，已故大英雄嘉察的儿子扎拉泽杰也已经长成了少年英雄，格萨尔从未忘记哥哥对自己的恩情，所以他对扎拉泽杰视如己出，爱护有加，还封他为岭国王子，大家都称呼他为王子扎拉。

只是，妖魔易除，人心难安。只要人心一天动荡不止，世间就永无宁日。这一年，老总管和晁通也已是七旬老汉。与老总管早就安心在家颐养天年相比，晁通可不是个甘心服老的人，比起天伦之乐，他更爱美丽少女。家里的老妻丹萨是越看越不顺眼，与她尽日相对，就像没有牙齿的人费力吃炒青稞一样难受。

这天，他听路过的牧人唱起赞美岭国姑娘的歌谣，歌里说大英雄丹玛的女儿已经长大成人，像一朵初绽的鲜花，既美丽又温柔，正等待大英雄的采撷。晁通一听，顿时就坐不住了，他咕嘟咕嘟连喝几大口酒，却越喝越觉得口干身热。

人的欲念一旦被撩起，哪是几杯酒水就能浇熄的呢？

这一晚，晁通彻夜未眠。天亮时，终于让他想出一条"妙计"：丹玛对格萨尔忠心不二，如果能让格萨尔开口做媒，丹玛就算再不情愿，也只能同意。

第七章　逃不过自己，跃不出轮回

所以，他只需要想办法讨好格萨尔就可以了。王子扎拉是格萨尔的心头肉，他虽不是格萨尔亲生，但格萨尔对他比亲生儿子还要看重，甚至破例亲自教他武艺。王子扎拉的坐骑在南征门域时被敌人一箭射死，他至今没找到称心的坐骑，若是能为他寻来一匹良驹，他一定会在格萨尔面前为自己说好话的！

晁通知道岭国的骏马王子扎拉一匹也没看上，只有去别国寻找了。他听说西方大食国有一匹名为"青色追风"的千里马，是天上大鹏鸟的雏鸟所化，一杯茶的工夫就能绕着南赡部洲跑一圈，堪比格萨尔的天马。晁通心思急转："若是能把它盗来……"

鬼迷心窍的晁通竟打起了大食宝马的主意！

大食原是伊朗某个部族的特定称谓，后来渐渐成了唐宋时期东方各国对阿拉伯人和阿拉伯帝国的泛称。大食最强盛的时候，其疆域东起印度河与中国西部边境，西至大西洋沿岸，北达里海及法国南部，南接阿拉伯海域，是一个地跨亚、欧、非三大洲的超级帝国。格萨尔时期大食虽然正处在四分五裂的边缘，辉煌不再，但瘦死的骆驼比马大，没有哪个国家敢轻易招惹大食，更别说只是为了一匹千里马了！

但晁通可不管这些，他密令三位家臣嘉卡谐格米吾托尊、东通图吉米桂杰麦和嘉列柏布益查米连夜赶往大食，去盗取青色追风宝马。三人知道晁通的脾气，不敢懈怠，一路紧赶慢赶，终于在第十天来到大食。这三人连日暗中踩点蹲守，终于在一个月黑风高的晚上，他们找准时机用晁通施了法的迷药将大食的护马大臣东赤拉郭迷晕，神不知鬼不觉地将宝马盗去。

第二天，药力消退，东赤拉郭才恍惚着醒来。看到空空如也的马厩，他猛然坐起："大事不好！"他向来勤奋且谨慎，青色追风在他的看护下从未出过差错，没想到一夜之间却突然不见了！他没头苍蝇似的四处寻觅，却一点儿踪迹都找不到。折腾半天后，他也只能悻悻地禀报大食国王赛赤尼玛。这青色追风可是赛赤尼玛的挚爱，他把这宝马看得比王妃还要重要，这下可急坏了他。赛赤尼玛顾不得责备东赤拉郭，连忙招来大食女卦师扎色热纳一探究竟。

扎色热纳知道事关重大，也不耽搁，当即挥动彩色卦绳，将十三支卦箭搭在弓上，再将四十八粒松石放在卦骰上盘算。过了好一会儿，她面色凝重地说："在遥远的东方，两条大河交汇的平原处，一座矛尖红崖下，有一座牦牛犄角般的城池，大王的马就在那里！"

赛赤尼玛听言大怒："原来是岭国的人偷了我的宝马！早就听说东方出现了一个号称世界雄狮大王的人，没想到他竟然打起了我大食的主意！"赛赤尼玛气得咬牙切齿，恨不得立刻发兵岭国，夺回宝马。

这时，大臣协赛绕朗劝道："俗话说，'长官的靴带容易被仆人拉扯，檀香的树枝容易被荆棘遮挡'，此等大事当然要眼见为实，大王不妨先派人去岭国一探究竟。"

赛赤尼玛虽然寻马心切，但也知道协赛绕朗说得有道理，他连忙派内臣协噶丹巴和护马大臣东赤拉郭乔装成四处流浪的乞丐，悄悄前往岭国。二人一路急行，终于在第十天早上来到岭国。他们拦住了一个过路的牧人，一边讨水喝，一边打听岭国的最新消息。

那牧人见两人衣衫褴褛，风尘仆仆，也没有戒心，当即请他们喝了几碗茶，并告诉他们："你们若是想讨饭，前面正有个好去处！不远的山沟处正是达绒长官晁通的家。这晁通王可了不得，年已七十，居然还能迎娶大英雄丹玛的美丽女儿，羡慕死岭国好汉了！今天正是他们大婚之日，你们去他家一定能吃顿饱饭！"

二人心想：婚礼人多，也许能打探到宝马的消息，当即谢过牧人，往晁通家赶去。没想到，还没进晁通家，他们便遥遥看见了正驾着青色追风宝马前去道贺的王子扎拉。协噶丹巴和东赤拉郭没想到这么快就找到了宝马，他们紧随其后，悄悄混入了宴席之中。

趁着众人开心祝酒的空当，二人偷偷拦住了晁通家的仆人，塞给他几枚金币，打探道："我见您家主人老迈，怎么能娶如此年轻美貌的姑娘为妻？"

仆人见钱眼开，便把这几日的见闻一一说出："你可别看我主人年长，他可一点儿不服老呢！"说到这，他意味深长地笑了笑，"为了这个人人爱慕的美丽姑娘，我家主人不知从哪儿弄来一匹万里挑一的千里马，并将它送给了岭国王子扎拉。王子扎拉对这宝马喜爱有加，最终软磨硬泡，说动格萨尔为我家主人做媒，才有了今天这盛大的婚宴。"

二人听完仆人的叙述，面色阴沉地对视了一眼，不约而同地悄悄退了出去，马不停蹄地赶回大食。好个晁通！为一个人，盗一匹马，犯一国家。至此，又一场血战，在所难免。只可怜了这些来喝喜酒的人们，他们哪里知道，美酒里除了喜庆，竟还酝酿着战火。

吹火燃须，害人害己

协噶丹巴和东赤拉郭快马加鞭赶回大食后，立刻向大王赛赤尼玛禀报："冲散羊群的，是山中恶狼；伤害野马的，是林中斑虎；盗走青色追风的，是岭国晁通。"

赛赤尼玛早听说岭国有个贪财好色的晁通王，没想到他居然把主意打到自己头上了。赛赤尼玛冷笑一声，立刻下令向大食各部召集精兵强将。大食作为地跨三洲的超级大国，其富庶程度不是岭国能比的。且不论兵将数量，光是武器的精良程度，就比岭国高出一大截。人人盔甲整齐，青色箭镞加了纯钢，强弓上罩着桦皮，长矛尖端装着利刃，武器头部淬着毒水。

> 红衣兵骑红毛马，
> 犹如火神舞烈焰；
> 青衣兵骑青毛马，
> 好似江海风浪卷；
> 白衣兵骑白毛马，
> 仿佛神龙骋雪原；
> 黑衣兵骑黑毛马，
> 就像阴云连成片；
> ……

大食纠集起最精锐的主力部队，全副武装，浩浩荡荡向岭国奔去。

第七章 逃不过自己，跃不出轮回

至于晁通，他自从娶了丹玛的女儿，心中惬意无比，哪里有闲心去考虑可能的祸端。所以，当大食军队气势汹汹地将他的帐房层层包围时，他还在床上做美梦呢！

"长官！不好了！"仆人的呼救声将晁通惊醒，"外面有无数大食军队，他们领头的人说是要来找你算账呢！"

正在床上拥着年轻娇妻的晁通顿时吓得魂不附体——没想到报应来得如此迅猛！他顾不得怀中的美人，衣服都没穿就独自钻到烧饭的大锅下面藏了起来，掩耳盗铃般期望不被大食人发现。没曾想，这大锅的密封性倒是很好，晁通被盖在里面无法呼吸，没多久竟昏了过去，等他醒来时，他已身在大食的营帐中。见晁通惊惶着睁开眼睛，一副失魂落魄相，大臣朗卡托贝忍不住哈哈大笑："听闻岭国晁通王武功盖世，法力高强，七十岁还能娶美娇妻，必有一番本事！没想到今日一见，却是个比乞丐还落魄的糟老头子！"

一旁的东赤拉郭对盗马的晁通恨之入骨，他上前便给晁通一脚："你偌大年纪，难道没听过'长官若不节制，权势会消失；富人若不行善，财富会消失；穷人若不勤奋，身体会消失。'我们大食的宝马青色追风本是大鹏鸟的雏鸟，是大王赛赤尼玛的挚爱。别说动手偷，就是用眼睛瞄一下都是罪过！俗话说：'早上可以用绵羊赔偿损失，迟到的话，下午用马赔偿都不行。'我劝你赶紧把宝马还回来，否则你的小命就要留在这里了！"

晁通醒来后一直吓得瑟瑟发抖，现在听说要拿他抵命，更是慌得六神无主。他用牙齿狠狠咬了一下舌尖，强打精神，思虑对策。片刻过后，狡黠的晁通计上心头。他装作惊魂未定的无辜模样，可怜巴巴地说："明察秋毫的大食长官，你们为何要绑我一个七旬老翁？俗话说'别让乌鸦的罪恶致使天鹅陷泥坑'，我不明白你们所说的青色追风宝马是什么？"

东赤拉郭见他抵赖，怒上加怒，上前又是一脚："就是你盗去献给你们王子扎拉的那匹，你还想抵赖？"

"哎哟……哎哟！"晁通装作弱不禁风的样子，表情更加委屈，"您听我慢慢说，献马确有其事，盗马却不关我事。上个仲夏日，岭国来了三个大食人，他们牵着三匹大食宝马，说是要卖给出价最高的人。我见其中一匹耳朵和脚掌均长有青色绒毛，煞是威武，便买了下来，赠给王子扎拉。我哪里知道它就是你们国王的坐骑呢！而且，你们杀我不如放我，杀我就像勒死一只老乌鸦，有何益处？不如放我回去向王子扎拉解释清楚，贵国的宝马一定立刻归还！"

东赤拉郭那日在婚宴上就见识过晁通巧舌如簧的样子，自然不肯信他。但负责这次征伐的大臣朗卡托贝却觉得晁通情真意切，不像说谎，而且他也不想挑起两国的战火，能和平解决当然最合适不过。他略一沉吟，最终决定给晁通二十一天的时间去寻回宝马："过时宝马未归，大食要的，就不只是你晁通一个人的性命了！"

晁通的头点得像打酥油茶的甲洛，朗卡托贝便当真把他放了。晁通离开大食营帐后，快马加鞭往回跑，一刻都不敢停留，生怕大食人反悔来追。一路上，他左思右想，最终拿定主意："这事可不能跟格萨尔和王子扎拉说实话，刚到手的娇妻没了不说，严厉的惩罚肯定少不了，到时我在岭国就真无翻身之日了！"

晁通一路提心吊胆，风餐露宿，赶回岭国时已经瘦如乞丐。此时，他的两个儿子正召集部队，打算发兵营救。他一边让两个儿子继续筹备兵马，一边跑到达孜城向格萨尔谎称大食人突然来犯，请求增援。格萨尔此前闻得预言："藏历木虎年，要去攻打西方大食财宝之城，为岭国开辟新的财源。"现在听晁通这么一汇报，当即决定让晁通领达绒部队先行，岭国各部大军随后就到。

有了雄狮大王格萨尔撑腰，晁通底气明显硬了几分，他一想到在大食营帐中受的屈辱，就恨不得立刻去将大食兵马都杀光。另一边，朗卡托贝与东赤拉郭率兵返回大食后，大食王赛赤尼玛对晁通的允诺很是不放心。他觉得晁通这种人，不仅不能信他还马，还要提防他兴兵报仇。果不其然，二十一日后，青色追风没回来，倒是晁通带着大军气势汹汹地来到了两国边境。

无实之穗的高高头颅

大食和岭国军队在国境线两侧各自摆开阵势，队列整齐的将士，遮天蔽日的旌旗，不可计数的刀矛，蓄势待发的利箭……大战一触即发。

一再被晁通愚弄的东赤拉郭一马当先地从大食阵营里冲了出来，他高声喊道："在大食王座前，我只是个忠于职守的护马大臣，但到了两军阵前，我就是穿白铠甲的战士，我就是挽红铜弓的射手，我就是骑银红马的将军，我就是找晁通报仇的饿狼。俗话说，'在近处挥刀的是英雄，在远处放箭的是懦夫'。晁通，别做缩头乌龟，快到阵前与我决一雌雄！"

晁通躲在大军后面神色阴鸷，却并未出阵迎敌，他低声冷笑道："懦夫？今天就让你死在懦夫手里！"晁通运起法力，从阵中一个东赤拉郭看不见的死角射出冷箭，正中东赤拉郭额头。东赤拉郭哪料到晁通竟然无耻到这种地步，猝不及防下当场殒命。

一个正直且忠诚的勇士，就这么死在了自己的大意里。

大臣协赛绕朗见朝夕相伴的好兄弟东赤拉郭被冷箭射死，心中大怒，也顾不得两军交战惯例，当即连射数箭，射死了十位岭国勇士，还将晁通次子崩奔托规巴瓦的护身铠甲击碎。崩奔托规巴瓦天生神力，历来只有他欺负别人，哪有别人欺负他的道理。他当即怒不可遏地抽刀冲出阵营，向协赛绕朗砍去。协赛绕朗也不怯阵，与之硬拼。但刚一交手，协赛绕朗便大惊失色："好大的力气！"一刀下来，他的手竟然差点儿拿不住武器。协赛绕朗勉力支撑了几个回合，却终敌不过崩奔托规巴瓦，被一刀劈成两半。大食两员主将一死，兵士顿时慌了手脚，晁通趁机下令猛攻，杀得大食人仰马翻。

原来，大食兵马虽然装备精良，却久疏战阵，不像岭国军士多年四方征战，武艺高超，经验丰富。骤然交锋，大食自然没有招架之力。大食的先锋部队几乎全军覆没，这让大食王赛赤尼玛吃惊不已——他猜到打仗有胜有负，却没料想他大食军队竟如此不堪一击。

不过，幸好大食主力部队犹在，尚未损伤元气。他思虑再三，最终派出了大食的常胜将军赞拉多吉。赞拉多吉具备四种降敌武艺，在战场上从无败绩。他头戴九峰青盔，上插着火焰红缨；身披护命铜甲，腰系上古绫带；侧挂断石宝刀，下骑识途良驹；背系宝石箭筒，插满六十支利箭。

这次出阵迎战赞拉多吉的既不是晁通，也不是他的儿子，而是以晁通侄子噶细长官伦珠为首的三员小将。由于上次岭国大胜，晁通变得更加狂妄，在他眼中大食军队也不过如此。所以这次便派几个晚辈出来立立战功，长长声望。

伦珠虽然战斗经验不多，但却和他叔叔一样目空一切。他根本就没有把雄壮威武的赞拉多吉放在眼里，他自视甚高地教训赞拉多吉道：

白狮的鬃毛天生雄伟，
老狗炫耀杂毛太可怜，
老狗你最好安守本分；
猛虎的花斑天生耀眼，
野狐炫耀皮毛太可怜，
野狐你最好别离老窝；
雄鹰天生翱翔在蓝天，
小雀炫耀翅膀太可怜，
小雀你最好常留树梢；
野牛天生在旷野磨角，
黄牛想逞威风太可怜，
黄牛你最好卧在牛棚；
岭国的战士天生勇武，

第七章　逃不过自己，跃不出轮回

大食想得胜利太可怜，
大食你们最好回家去！

伦珠说完狂妄地大笑三声，继续数落赞拉多吉："喂！我看你仪表堂堂，战马也精神，就这么死了怪可惜，不如趁早逃回大食找你阿爸阿妈吧！"伦珠边说边装腔作势般调转马头，慢悠悠地往回踱步。赞拉多吉见过无数英勇的敌将，却从未遇过这么狂妄的小人，俗话说，"死人怕冷风，活人怕侮辱"，赞拉多吉猛地一夹马肚，飞速向伦珠砍去。伦珠听到后面马蹄急促，连忙回头来挡，却哪里来得及，当即被赞拉多吉斩落马下。

把战场当儿戏的人，他们的人生也如儿戏一般，光华尚未绽放，便骤然陨灭。

赞拉多吉斩了伦珠之后，马不停蹄，又挥刀向剩下两将砍去。他们平日都是纸上谈兵的纨绔子弟，哪里有实战的本事。见刚才还谈笑风生的伦珠顷刻间毙命，他们顿时慌了神，慌忙逃遁，却还是被赞拉多吉砍得浑身是伤。赞拉多吉乘胜追击，只身攻入阵地，一时间岭国军士死伤无数。就在这时，晁通的两个儿子闻讯赶来救援，赞拉多吉此时体力也接近极限，便匆匆砍杀一阵，向后撤退了。

赞拉多吉一战扬威，大食将士士气高涨。大食王又命赞拉多吉统领五万马尾缨军，朗拉噶琼统领五万白缨军，米纳多丹统领五万黑缨军，迅速在岭国军队驻扎的桑噶茂草滩对面的奔布雅昂玉雪山上安营扎寨，从气势上彻底压过对手。

岭国军士见远处高山上的大食军队仿佛天上繁星一样多，他们在夜里也高声歌唱，仿佛无须休憩的天兵天将。这下大家有些慌乱了，各种流言在军中传开，晁通盗马为己的事也使得士气低落。再加上岭国军队异地作战，对大食的高温天气颇不适应，一时间，只有那些对战场无比憧憬，想借此扬名的年轻人才坚定地想要留下，其他人都开始打退堂鼓。晁通也不知是战是留，他一面向格萨尔传书求救，一面苦苦维持着战局。

但大食人并没有给岭国军队谋划下一步方案的机会。这天清晨，天气稍微凉快了一些，军士正享受这难得的惬意，忽见一人着白衣、骑白马，仿佛从天而降似的杀入营地，顷刻间已用他光彩夺目的白螺宝剑斩杀数人。原来，这正是大食大将朗拉噶琼。

朗拉噶琼仿佛一道迅猛而鬼魅的闪电，在岭国军队营帐间来回穿梭，不少岭国将士在梦中就魂断异乡。朗拉噶琼左冲右突，很快便来到晁通的虎帐，打算趁势杀入，却被闻声赶来的崩奔托规巴瓦挡住。朗拉噶琼此行只为挫败岭国大军，并不恋战，猛刺几下后当即调转马头，一路杀将退去。此时他座下白马的四蹄已被鲜血染得仿佛红珊瑚，他手中宝剑也泛着魔鬼獠牙般的恐怖红光。

崩奔托规巴瓦哪容他说来就来，说走就走，当即打马追去。崩奔托规巴瓦对着朗拉噶琼的背影匆匆射了一箭，却未能射中；朗拉噶琼回头也是一箭，同样失了准星。原来，这二人都是近战拼白刃的高手，箭术却落了下来。一箭射完，崩奔托规巴瓦拼力驾马追赶，哪料到朗拉噶琼经验丰富，故意减慢马速，悄悄设伏。就在崩奔托规巴瓦快要接近时，朗拉噶琼忽然紧勒马绳，回身一剑，直刺崩奔托规巴瓦心房。在电光火石的一刹那，幸亏崩奔托规巴瓦反应神速，扭身闪躲，虽被刺伤左臂，却躲过了心口要害。朗拉噶琼没想到这崩奔托规巴瓦不仅身材魁梧，身手也够敏捷，立刻打起十二分精神，与他厮杀在一起。

两人你来我往，杀得难解难分。就在这时，营地里的岭国军士也呼号着追了上来。朗拉噶琼一时慌了神，动作有些迟滞，被崩奔托规巴瓦一刀砍在腹部，鲜血直流。但朗拉噶琼也不简单，他左手强忍剧痛按住刀锋，右手悄然送出一剑，正中崩奔托规巴瓦肋部。两人的兵刃都插在对方身体里，谁也不肯放松，谁也不愿第一个倒下。

就这样，他们在相持中流尽了最后一滴热血，最终一齐轰然倒下。

利剑总有出鞘的时候

前方岭国大将殒命，士气低落，后方格萨尔接到战报，亦是愁云密布。他思前想后，决定派王子扎拉率大军前去支援。格萨尔给他调集了上岭色巴、中岭文布与下岭穆姜的精兵强将。此外，岭国三十位英雄，八十名勇士，再加上魔国、霍尔、姜国、门域的兵将也一齐随他出征。

虽有大军与诸位英雄助阵，但王子扎拉实战经验不多，心中难免忐忑："就连晁通王那样心思比天上星星还多的人都不能取胜，我就一定能凯旋吗？"他向格萨尔推脱道："如果没有月亮，夜空星星再多，地上也是昏暗一片；如果大王不能亲征，我就算带再多的兵将，也难保不铩羽而归。"

这时，老总管绒察查根看出了王子扎拉眼中的犹豫，温言劝勉："好孩子扎拉，你可是我们穆布冬氏的后代，是岭国大英雄嘉察的独子，是雄狮大王的接班人。危急时刻，你若不能身先士卒，谁还会信服你作为王子的权威？好孩子，别担心，岭国将士身经百战，猛如霹雳。就算出现差错，大王也一定会有安排！"

听了老总管的话，王子扎拉既感到羞愧，也生起好胜之心。他不再推脱，义无反顾地领命而去。

第二天，格萨尔与珠牡等人一起到城外送军。王子扎拉穿戴整齐，头上白盔仿佛山顶皓月，身上银甲犹如雪域雄狮，脚下虹靴仿佛天神驾云，像极了当年的大英雄嘉察！看到这一幕，就连刚毅的格萨尔也忍不住一阵鼻酸。他为扎拉送上三支利箭，祝他一战功成，名扬雪域。扎拉作别亲人后，高昂着头颅，决然而去。

正月十三这天，王子扎拉的援军终于赶到了晁通营地。此时晁通的先头部队早已是强弩之末，王子若是再不来支援，他可能就拔营撤退了。王子扎拉先是安抚了晁通和久战的岭国将士，接着便立即派出主力部队，趁着大食同样疲惫的空当，发起猛攻。

大英雄丹玛此时年岁也不轻了，但他依旧气宇轩昂地第一个冲出去，岭国年轻将士们见他依旧如雄狮般魁梧的身影，无不为之叫好！大食出阵迎敌的是曾经大败岭国军队的赞拉多吉，丹玛见他神采飞扬，不乏英雄气概，便生起怜才招揽之意：

> 上等男人相遇，
> 仿佛彼此合契，
> 就算争论问题，
> 双方也都欢喜。
> 中等男人相遇，
> 好像彼此相识，
> 一起喝茶饮酒，
> 双方都很享受。
> 下等男人相遇，
> 彼此互揭伤疤，
> 为琐事结深仇，
> 骂人话满山沟。

"岭国与大食向来无冤无仇，何苦争斗不休？我们王子扎拉对敌不手软，众英雄对敌不留情，我丹玛对敌不畏惧。是战是和，你考虑一下吧！"

既然出阵迎敌，赞拉多吉自然不会露怯求和。战士既然上了战场，就没有半路逃跑的道理。正如古谚所言："苍龙的目标是让岩山变平地，纵然粉身碎骨也不懊悔；杜鹃的目标是让悦鸣遍山谷，纵然无人赏识也不懊悔；鱼儿的目标是在清澈的水中自在游动，纵然河水结冰也不懊悔；战士上战场的目标是保家卫国，纵然流血断头也不懊悔。"

不待丹玛再劝，赞拉多吉便匆匆向他射去一箭，正中丹玛前胸。所幸丹玛有战神长寿战袍护体，并未受伤。丹玛见言语无用，还被利箭射中，不免也来了火气，当即回射一箭。这一箭同样被赞拉多吉的铠甲所挡。二人一箭无功，不约而同地欺身上前，刀剑相迎，良驹相撞，混战在一处。

右侧战场上，姜国王子玉拉托琚迎战的是大食将军穆纳多旦。王子玉拉天生神通，此时又正是当打之年，哪里有战斗，哪里就有他冲锋陷阵的身影。姜国的人都说："王子玉拉喜欢战场就像苍龙喜欢细雨，像鹰鹞喜欢小雀。敌人若是看到他和他的天青马，最好躲得远远的，否则必有血光之灾。"

王子玉拉没把对手放在眼里，他悠闲地骑在马上来回踱步，仿佛猎人戏耍猎物似的看着穆纳多旦。穆纳多旦被王子玉拉轻蔑的眼神激怒，二话不说，提起长矛便上前直刺。王子玉拉随手一剑便把那长矛劈成两截。穆纳多旦倒也识趣，眼看自己和对手实力相差悬殊，当即转变策略，驾马朝岭国营帐奔去，打算来个偷袭。王子玉拉见状连忙打马追去。

在战场左侧，魔地与霍尔合力迎战大食猛将麦达蔡鲁。领军魔地的不是别人，正是格萨尔的爱妃阿达娜姆。她自从跟格萨尔回到岭国后，一直待在王宫中悠闲度日，哪有机会施展武艺？这次由于雄狮大王没来亲征，她便主动请缨。至于霍尔的将领，当然就是屡立战功的辛巴梅乳泽了。辛巴梅乳泽早就听说大食的麦达蔡鲁武艺超群，尤其是他的"饮血虎箭"甚是厉害，很想和他比试比试。没曾想，这麦达蔡鲁虽然勇猛，却缺乏机变，才十个回合便被辛巴梅乳泽看出破绽，斩落马下，他的饮血虎箭也成了辛巴梅乳泽的战利品。大食勇士森郭昂通看到主将身亡，立刻冲出阵来报仇，辛巴梅乳泽正准备上前应战，却被阿达娜姆笑着拦下——她早就想试试手中多年未用的利箭了！

在岭国王宫，她虽衣食无忧，却总觉得缺了点儿什么，浑身不自在。到了战场上，她才仿佛久旱逢甘霖，顿时生气勃勃。

阿达娜姆见森郭昂通杀气腾腾的样子，倒也不慌，她高声说道："英雄若不节制勇气就要后悔，射手若不节制箭速就要后悔，善跑者若不节制双腿就要后悔。勇士啊，趁我还没射箭，珍惜你的性命，快跑吧！"

森郭昂通在三军面前居然被一个女子用这种语气警告，感觉受了世间最大的屈辱。他恨不得立刻上前将阿达娜姆斩落马下，却又怕被人说欺负女流之辈，算不得勇士，一时间进退维谷，只能大声叫骂。阿达娜姆见他冥顽不灵，知道多言无益，当即全力射出一箭。这一箭的力道霸道无比，在正中森郭昂通的胸口后，还穿透他的身体，向后飞出百步远，几乎与森郭昂通的身体同时落地。

直到此时，大食将士才知道岭国军队中卧虎藏龙，着实可怕，一时间无人再敢出阵迎战。

一场得不偿失的胜利

王子扎拉的援军如此生猛,大食主将败的败,亡的亡,普通士卒更是死伤无数。大食王赛赤尼玛忧心忡忡,众位大臣也一筹莫展。这时,还是将军赞拉多吉站了出来。他白天与岭国大将鏖战,夜间又苦想对敌之策,本来身体早已疲惫不堪,眼中更是布满血丝。但此刻,他却神采奕奕,目光炯炯,仿佛整个大食军队的荣耀与光华,都凝聚在了他一人眼中。

他一字一顿地说道:"大王不必忧愁,同僚何须嗟叹?我们大食人可以战死,却绝不会讨饶。岭国不仅盗走了我们的宝马,还杀害了我们多少将军和勇士,此时就算他们要无条件讲和,我们也不能答应!只要我赞拉多吉还有一口气,我就决不会让岭国侵占我们大食的国土!"

宫中群臣被赞拉多吉这番话激起一腔豪情,他们纷纷表示要与大食的尊严共存亡,决不退缩。大食王赛赤尼玛见此情景,心中大为宽慰,他眼中噙着泪水,孤注一掷地下令道:"赞拉多吉,即刻率领全部大食精锐,趁岭国军士精神松懈之机,给他们致命一击!"

岭国援军首战告捷,不免有些轻敌大意,斗志也有所松懈。王子扎拉出征前还担心自己力有未逮。经此一役,骤然间信心大增,想那大食兵将也不过如此。王子扎拉打算修整两天后便全线出击,直捣大食王宫。可他哪里想到,看似弱不禁风的大食人在生死存亡的最后一刻,竟敢"以卵击石"!

这天夜里,月亮躲进了云层,天色昏暗无光,赞拉多吉趁机率军直扑岭国大营,大食王子察郭达瓦则手持宝剑,肩挎铁弓,率军偷袭岭国大军北营。东炯达拉赤噶、昂察达米则率军袭击南营。正所谓哀兵必胜,大食兵将怀着必死的决心出击，竟爆发出前所未有的战斗力。岭国军队仓皇间应战，顿时被打得狼狈不堪。

这一仗，不可一世的岭国军队大败。雄狮大王格萨尔的侄子大英雄巴森和岭国大将卓赛不幸阵亡，死伤的兵马更是不计其数。晁通吓得手足无措，王子扎拉也颇受打击。丹玛、王子玉拉、辛巴梅乳泽等大英雄虽有不凡武艺，奈何岭国此战本属不义，如今损失惨重，士气难免大伤，他们也只能兀自擦拭宝刀利刃，别无良策。接下来几日里，大食大部队牵制，小股奇兵偷袭，弄得岭国军队四顾不暇，疲于应付。

就在岭国军队上下一筹莫展的时候，从东方来了一人一马。仿佛黑暗里苦守黎明，暴雨中静候天晴，岭国将士终于在被悲观与绝望彻底击垮之前，盼来了初升的旭日、雨后的阳光——雄狮大王格萨尔。

听完王子扎拉的汇报，格萨尔并未嗔怪斥责，他知道此时最重要的就是安定军心。他朗声安慰众人："世间有六件事无法挽回：一是违背佛法的戒律僧，二是每日西下的太阳，三是心灰意冷的伴侣，四是老人头顶的白发，五是陡坡滚落的礌石，六是命数已尽的英雄。"说完，格萨尔带领众位英雄默念死去的将士之名，为其祈颂天国安乐。整个岭国大军营帐一时间寂静无声，肃穆庄严。

祷念过后，格萨尔登上高处，对全军高声呼喊："故人既已逝，生者当坚持。一两仗输了算什么？我们岭国的佛法和印度一样兴盛，法度和中原一样公平，享受如神地一般丰富。金山的根基尚未动摇，大海的浪涛不曾混浊，眼前的失败就不足为虑！勇士们，拿出你们的信心和勇气，就像拿起你们手中的刀矛和弓箭！有我雄狮大王格萨尔，你们将战无不胜！"

格萨尔的声音飘荡在大军营帐中，仿佛天降的战鼓，敲击在每个岭国将士的心中，引得他们热血沸腾，斗志高涨！他们纷纷呼号回应格萨尔。

大食军队听到岭国大军营帐突然传来的整齐呼喊声，仿佛突然换了一支军队似的。他们慌忙派人前去打探，才惊觉原来是雄狮大王格萨尔亲征了！听到这个消息，大食军队上下惶恐万分。听说那格萨尔乃是神子降生，曾以一己之力平定四方魔王，根本就不是血肉之躯，大食如何能挡？大食王赛赤尼玛得知

第七章 逃不过自己，跃不出轮回

格萨尔到来，同样心慌，但事到如今，也只有殊死一搏了。

赛赤尼玛派人请来三百六十位修行多年的苯教术士，用火山熔岩为燃料，将硫黄、鸽子粪、蛇骨头等九种不祥的物质投入其中，再施以暴烈的咒法。整整七天七夜后，熔岩中的九种物质忽地燃起炽烈的大火，将大食团团围住，一时间无人敢近。

苯教是典型的自然崇拜：天地山川、日月星宿、水火雷电、土石草木、鸟兽生灵在他们眼中都是神祇的象征，具有无穷的力量。所以他们修行法术时，多会从水火雷电中汲取力量，这包裹大食的九质烈火就是其中十分强悍的一种。

但这种程度的法术对格萨尔来说，还远远不够。面对那人畜难近的冲天烈火，格萨尔驾起天马江噶佩布轻松飞过。他悄悄来到大食王宫，变作一只再普通不过的小雀潜入其中，将那苯教术士用来维持法术使烈焰燃烧的宝贝衔了出去。等大食人发现时，格萨尔早已驾马回到了营帐。

没了宝物，大食城外的烈火很快便熄灭了。格萨尔不给对方重新施法的机会，当即率军攻入城中。两军再度交手，最先撞在一起的是满腔怒火的王子扎拉和坚忍顽强的赞拉多吉。王子扎拉要找回自己作为统帅的尊严，赞拉多吉则要保卫脚下的土地和身后的亲人。

周围喊杀声震耳欲聋，赞拉多吉却置若罔闻，他死死盯着王子扎拉，高声唱道：

威风凛凛的雄狮，
牢牢地占据雪山，
怎会被困在险滩？
驰骋森林的猛虎，
稳稳地守护山间，
怎会流落到平原？
悠游蓝天的天鹅，
定定地依靠山崖，

> 怎会落到草丛间？
> 大英雄赞拉多吉，
> 稳稳地手持武器，
> 怎会丢失我河山？

王子扎拉也不示弱，他同样朗声回道：

> 再厚的雪山也会被太阳融化，
> 看绿发的狮子还怎么显威风？
> 再密的山林也会被大火焚毁，
> 看花斑的猛虎还怎么逞风光？
> 再硬的山崖也会被寒风侵蚀，
> 看白羽的天鹅还怎么露骄傲？
> 再强的英雄也会被利刃刺伤，
> 看张狂的赞拉还怎么说大话？

二人唱罢不再多言，全都凝神屏息地关注着对手的一举一动。战场上，生死往往就在一瞬间，谁也没有大意的资本。赞拉多吉瞅准厮杀的士兵遮挡对方视线的良机，一箭闪电射出，正中王子扎拉胸口。所幸，王子扎拉身着长寿宝衣，这一箭只毁了他的铠甲，却未伤他分毫。王子扎拉愤怒地回射他一箭，同样未能竟功。一箭射完，二人不作停留，驾马在人群中穿梭来去，一面抵御四处奔走的敌方士兵，一面防备着对手致命的冷箭。

赞拉多吉多日鏖战不休，早就力有未逮，而王子扎拉不仅身强体壮，更是以逸待劳。没过多久，赞拉多吉便显出疲态，有两箭未能及时避开，被分别射中肩膀和大腿。负伤的赞拉多吉心知今日已无力回天，他不去理会血流不止的伤口，更无暇顾及早已一片鲜红的铠甲。他只是缓缓地从背后抽出最后一支箭，死死地盯着王子扎拉，仿佛就是注定要死，也要拉他陪葬一般。王子扎拉似乎被赞拉多吉的夺命眼神摄住心魄，一时间竟手脚僵硬起来。

赞拉多吉搭弓、引箭、瞄准、怒射，这一套平日信手拈来的动作，此时却仿佛要用尽他毕生力气。而这一箭，也果真夹带着他毕生的勇猛精进，雷霆万钧，势不可当，就连空气都被摩擦出了点点火星。王子扎拉心知此箭避无可避，正想拼上全身力气去挡，却被一个雄伟的身影忽地挡在身后。

格萨尔大王来了！他总是在最关键的时刻出现。格萨尔轻描淡写地挥剑挡下了赞拉多吉的致命一击，顺势反手一箭。赞拉多吉没料到格萨尔会突然出现，他更没料到的是，格萨尔竟强悍至此，自己多年修行在他面前竟如顽童嬉戏般可笑。他知道大局已定，因而坦然地迎着格萨尔的利箭，闭上了眼睛……

与大英雄赞拉多吉一起倒下的，还有大食王赛赤尼玛，以及他的整个军队。

烽烟散尽，血流成河，格萨尔不免为这场本可避免的战争感到痛心。他按照大食王的临终心愿，将大食王和大食将士的亡魂，全部超度到了净土。

战争是残酷的，但对胜利的一方而言，奖赏也是丰厚的。战争既会消耗大量军备物资，也能"创造"不少珍宝财富。大食富庶无比，珍宝无数，例如海螺全胜宫殿、自鸣绿玉门、如意宝贝、蓝珍珠网、紫玛瑙龟、黄玛瑙狗、海螺白羊羔、水晶鹅色骏马、绿玉母犏牛……这些珍宝被格萨尔统统带回岭国，并整整齐齐地摆放在营地中央，等待犒赏三军。这是格萨尔多年征战以来收获战利品最多的一次，为了表示郑重与公平，他特意头戴九尖金刚帽缨的映红顶子帽，身穿紫色织金缎袍，胸佩赤金护身符，脚踏日月金刚靴，仿佛神明下凡一般，令人敬畏。

格萨尔环视左右大将与千万兵马，心中甚是喜悦，他高声道："你们是引导众生的上师，你们是教化百姓的首领，你们是身先士卒的英雄。这些珍宝是天神给你们的褒奖，分吧！拿去分吧！这是你们应得的福禄！"格萨尔的慷慨让众英雄和士兵们欢喜雀跃，一时间，岭国大军营地的欢呼声比黄河狂涛还高，比苍龙怒吼还亮。

这场起源于一个人的私欲，发端自一匹马的归属的无谓战争，自此才算彻底终结。

第八章
在世界凋零前，绝不独自萎谢

　　格萨尔征战多年，向来是以一敌万，无所不能，但这世间哪里有真正万能和无敌的存在？格萨尔前半生只知救世人之心，却忘了体察自己。这次征伐索波马城，正是他直面自己的一趟未知旅程。

　　他不是远征马城，而是远征自己！在世界完全凋零之前，他决不会让自己先行萎谢。

突如其来的噩兆

"大王……大王……"王妃珠牡在格萨尔耳畔轻轻唤道。

格萨尔无精打采地睁开眼睛:"珠牡,怎么了?"

"已经正午啦,该起床用餐了。"珠牡柔声回答。

格萨尔烦闷地摆了摆手:"我不饿!你们自己吃吧。"说罢,他再度翻身,沉沉睡去。

珠牡早知道他会这么说,也不多劝,只是无奈地摇了摇头,默默转身退了出去。

此时,距离岭国战胜大食已经三年多了。这三年里,岭国和周边四大属国风调雨顺,一派祥和。但是,就在十天前,格萨尔再次收到了天神的降示:"是时候攻打索波(蒙古)马城了!"这正是格萨尔闷闷不乐、整日昏睡的原因。

作为古代最重要的战略物资之一,马匹的储备与训练历来都是各国君主十分关注的大事。因此,攻打索波马城,是岭国增强战马储备、巩固军事实力的必然选择。享誉世界的蒙古马既不需要舒适的马厩,也不依赖精美的饲料,就能在狐狼出没的草原上恣意驰骋。经过专业调驯的蒙古马,在战场上不仅勇猛无比,还能长途行军,是上等军马的最佳选择。格萨尔雄才大略,自然明白天神预言背后的道理,但自从大食一役后,他便彻底对连年征战感到厌烦。

为什么只有战争才能阻止战争?

此时的格萨尔,只想安安心心地守护着岭国众生,不被侵扰,也不去侵扰别人，如此足矣。格萨尔错了吗？天神错了吗？其实，他们都没错，错的是那个妖风横行、人心不古的时代。高度决定视野，视野决定思想。格萨尔站在岭国最高的山顶上，看到的也只是岭国和四方属国；而在天神眼中，所谓的世界，是南赡部洲这一整片苍莽大地。他们派神子降生为格萨尔，不仅仅只是为岭国一隅带去安宁。岭国之外，还有更广袤的世界等待他去探索与感知！

众天神见格萨尔尽日昏沉，便决定给他一点儿"提醒"。他们在索波马城降下种种噩兆：天的噩兆——滚滚黑云里，扫帚星滑过，血雨阵阵；鸟的噩兆——一只长着蛇头的黑鸟落在群马屋顶，张着大嘴吞噬飞掠的小雀；狗的噩兆——在层峦叠嶂的山谷里，一个八旬老妇生下了一只凶恶的黑狗，这黑狗发疯似的将索波神虎咬死，并四处伤人……

索波王被接连而来的噩兆扰得心神不宁，他命城中六十位法师占卜缘由，竟发现这噩兆并非源自自己，而是来自遥远的岭国。索波王大怒，即刻命法师将这噩兆作法转嫁到岭国头上。这六十位法师收集带来噩兆的黑鸟、黑狗等九种黑物，辅以九种剧毒以及金、木、水、火、土五行之物，以咒经施法足足十天，终于在第十天成功地将裹挟着噩兆的秽物朝岭国方向抛了出去。

岭国遭到了"报复"——确切地说，是格萨尔接到了来自天神的惩戒。达孜城上金光闪闪的胜利幢无故倒了下去；一只比盾牌还大的青蛙在王宫茶仓里蹦跳不止；大英雄丹玛的家门口出现了一条恐怖的黑蛇……岭国从君臣英雄，到僧俗百姓，无不被频现的噩兆搅得人心惶惶。

格萨尔虽有万夫莫敌之勇，却对驱邪消灾的法术不甚精通。他连忙吹起螺号，擂响战鼓，分派使者，召集四方能人智者前来商议消灾禳祸之法。第二天，离得近的英雄纷纷赶到了达孜城，王子玉拉、辛巴梅乳泽等人则由于相隔太远，尚在途中。格萨尔第一次遇到让自己束手无策的怪事，不免有点儿心烦意乱。王妃珠牡心思细腻，他见大王等得有些不耐烦，便主动开口道："岭国近日频现噩兆，诸位英雄想必已有所耳闻。雪山是白狮的老家，但雪山有变岩石的征兆；森林是老虎的住处，但森林有被焚烧的征兆；岩山是鹫鸟的栖所，但岩山有被夷平的征兆；岭国是众位英雄的家乡，但岭国有衰败的征兆。我们不能任由噩兆肆虐，众位可有消灾驱邪的良策？"

众人七嘴八舌地议论不休，大家都认同这场噩兆是从索波马城传来，却无人敢保证自己有把握消除噩兆。倒是向来喜欢表现自己的晁通在一旁冷笑着默默不语。晁通是岭国最擅长巫术的人，他知道这是索波法师的咒法，整个岭国只有他能化解。自从大食一战后，晁通在岭国更加不得人心，平日里竟然连个聊天的朋友都没有。这次噩兆正是他重新赢得尊重的机会，他哪会放过。

等众人议论的声音渐渐消弭之后，晁通才慢条斯理地将自己的胡须捻成三根小辫，晃了晃胸前的金佛盒，煞有介事地说："回王妃，我昨夜做了个恐怖的梦，梦中有一位胡须雪白的青衣术士手持牛尾扇将黄河水扇得波浪翻滚，无数城池被汹涌的河水冲倒，无数百姓流离失所。这青衣术士的能力还不止于此，他还能使火星燃成火海，让小疾变成瘟疫。他若发起狠来，天地都会为之颠倒。"说到这，他有意压低声音，阴森森地补了一句，"而这样的术士，索波王娘赤手下还有六十位！"

晁通的话听来甚是可怕，众人纷纷交头接耳，却都毫无头绪。格萨尔也是第一次遇到这种事，一时间竟也不知如何应对。这时，向来豪气云天，又素与晁通不和的大英雄丹玛站了出来，他轻蔑地说道："雪山雄狮号称万兽之王，被射死抬到眼前却不过野狗一条；森林斑虎号称山间最猛，被射死抬到眼前却不过狐狸一只；空中苍龙号称上天入地，被射死抬到眼前却不过死蛇一条。"

说到这，丹玛有意停顿下来瞪了晁通一眼："奇怪的达绒长官，你可知：讲假话要遭祸端，讲歪话会起争执。索波向岭国施放毒咒，你有法术不用，却危言耸听，谁知你安的什么心？别以为岭国没你晁通就不行！大王，请给我一支令箭，我要率军扫平索波，为岭国消除灾祸！"

晁通被丹玛一番话气得面红耳赤，但他在岭国早已失势，不好在众人面前逞威，只得悻悻地退到一旁。让众人意外的是，格萨尔却没有责备晁通，他从晁通的话里听出了他化解灾祸的底气。毕竟，索波远隔千里，等将它彻底征服，岭国估计早已在连连天灾中灭亡了。为了岭国众生，就给晁通一个风光的机会吧！

格萨尔好言安抚住丹玛，并对众位英雄唱道：

第八章 在世界凋零前,决不独自萎谢

> 被大雪覆盖的山沟,
> 只有太阳才能解救;
> 被黑云覆盖的太阳,
> 只有大风才能解救;
> 被噩兆侵扰的岭国,
> 只有晁通才能解决;
> 法器装备都已齐整,
> 请晁通王作法消灾!

听了格萨尔的称赞,晁通心中别提有多得意了,他用睥睨的眼神看了一下丹玛,傲然走出王宫。晁通来到宫前的一座小山上,众人紧随其后。此时晁通已换上法师的行头:头戴黑帽,身披黑衣,手持铁橛与黑旗,只见他踏着诡异的步伐,口中念念有词,无数利箭竟像活了一般,向索波方向齐齐射出:"这一箭将落在索波马城中心,钩去索波王娘赤的小命;这一箭将落在索波妖道的城堡,毁掉他们的肉身与魂魄;这一箭将落在索波军队的营帐,燃起大火毁掉粮草……"别说,晁通的咒语还挺灵验,那些被射出的黑箭似乎将岭国的噩兆也一同带走:乌云消隐,妖物退散,达孜城顿时又恢复了往日的波澜不惊。

灾祸已除,仇怨却未了。法术较量只是前奏,岭国与索波两个军事大国之间,注定要有一场你死我活的拼杀。见岭国众生重获安宁,格萨尔不再犹豫,他即刻与赶来的王子玉拉、辛巴梅乳泽会合,聚齐各路兵马,向索波马城的方向浩荡进军。

索波马城：纸老虎还是真雄狮

岭国军队尚在路上疾行，晁通的神箭却已裹挟狂风暴雨、冰雹闪电飞掠到索波王宫，瞬间射穿了美丽的珊瑚天窗。索波王宫被这巫箭震得摇晃不止，侍女吓得四散奔逃，索波王娘赤也被这突来的震动搅得心神不宁。他立刻派仆从达瓦曲绕前去查看究竟，达瓦曲绕里里外外绕了个遍，终于在王宫东边的安乐园看到了灾祸现场：上面是破了一大块的珊瑚天窗，天窗下的巨石柱上，一支透着不祥之气的黑箭尚在微微震颤，黑箭前端似乎还有一团不断跳跃的火苗在燃烧。仔细瞧去，原来那是系在箭颈上的一封黄缎书信。

达瓦曲绕心想，这必是那撼动王宫的不祥之物了。他连忙上前，打算将黑箭拔下呈给索波王，可无论他怎么用力，那埋在石柱中的黑箭都纹丝不动。无奈之下，达瓦曲绕只得匆匆取下书信，带给了索波王。索波王听说这震动竟是由一支黑箭引起，不由面露惊色，等读了黄缎信上的内容，他更是惶恐到了极点。他立刻屏退左右，一个人回到寝宫，失魂落魄地来回踱步，思虑对策。

没等索波王想到应对之法，第二轮更猛烈的噩兆便侵袭了索波：河水变色、神山落雷，草丛中毒蛇出没，山脚下神湖干涸……这轮噩兆比上次来得还要迅猛，索波臣民惊慌不已，纷纷走上街头寻找安全的庇护所。

见局面渐渐失控，索波王不再犹豫，他将所有大臣召集到王宫中，故作轻松地朗声宣告："我昨夜做了一个预言之梦，今天这预言就成真了！梦中我看见一道圣光射入我的身体，将我和清净光芒融为一体。今天，就有一支箭羽射到了索波王宫中；梦中我看到一处比索波还要丰饶富庶的土地，那里的珍宝堆得比神山还高，那里的美酒存得比神湖还深，今天我便收到一封书信，信上说：'神子格萨尔将要光临索波，他是周身不动的莲花生大师，要助索波打开神圣的宝库；他是心神不动的金刚手菩萨，要将妖魔鬼怪统统毁灭；他是言语不动的观音菩萨，要为索波弘扬吉祥法音。'我们要为格萨尔准备盛大的欢迎仪式。从今天起，派人将王城从里到外彻底洗刷一遍，再在城头拉起华盖，树起旌旗和幡伞。对了，赶紧召集索波最好的工匠打造一个镶有五彩宝石的王座献给雄狮大王格萨尔。"

听了索波王的宣告，众大臣错愕无比。前些日子的噩兆据说都是由岭国引起的，今日带来第二轮灾变的黑箭也是从岭国方向射来，大王不准备出兵复仇，却要开城迎敌？他难道被种种噩兆吓成失心疯了不成？

大臣拉吾多钦知道：大王不是疯了，而是怕了。索波军马天下无双，千里奔袭只若等闲，即便是面对十倍于己的敌人，他们又何时怕过？但是，格萨尔和他们从前遇到的敌人完全不一样，在传言中，他是神魔一般的存在——征魔地、平霍尔、伐黑姜、讨门域，甚至不可一世的大食都被他打得落花流水，珍宝尽丧。仔细掂量一下自己，他们索波又如何能得以幸免？与其顽抗至死，不如放下脸面，求一时安稳——这是索波王明哲保身的无奈选择。

但是，对一名常年征战沙场的将士来说，尊严是比性命还要宝贵的东西！将士们多年用性命和伤痛换来的，就是这样一种不战而降的屈辱吗？拉吾多钦被索波王的懦弱气得发须皆张，他沉声唱道：

> 寒冬三月山被雾笼罩，
> 是秋谷被霜打的征兆；
> 暖春三月狂风恣意吹，
> 是夏苗被晒枯的征兆；
> 索波出现的种种灾变，
> 是觉如来侵略的征兆；
> 我们迎接岭国军队到，
> 是用刀箭而不是珍宝。

拉吾多钦的歌声唱出了索波众大臣的心声，他们纷纷附和，建议索波王三思。索波王早知道这种做法会引发不满，但他既然已经选择了苟且偷生，就不会在乎这一点儿抗议，他示意众人安静："'观看要用清澈的眼睛，思考要用洁净的心灵，走路要用结实的双脚，空撒怒气是白费劲。''无人马不要编队伍，无智慧切莫生贪心。'岭国大军此行是天神的旨意，我们如何抵抗？如果黑暗能阻挡黎明永不到来，我们才能守护祖业与尊严；如果云层能阻隔太阳永不放晴，我们才能胜过格萨尔与岭国大军。格萨尔如出水苍龙，拥有闪电之力；众英雄如山中雄狮，拥有雷鸣之声；士兵们如河滩野草，拥有恐怖数量……"

众大臣见无法说服索波王，只得请拉吾和仁钦两位王子前来谏言。两位王子血气方刚，都不愿未战先降。王子拉吾向索波王献上三条洁白哈达："父王！你可听说世间有三种滑稽之事：第一种是修禅定①却失证悟，第二种是善诊病却失冷热，第三种是善断事却欠考虑。我们索波人强马壮，不真刀真枪比一比就认输，岂不被世人耻笑？不如赶紧整顿军队，召集人马，安营扎寨，以逸待劳！"

不管王子拉吾说得如何慷慨激昂，索波王都不为所动，他重重地叹了口气："用土块去砸坚不可摧的巨石，会像笨鸟摔落山岩；用嘴去吹未灭的炭灰，胡须会被无情烧焦。上等英雄思考问题时，神智如日月朗照，悠游四洲万事遂心；中等英雄思考问题时，心胸如草原宽阔，不必动手大仇便报；下等英雄思考问题时，神魄如坚硬石头，沦入地狱无法自救。索波若是和岭国结盟，我们会比过去更加富有！"

两位王子见索波王心意已决，知道多言无益，当即退出王宫，一个快马加鞭前去联系下索波调动兵马，一个赶紧召集索波最强的幻师七兄弟，准备在岭国军队从上索波到下索波的路上设下埋伏。

---

① 禅定：佛教修习法门之一，指让心神专注于某一对象，并保持不散乱的状态。

幻寺之战：真言的力量

索波分上、下两部分，索波马城被称为上索波，与马城相隔不远的是盛产铠甲和美玉的铠甲城和玉城，被合称为下索波。幻师七兄弟乃上索波的高人，他们各具神通，尤其擅长幻术伪装，是上索波打伏击战的"秘密武器"。幻师七兄弟仔细勘察地形后，在上、下索波中间的羊卓雍湖上变出恢宏的寺庙与讲经堂，而索波大军则被幻师七兄弟变成了蚂蚁，战马被变成了小雀，统统埋伏在寺庙周围，只等岭国军队被这幻景吸引入内，放松警惕便一举杀出。

与此同时，格萨尔领着百万大军浩浩荡荡地来到了索波王城，不仅没遭到任何抵抗，反而被娘赤王夹道欢迎。岭国众英雄一路上设想了双方的种种交锋方式，却唯独没料到索波竟会开城迎敌，顿时有种攥紧拳头却打空的失落感。心中清朗的格萨尔却很清楚：宿命中的战斗，哪里能躲得掉？娘赤王虽一心求和，他的两个儿子可早就在远处设下天罗地网等着呢！

格萨尔让军队在索波王城中修整了三天，期间虽不乏索波民众挑衅闹事，但在双方国王的严令之下，终究没能爆发更大的冲突。第三天晚上，格萨尔与娘赤王欢饮过后，匆匆来到军中，召集众人议事："索波幻师七兄弟已在我们去下索波的路上设下幻阵，我们不宜在城中久留，明日一早便出城，去会他一会！"岭国众英雄早已摩拳擦掌，自然答应得痛快。

疾行数日后，岭国大军终于在这天黄昏来到羊卓湖边的贡巴阿梅夏纳托贝草滩。格萨尔驾天马跃至空中远眺，只见不远处的羊卓雍湖上：寺庙和讲经堂林立，它们顶上插着无数胜利幢和五颜六色的旗幡，让人一看便心生欢喜；楼宇之间还有各种精巧别致的园林，有的满是奇花异草，有的栖着各色飞鸟，有的还能沐浴嬉戏，简直就是极乐世界般的所在。但眼前的景致越佳，格萨尔的脸色却越差。他暗自焦急：这幻阵的确十分厉害！而且从外围很难攻破，只能深入其中才能伺机化解。不过误闯幻阵的兵士意志稍不坚定，就会被惑乱心神……

半晌之后，格萨尔回到军中，吩咐大军依靠草滩旁的一座小山安营扎寨，第二天再做打算。深夜，格萨尔召集众英雄吩咐道："这幻寺着实不简单，明天一早我就只身去那幻寺中与他们周旋，你们兵分两路：大英雄丹玛率军据守大本营前的草滩，阻断索波兵撤退之路，王子玉拉和辛巴梅乳泽带兵绕到草滩背面压迫敌人。至于达绒长官晁通，你继续施法放咒即可，多路齐攻，岭国必胜！"

听到这样的安排，晁通心中惶恐不安："格萨尔为何要只身赴幻寺，却把我留在大营中？要是索波大军正面掩杀过来，谁能保护得了我？"为了保命，他打算寸步不离地跟着格萨尔，他故作关心地进言道："雄狮猛虎的队列中，哪容饿狼骚狐混杂其间；浩渺无边的羊卓雍湖，幻寺经院煞是威严；外有恐怖毒气环绕，内有高强法师坐镇，您单枪匹马进去哪行？不如让我陪您一起进去，让我来解决法术问题，您只管放心杀敌！"

格萨尔虽不知晁通打的什么主意，但听他说得很有道理，也就爽快地答应了。

第二天天没亮，王子玉拉和辛巴梅乳泽已悄悄率军出营，而格萨尔和晁通则分别装扮成高僧和大智者的模样，大摇大摆地朝湖中幻寺走去。格萨尔用语、身、意变化出十个得道比丘尾随左右，一路念诵经文，颇为庄重。守在寺院高处的幻师七兄弟以为是得道高僧前来灌顶授法，便开门迎接，那幻化而成的僧队里外排列了十几层，分别手持经幡、胜利幢、法鼓等法器，还有人负责吹打乐器，好不热闹。但格萨尔却一眼看出：这不过是些被施了法咒的枯木罢了！

"好！"格萨尔装作被眼前僧队震撼的样子，一边点头一边缓步向寺院中央走去。

对此，幻师七兄弟很是得意，他们大言不惭地吹嘘这寺院和讲经堂是如何宏伟庄严，寺院里的僧众是多么虔诚，仿佛这一切都是他们依靠德行与佛法得来的。格萨尔也不拆穿他们，他仔细浏览一圈后终于发现了幻阵的破绽。趁着幻师七兄弟互相恭维的空当，格萨尔凝神定思，口念咒语，只听轰隆声中，这宏伟的幻寺发生剧变，以格萨尔为中心，四周隆隆耸起四座坛城：东面是密集金刚坛城，南面是胜乐金刚坛城，西面是吉祥喜金刚坛城，北面是大威德金刚坛城。四座坛城将幻寺牢牢钉在地上，不能变化分毫。

坛城本是印度密教修法时为防止恶魔侵扰而在四周修建的土坛，土坛上供奉各路佛像。佛教传入西藏后，坛城也被藏族僧侣吸收，演变出各种新形式。渐渐地，随着坛城沙画的兴盛，坛城开始具备象征宇宙结构本源的意味，它被看作是变化无常的本尊神及其眷属众神聚居之处的缩影。因此，坛城被认为具有"治"的象征，自然也就有了"镇定"和"治理秩序"的法力。而格萨尔召唤的四座金刚坛城，无不具有不容抗拒的大威力，幻师七兄弟就算有百般变化，也只能乖乖就范。

格萨尔镇住幻寺后不做停留，继续往幻阵深处走，径直来到大师讲经院。格萨尔坦然坐上上师首座，口中念念有词，仿佛在传经授法。蓦然间，一个金光闪闪的"吽"字从他胸口射出，天上众神被他召唤至羊卓雍湖上空。"吽"乃六字真言①之一，是大慈大悲观音菩萨咒，象征所有菩萨的加持与慈悲。其中，"吽"表示金刚部心，代表祈愿成就之意。被召来的众神纷纷对幻寺讲经院中的物品进行加持，一件件幻化而成的物品转眼间都成了实实在在的法器。格萨尔与众神连续三天三夜在此灌顶、传法、受戒，羊卓雍湖上竟然出现了一座真正的弘法寺院。

幻术被破，索波军马顿时恢复原形，无处隐遁，两位王子孤注一掷地率军朝岭国军队大本营冲去。就在此时，早已等候多时的王子玉拉和辛巴梅乳泽看准契机，率军从索波军身后偷袭，将索波兵马冲得七零八落。大英雄丹玛见状，也率军冲出营帐，奋力砍杀。一时间，索波大军腹背受敌，伤亡无数，王子拉吾也在乱战中身首异处。王子仁钦和剩下的残部奋力杀出一条血路，却无颜再回上索波，只得灰溜溜地投奔下索波莽吉王。

---

① 六字真言：又称六字大明咒，由"嗡""嘛""呢""叭""咪""吽"组成。其中，"嗡"表示"佛部心"，"嘛呢"表示"宝部心"，"叭咪"表示"莲花部心"，"吽"表示"金刚部心"。

雄狮也有打盹的时候

下索波王名曰莽吉赤赞,他算不上一个雄才大略的国王。听说上索波王娘赤已经投降,而格萨尔又在羊卓雍湖大败上索波两位王子,莽吉王不免有些怯阵,只想尽快送走王子仁钦这位"瘟神"。但碍于情面,他又不好直接将他和他的残部赶走。就在莽吉王举棋不定的时候,上索波送来一封加急书信。原来是上索波王娘赤劝他交出王子仁钦,信上说:格萨尔答应只要王子归降,便不伤他性命。

王子仁钦虽刚离开上索波没有几日,但心中却仿佛已经过了百年。这几日莽吉王对其态度渐渐冷淡,让他心寒不已。收到父王的来信,他不免更加思念上索波的亲眷。挣扎几日后,王子仁钦最终还是决定率部归降马城。

回城第二天,娘赤王带着王子仁钦以及众位大臣向格萨尔敬献哈达与珍宝,诚意请罪。格萨尔这次出征并未经受多少波折,心情大好,当即赦免了王子仁钦,并决定第二天一早班师回岭。

格萨尔与众人欢饮至深夜,好不快意。然而,就在他打算入睡时,龙王邹纳仁庆突然驾着祥云来到他面前,示意他暂时还不能退兵:

在苍穹自由疾驰的大鹏,
若躲开劲风,怎算良禽?
在海中自在悠游的大鱼,
若躲避浪潮,怎算金鳞?
在大道畅快奔腾的坐骑,

> 若避开河滩，怎算骏马？
> 已征服索波马城的大军，
> 若放弃甲玉，怎算英雄？

龙王告诉格萨尔，那下索波王口蜜腹剑，早已在岭国大军回程的路上设下埋伏，回岭国已不可行，不如率军攻打下索波，直捣黄龙。那里盛产勇士喜爱的铠甲，还有姑娘中意的碧玉，更有堆放无尽财富的宝库……

龙王的预言并未让格萨尔动心，他心中愤愤不平：自打从天界降生人间，他就周而复始地出征、打仗，哪里过过清闲的日子？每降伏一方魔王，就有一道新预言降临；每制服一方恶霸，就有一个新目标出现。格萨尔忍不住腹诽："天界有那么多天兵天将，个个身具异能，为何不让他们来人间斩妖除魔？却偏偏不停地使唤我？我就算骑上天马，日行千里，也总有来不及的时候，也总有到不了的地方。"越这么想，格萨尔越觉得自己这么多年受尽了委屈——想那三十三天界之上的生活是多么自在！为何要在这坎坷人间继续受罪？

格萨尔似是下定了决心，他忽然高声唱道："白梵天王我的父，天母朗曼噶姆我的母，请你们安居在普胜宫中，不必再下凡为我降预言。念神与龙王，也请安居在雪山和龙宫，不必再下凡为我降预言！我不怕强敌无法攻克，只怕这征战没有止境。今天我就要将人形变回神身，把幻象变回法身。岭国大军还师，我归天界！"

说完，格萨尔不等龙王劝解便化身成八岁小孩的模样，并将天马江噶佩布变成一匹三岁大的马驹，如青烟般一齐直飞天空，与龙王同来的众神谁也阻挡不住。就在这时，从东方出现一道亮闪闪的白光，莲花生大师从白光中现身，挡住了格萨尔的去路。只见莲花生大师头戴莲花冠，身裹白披风，右手执雷霆杵，左手捧甘露瓶，仪态庄严，他严厉地呵斥格萨尔："格萨尔！你要去哪儿！自从你降生人间，天、龙、念诸神哪享过一天空闲？你以为只有你一人在为世人护法加持吗？你是飞禽中的大鹏鸟，是万兽中的雪狮王，降魔大业只能由你领头。战争劳苦没关系，我们会在你身后支援！"

莲花生大师的呵斥让格萨尔无言以对，但他心中依然委屈。一想到多年来死在自己手上的敌人，还有死在自己眼前的伙伴，多年征杀之苦让他忍不住落下泪来。

天母朗曼噶姆最了解格萨尔心中的苦闷，她柔声劝道："格萨尔，我的儿，我知道你降生人间并非自愿，但你降伏妖魔，造福百姓的功绩却无人可以抹杀。想想那些被你拯救的众生，你若决然离去，他们必将再堕黑暗，那时谁来救他们于水火？乖孩子，别再说泄气的话语，白梵天王、龙王仁庆、念神格卓都会陪伴在你左右，出征时助你杀敌，入寝时护你安全。但大业未成，请不要回天庭。"

天母朗曼噶姆的话让格萨尔想到了什么，他急忙向下界看去，只见以丹玛为首的岭国将士正在焦急地四处寻找他的身影，格萨尔终于生起悔恨之意。他沉吟再三，终于纳头向空中诸神一一拜过，并为自己打气似的高声唱道：

> 生于须弥山顶的大鹏鸟，
> 　若不去光顾四洲，
> 　空有金翅有何用？
> 踞于雪山之巅的白狮子，
> 　若不能护佑雪域，
> 　纵有玉鬃又如何？
> 栖于密林深处的花斑虎，
> 　若无法守卫山林，
> 　便有六纹又怎样？
> 生在雪域岭国的格萨尔，
> 　若不能除尽贪戾，
> 　空有六艺也枉然！

唱罢，格萨尔似乎彻底说服了自己，他郑重地向诸神点了点头，转身离去。

大鹏鸟也有倦飞的时刻，雄狮王也有打盹的时候。连年征战，就算是铜铁之躯，也不免有所锈蚀。格萨尔倦战乃人之常情，倘若他是个嗜血如命、穷兵黩武的君王，雪域众生反而要遭罪了。

第八章 在世界凋零前，决不独自萎谢

易讨的是对手，难缠的是自己

这边格萨尔意志反复，那头莽吉王也三易其心。自从送走王子仁钦后，他便忐忑不安地等着上索波的消息。起初，他听闻格萨尔打算班师回岭，心中庆幸万分；没几天，又听说格萨尔不日便准备攻打下索波，顿时又愁得寝食难安。莽吉王连夜召集众人商议对策，大臣白玛洛珠建议道："情报显示：格萨尔以往征服各国后最多只诛杀罪大恶极的狂徒，从不多伤无辜百姓。倘若他当真率兵来袭，我们……我们不如降了吧！"其他人也跟着附和："是啊，上索波的娘赤王不就投降了吗？如今还是照样住王宫，做大王，没有损失一兵一卒。"

莽吉王其实早有投降之意，只是碍于国王的身份，不想主动向臣民宣告自己的懦弱。现在，见众位大臣也有投降之心，他也就顺势应承道："好吧，既然众位大臣都这么想，那就这么办吧！你们明天便开始准备一下开城迎接的事宜。"

莽吉王的小聪明被天神看在眼里，天神这次预示格萨尔征讨下索波，就是为了惩戒他往日烧杀劫掠之恶，哪能容他用一场欢迎礼就逃过制裁？当天夜里，莽吉王睡得十分安稳，仿佛兵灾之患已经彻底消除。黎明时分，莽吉王突然感觉到一阵强光袭来，他蓦然睁眼，发现王宫中竟出现奇异夺目的彩虹，一时惊骇莫名。就在这时，头戴白玉盔，身披水晶甲，手持金刚杵的战神驾着麦黄色天马来到他床前，对莽吉王开示道：

苍龙在空中吟咏，

> 是为毁灭白石崖，
> 雾不会自动隐踪；
> 狼王在谷中逡巡，
> 是为了寻找猎物，
> 肉不会自动掉落；
> 大军在索波停留，
> 是为了攻取玉城，
> 珍宝不会自动奉上。

战神的预言坐实了格萨尔将要出征下索波的消息，但此时莽吉王仍然心存侥幸，不过战神接下来一番话却给他大大地泼了一盆冷水："屈从投诚非英雄，况且，就算你投降，格萨尔也不会留你性命。莽吉王呵，赶紧召集兵马吧！我会助你抗敌！"

战神驾临本已稀奇，他竟然还对莽吉王做出催战的启示，更是奇中之奇。莽吉王回忆良久，类似事件在整个索波历史上都没有出现过——他莽吉王就是最受天神眷顾的那一个吗？想到这，莽吉王不免自满起来，这几日的颓丧之气也一扫而光："不知那格萨尔到底有何异能，我倒想会他一会！"

莽吉王当即起身，召集众人宣告战神的预言，表示要誓死抵抗岭国大军。众人面面相觑，不知莽吉王这一夜究竟着了什么魔，但见他神采奕奕，又言之凿凿，不似发疯，心中不免信了几分，各自领命而去。

莽吉王在岭国军队途经的一座草山上设下埋伏，下索波大将扎杰率十万兵马潜伏于此，只等大军行近便乱箭伏击。他哪里知道，格萨尔眼目通神，早已看穿了他们的伎俩。岭国大军未至，便先派出一小股精锐偷偷潜到草山下。只听一声嘹亮的螺号，岭国大将卓郭达赞冬珠与玉珠陀杰等人率精锐勇士向山上发起了突袭。埋伏在草山上的下索波将士早就人困马乏，被如天兵般突然降临的岭国大军杀得晕头转向，毫无还手之力。

伏击失败并未打击莽吉王的信心，他坚信战神会在关键时刻助他一臂之力。他集结下索波全部军队，打算在下索波城外的滩头城堡据守。哪知，军队刚集结到一半，岭国军士便铺天盖地地掩杀过来，护阵的几员大将转眼便被冲在最前面的王子扎拉和辛巴梅乳泽斩落马下。不消半日，这滩头城堡附近已是尸横遍野，残肢无数。

下索波仅剩的数万兵马全部退回玉城，岭国大军并不急着攻城，而是在滩头城堡外扎营休息。当天夜里，岭国营帐中高歌欢吟声如苍龙怒吼，熊熊火光在千万兵甲的反射下将天空照得如白昼般明亮，玉城中的君臣将士无不吓得瑟瑟发抖。

这时，莽吉王才意识到自己之前的决定是多么不自量力。然而，两军交战，每个命令都是离弦之箭，无法收回，无法更改。此时，他再想以鲜花、哈达而不是刀光剑影来迎接格萨尔也已经万万不能了。莽吉王思前想后，最终想出了一个玉石俱焚的冒险法子：他带领下索波所有大臣和王妃到神山上煨桑敬神，并与大臣郭杰耳语半晌，秘密谋划着什么。岭国前方的探子将这一切看在眼底，却不知莽吉王玩的什么把戏，只得立刻回营禀报。就在众人议论纷纷时，晁通面带得意地解释道："这心怀叵测的下索波王，是想为辽阔天空试探极限，是想把广袤大地降为壕沟，是想施咒术用雷电来袭击我们的大王和英雄。"

说着，晁通装腔作势地抖了抖宽大的黑袍，捋了捋花白的胡须，将手中的黑旗举起："此乃自在天①的神舌，能念出钩摄八部众生的咒语。今日看我晁通王用它来钩索下索波君臣性命！"他边说边摇动黑旗，念出咒语。霎时间，风云变色，雷声阵阵，就连大帐也跟着摇晃起来。此时神山上下索波君臣刚走到山腰，耳边突然响起一声炸雷，随行的大臣和王妃死伤近百，就连莽吉王最疼爱的王子也被雷劈得粉身碎骨，莽吉王顿时心疼得晕了过去。

经此一役，莽吉王完全失去了抵抗的念头，只想尽快逃离玉城这处伤心地。莽吉王之所以敢于挑战格萨尔，有一个重要原因就是他颇通法术，尤其善于念咒飞行。所以，他自以为就算兵败，也可以轻松潜逃，不至于丢掉性命。

---

① 自在天：佛教守护神，住在色界之顶，为三千大千世界之主。因其在三千界中得大自在，故有此称。

这天，莽吉王将自己和亲眷统统装入一只巨大的铜箱之中，念咒腾空而去。格萨尔哪会容他逃遁？当即一箭射出，将铜箱击落。莽吉王大惊，立刻化身为一只鹫鸟，格萨尔不给他喘息的机会，又一箭射出。莽吉王顺势又变成一只蚂蚁，潜入地下，格萨尔便化作金刚蚁王紧随其后。就这样，莽吉王一路跑，格萨尔一路追，两人一前一后，不断变化，让人看得眼花缭乱。

此时，大英雄丹玛、王子玉拉和辛巴梅乳泽也没闲着，他们悄悄绕到了莽吉王的前面，挡住了他的去路。王子玉拉抢先射出一箭，莽吉王神思全被身后的格萨尔牵引，哪里注意得到眼前的威胁，被一箭射中心口。莽吉王纵有万般变化也是枉然，当即倒地毙命。

战利品是士气和军心的保障，击毙莽吉王后，众将士却未在玉城中找到传说中的美玉，不免有些郁闷。格萨尔为免大军滋扰下索波百姓，便用千里宝镜仔细查看了一番，原来，下索波的珍宝早已被莽吉王藏在了城外一座石崖上。格萨尔当即将珍宝取出，分发给连日征战的将士，只留下一些松石准备送给几位王妃。

回顾这场看似顺遂，实则一波三折的征程，雄狮大王格萨尔让人们看到他更加鲜活的一面：他有血有肉，也有凡人的真实情感。虽然多年来，格萨尔都是以一敌万，无所不能，但这世间又哪里有真正万能和无敌的存在呢？格萨尔前半生只知救世人之心，却忘了体察自己。这次征伐索波的旅程，正是他直面自己心中不净之地的一次契机。与其说他是在远征马城，不如说他是在远征自己心中的倦怠与妥协。

幸运的是，像征服所有骄纵的魔王一样，格萨尔最终征服了自己。即便这世间真有斩不尽的妖，除不尽的魔，但在红尘完全凋零前，他决不会让自己先行萎谢！

第九章
一场磕遍雪域的长头

  这年六月初十,岭国商队行经北方䂖日国,贪得无厌的䂖日国王达泽赞布居然派人将岭国财物抢去。格萨尔不堪子民受辱,便征兵讨伐,没想到借路阿扎国时却遇到一番波折。与此同时,兵强马壮的䂖日国也在后方虎视眈眈……

  格萨尔除魔皆以神力,人心却是神力所不能及。不论格萨尔如何神心高妙,他总是愿意用种种凡行去体察、感受、倾听、化解。因为世人真正需要的不是外来的神力,而是自己心中的温暖。

抚不平的人心

岭国北接魔地，但在比魔地还要靠北的地方，有个叫作碣日的地方。碣日地处交通要道，而且盛产各色珊瑚，有红马头、红脚鸽、红舌狼、红牛脚、檀香树等各色样式，各种名目，因此比魔地富庶许多。碣日国国王名叫达泽赞布，权高势大，武艺过人。他有一兄一弟，兄名雅杰堆噶，弟名东赤达玛，都是神勇无敌的大力士。达泽赞布王仗着民富国强、兵精马壮，一时间骄纵嗜武，四处侵扰别国不说，一旦他看中哪个过往商旅的货物，便毫不犹豫地派人抢走，丝毫不担心碣日国作为贸易中转站的声誉。

骄纵之人往往就是这样，心如顽童，只顾眼前喜乐，哪管长远生死。

藏历土龙年六月初十这天，一支来自岭国的商队经过碣日国，商队的首领是三位在整个雪域都享有赫赫声名的大商贾：麦雪尼玛扎巴、达伍协饶扎巴和达隆达瓦扎巴。扎巴指受了沙弥戒的普通僧人，在藏语也有"有声望，有威名"的意思。但达泽赞布王可不管他们有没有声望，他只关心他们带来的一千多匹骡马背上的万千货物。

这天夜里，岭国商队正在碣日王城中安歇。轮流值夜的守卫不敢怠慢，他们五人一队，小心翼翼地四处巡视着。突然间，一声呼啸从他们耳畔传来，一个守卫顿时应声倒下。"有强盗！"守卫队长高声喊道，呼唤正在熟睡的同伴。只是，还没等他喊出第二声，漫天箭雨便匆匆而至，将他射成了筛子。他们对付强盗有一手，但对付军队，却只能坐以待毙了。来袭的正是达泽赞布王的精锐部队，只用半盏茶的工夫，随队护卫的一百五十人便被统统杀死。三位大商贾此时也从睡梦中惊醒，纷纷拿起武器，负死顽抗。麦雪尼玛扎巴搭弓射箭，达伍协饶扎巴舞动长矛，达隆达瓦扎巴举刀相迎，三人与碣日兵将血战在一起。奈何，双拳难敌四手，不一会儿，麦雪尼玛扎巴便被飞索套住颈项，达伍协饶扎巴也被乱刀砍伤，生死未卜，达隆达瓦扎巴更是被利箭直接射死。

看着铺满王宫大厅的金银财宝，达泽赞布王别提有多高兴了，这可比他辛苦打赢一次胜仗抢到的财富还多！达泽赞布王眼中光彩熠熠，仿佛全世界的财宝都汇聚到了他面前。这时，大臣托拉赞布却"不合时宜"地提醒了几句："大王，我们虽抢得万千财物，却也埋下不小祸根。俗话说：'石块虽出自尘泥，击中的却是恶龙；草滩虽为平地，承载的却是千里宝驹。'岭国商队虽然不堪一击，但背后有格萨尔和百万大军。以格萨尔有仇必报的性子，我们最好还是放了剩下的两位商贾，并归还部分货物，避免和岭国正面冲突。"

骄纵惯了的达泽赞布王这几年也常听到雄狮大王格萨尔大杀四方的威名。他暗揣：这种神话般的人物，能不惹还是不惹为妙。但看到眼前的无数财宝，他又很舍不得。左思右想，权衡再三，他最终决定归还一半财物。达泽赞布王变脸就像翻手般容易，他立即命人将两位商贾放出，先是用好肉好酒招呼着，然后又将一半财物装好，派数百士兵一路将他们护送出城。

出城没多久，受伤不轻的达伍协饶扎巴终于忍不住流泪道："多年来风雨同路的兄弟死了！一辈子积蓄的财富也被抢去大半，活着还有什么意思？不如就在此地自我了断了吧！"

麦雪尼玛扎巴一边为他重新包扎伤口，一边好言安慰："不要这么灰心丧气，我们好不容易才从虎口脱险而出，现在最重要的是赶回岭国，请雄狮大王格萨尔为我们做主！大王不会让达瓦的性命枉送！更不会让你的鲜血白流！"

达伍协饶扎巴心知他说得有理，当即振奋精神，与他相互扶持，一路向南方行去。

早在二人回岭国之前，格萨尔已经接到了来自天母朗曼噶姆的开示："田间谷物若是被冰雹摧毁，那就是念诵咒语的最佳时机；远处敌人若是正面来袭，那就是搭弓射箭的最佳时机。北方碣日国达泽赞布王杀了岭国商贾，抢了岭国货物，这是征讨他们、夺得珊瑚珍宝的最佳时机！俗话说：'男人无珊瑚装饰是乞丐，女人无珊瑚饰品是丫鬟。'不要迟疑，快快行动吧！"

格萨尔听完天母的开示与商贾的禀告，立刻召老总管绒察查根、大英雄丹玛以及王子扎拉前来议事。老总管此时虽已年迈多病，但还是坚持来到王宫为格萨尔出谋划策，他听了事情经过后开口对格萨尔唱道：

> 问话不答的是哑巴，
> 哑巴至少会装笑容；
> 前后不一的是骗子，
> 骗子至少会说好话；
> 碣日无端抢我商队，
> 若不回击必遭唾骂。

唱罢，老总管还对格萨尔进行谆谆教导："君王手中的权柄是万千属民赐予他的，属民在国外受辱，就相当于君王的脸面被人敲打。此仇不报，不仅他国会轻视岭国，就连岭国自己的臣民都会看低大王。所以，这一次，即便您再厌恶战争，也必须要给碣日王一个教训！"

自从索波一役，格萨尔的斗志便被再次点燃。这次被人欺负到头上，他更加不会妥协避让。他当即发令："上岭色巴部，率十二万黄缨军；中岭文布部，率九万白缨军；下岭穆姜部，率七万银缨军；丹玛部、嘉洛部、达绒部……各挑五万精兵，初八正午准备出征！另外，飞鸽通知魔地、霍尔、姜国、门域、大食以及索波各挑五万精兵，备齐三个月的粮草，速来与军队会合。"

第九章 一场磕遍雪域的长头

同食山顶草，同饮河中水

让格萨尔没有料到的是：这次出征的第一个难题不是来自对手，而是来自岭国内部。魔地、霍尔、姜国等地的兵马尚未赶到，岭国内部的军心却开始动摇了。这次惹祸的，又是达绒部长官晁通！晁通平素爱出风头，从前又欺凌过岭国百姓，所以很多部族都看他不顺眼，久而久之，达绒部也成了众矢之的。岭国各部中，以耿直著称的文布部与达绒部最不对付。

这次，趁着格萨尔需要达绒出兵出力的契机，晁通的儿子拉郭打算借机发难。他向父亲偷偷建议道："父亲大人，这次格萨尔远征碣日要用到我们达绒部的地方很多，不如借此让格萨尔修理一下讨厌的文布部？"

晁通是个老江湖，他心知此时若是闹出事端，格萨尔绝不会轻饶他们父子，于是说道："这次北征碣日珊瑚城，最多只要三年时间。现在出兵在即，不宜生事端，三年后得了军功，再跟他们算账也不迟！"

拉郭脾气暴躁，他可不想等到三年后："阿爸，俗话说，'敌人来犯必要回击，若不回击那是狐狸。'这口气我咽不下！"

晁通见拉郭不知变通，很是光火，当即怒声呵斥他缺乏远见，难成大器。拉郭见父亲正在气头上，不好硬犟，嘴上勉强答应他不再闹事，心中却有着另一番打算。

由于四方兵马相隔太远，聚集缓慢，所以出兵日期被格萨尔改到了二十九日。按照岭国惯例，出征前众位英雄要依次骑马绕十三座净房一圈，再向高山射一箭以示吉祥。御马与箭术是西藏勇士最为看重的两项本事。所以，对岭国年轻将士而言，这其实是一次崭露本领、立下威名的契机。

十五日这天，岭国众英雄齐聚，以尼奔达雅为首的上岭色巴部四十位英雄最先出发，他们个个衣着鲜艳，服饰华丽。尼奔达雅绕行后率先射出一箭，将远处高山射去帐房大的一块山岩。在众人的叫好声中，色巴部其他英雄也纷纷射出了自己的利箭。

接下来轮到中岭文布部的十位英雄了。走在最前面的是少年英雄玉赤，他斗志高扬，一路策马一路高歌：

> 鹰鹞虽然生有利爪，
> 若是无法擒住飞鸟，
> 利爪只是无用摆设。
> 雄鹿虽然生有茸角，
> 若是无法撞碎狗头，
> 茸角只是无用摆设。
> 骏马虽然口带金环，
> 若是无法跑遍河滩，
> 金环只是无用摆设。
> 英雄虽然身配神弓，
> 若是无法射中高山，
> 神弓只是无用摆设。

唱罢，玉赤奋力射出一支银箭。那银箭去势甚疾，仿佛还带着闪闪火光，直插向那高山之顶。只听轰隆一声，那高山竟然瞬间崩塌了一半。众人叫好声更甚，唯独达绒部的勇士脸色阴沉，不为所动。晁通脸上淡漠，心中却有些惊骇。刚才玉赤射箭时，他暗中施法阻挠，本以为可以将那利箭半路拦下，没想到玉赤年纪轻轻却天生神力，纵然晁通全力施法，还是不能阻挡那利箭削去半座山峰。

晁通心中服膺，嘴上却不肯放松，这时正轮到他们达绒部出场。晁通大声嘲笑道："少年英雄竟然只有这等箭法，还不如我一个老汉，真是可笑！且看

第九章 一场磕遍雪域的长头

我达绒部父子的厉害！"说完，晁通与拉郭二人一齐射出黑箭，这黑箭被晁通施了法咒，威力无比，两座山峰顿时化为乌有。

晁通父子射完箭用挑衅的眼神看着玉赤及文布诸英雄，仿佛在说："你们只会吹牛，我们才是真正的英雄！"玉赤不想在雄狮大王格萨尔以及众位英雄的面前与晁通父子起争执，便扭过头去，装作什么都没看见。但其他的文布英雄就没这么好的肚量了，他们纷纷提缰朝晁通父子逼去。拉郭对此正求之不得，同样跃马向前。

眼看达绒、文布两部就要大打出手，大英雄丹玛连忙赶到中间，好言相劝："今天是岭国众英雄汇聚的吉祥日子，大家不要伤了和气。俗话说：'口再利不该争吵，手再痒不宜动刀。'毁去山峰证明不了什么，射死顽敌才是真英雄！"

见丹玛出面调停，达绒、文布两部不好再生事端，只得各自口吐狠话，愤愤离去。那上岭长系的尼奔达雅见两部就像老鸹与枭鸟一样合不到一处，担心一起出征影响士气，便向格萨尔进言："大军出征在即，若不及时解决达绒、文布两部历来不合的问题，恐怕一路多有事端，请大王三思！"

格萨尔早就被达绒、文布两部之间的仇怨纠葛扰得心烦意乱，今天更是盛怒："达绒、文布两部，既然你们这么想在内部争雄，那就各自出兵八十万去攻打碣日，看谁先拿下碣日王首级！"听格萨尔大王这么一说，两部人马都噤若寒蝉，不敢再多言一句。

第二天，四方兵马终于赶到岭国，格萨尔设宴款待众位英雄。席间，大家畅怀叙旧，相谈甚欢，格萨尔也忘却了昨日的不快。然而，就在大家把酒言欢时，宴席的角落里却传来不合时宜的争执声。

"你干什么！竟然敢拿酒泼我！"

"不要血口喷人！我不过是手滑而已！"

"连酒杯都拿不住，你算什么英雄？到了战场上可别把手里的刀给丢了！"

"你说什么？！咱们这就出去比试比试，看看我是不是英雄！"

原来，是晁通父子因一点儿微不足道的小事和玉赤等人吵了起来。他们脾气上来也顾不得在场的远到贵宾，不仅厉声对骂，甚至还拔剑相向。见他们如此不识大体，格萨尔气得暴跳如雷，当即下令将晁通父子以及玉赤等人关押起来，等岭国大军攻下碣日回来再行处理。

这时，又是顾全大局的老总管站了出来，他向格萨尔求情道："晁通的确秉性恶劣，拉郭确实傲慢无理，玉赤诚然年轻气盛，但是眼下出征在即，正是用人的时候。俗话说：'须弥山哪会因微风而动？'大王切莫为这点儿小事就放弃得力战将。"说到这，老总管又将目光转向晁通及玉赤："我在年轻的时候，也和你们一样喜欢争强好胜，不少人吃过我的拳头，我也被人狠狠教训过。但不管我们平素有再多争执，危难关头，我们都是同食山顶草，同饮河中水的兄弟。达绒与文布两部的仇怨，从即刻起就该烟消云散！"

众人听到老总管的肺腑之言大为感动，就连向来恶劣的晁通也不免有些惭愧。格萨尔思虑再三，最终答应了老总管的请求。但为了彻底消除二部的争执，格萨尔下令文布拿出三百匹战马交给达绒使用，达绒派出七十员兵将归文布统领。自此，这一场兄弟相残的闹剧，才算圆满收场。数日后，岭国大军终于装备整齐，浩浩荡荡地向碣日进发。

第九章　一场磕遍雪域的长头

山一程，水一程

俗话说："报应要是不及时，伤口就感觉不到慰藉。"为了解决内部纠纷，大军的出征日期一拖再拖，已然错过了最佳的复仇时机。因此，出发后，格萨尔命令大军晓行夜宿，风雨兼程，希望把丢失的时间弥补回来。

紧赶慢赶，大军终于来到了盛产玛瑙的阿扎国边境。阿扎国毗邻碣日，是通往碣日的必经之路。格萨尔虽然威名远播，但从不骄纵恃强，他命大军就地安营扎寨，派出使臣带着珍宝礼物向阿扎国王借路。

阿扎国有一位老臣名唤拉浦阿尼协噶。前几日，他夜见猫头鹰鼓翅异动，昼观鹭鸟无故落滩，噩兆连连，令他心神不安。这天清晨，他又见山脚出现一群毒蛇，甚是吓人，便再也坐不住，匆忙赶到阿扎王宫向阿扎尼扎王汇报："抬头看天，滚滚浓云消逝到北边，甘霖是否下降，不得而知；仰面望云，团团云层聚集如羊羔，是否有益六谷，不得而知；低头看地，山谷冻结如冰川，草木能否生还，不得而知；再看大王您的事业，白昼夜晚噩兆连连，属民能否安宁，不得而知。"

拉浦阿尼协噶将这几日所见的噩兆一一禀报给国王，国王眉头紧锁，不知这些征兆代表着什么。这时，阿扎公主喜饶措姆建议说："阿扎的赞杰雅梅和赤德赞布两兄弟最会解梦，不如请他们来打卦问卜。"

赞杰雅梅兄弟二人奉召前来，一番卜算后，他们面色凝重："大王，雪山变石山，象征阿扎的事业有变故；森林被火烧，象征阿扎的人马有损伤；两山各分开，象征阿扎的兄弟要别离……总之，这是大大的噩兆啊！"

好巧不巧，就在阿扎君臣卜算吉凶之时，岭国派来借路的使臣到了。阿扎王不禁把这两者联系到了一起：虽然岭国的目的是碣日，但碣日紧邻阿扎，两国一为珊瑚城，一为玛瑙国，唇亡齿寒的道理妇孺皆知。岭国若是攻下碣日，顺手便可以把阿扎灭了。阿扎除了玛瑙，还有紫宝石、绿松石等无数宝藏，格萨尔万一起了贪心，这一切都不可保。

阿扎王与君臣商议再三，都同意这路是万万借不得。于是，他们一面派人用各种理由拖住岭国使臣，一面紧急调集军队在边境集结，准备迎敌。

格萨尔见阿扎国军队异动，使臣又迟迟不归，知道阿扎王必是不肯借路，当即骑上天马绕阿扎国飞了一圈。只见在阿扎山岩环绕的群山中，雄山似白铜闪耀，雌山如彩陶动人，子山若牦牛健壮，女山如水晶晶莹，景色秀美。格萨尔收起赏玩之心，定睛望去，只见上阿扎石山坚险如利刃，除非鹰鹞不能过；中阿扎两山锋利如尖刀，除非野牛不能过；下阿扎两水交织如渔网，除非虫虾不能过。除此之外，阿扎还有三条种满毒树的山沟，枝叶如兵刃锋利，毒水似黄河汹涌。

格萨尔探查完闷闷不乐地回到了营帐之中：这阿扎地势险要，想借路它不肯，要强攻必有损伤，这可如何是好？这天夜里，格萨尔还在苦思对策，大母朗曼噶姆又驾着祥云前来开示："阿扎国的雪山如狮子发怒，阿扎国的石山似鹫鸟利喙，阿扎国的玛瑙山如猛虎显威。三七二十一日内，你要摧毁神山，烧毁森林。岭国大军进攻时，在山上要像梁上落白雪，在盆地要像牧人赶羊群，在草滩要像空中吹大风。"

天母说完，天色已微亮。格萨尔赶紧召集众将，公告了天母的预言。这次，格萨尔派王子扎拉打先锋，让他驻扎在玛瑙城外的一座青山下，伺机攻下山口关隘。阿扎王早已派大将洛玛克杰带领十二万兵马守住了这里，打算和岭国军队打消耗战。

王子扎拉的大帐中，众位英雄一边吃喝一边热议着战略部署，仿佛拿下阿扎只是时间快慢的问题。向来喜欢冲锋陷阵的辛巴梅乳泽第一个站起身来向王子扎拉请战："俗话说：'敢于冲锋陷阵的好汉，才是英雄里的英雄，勇士里的勇士。'王子殿下，让我辛巴带上十万霍尔勇士第一个发起冲锋吧！我做先锋，犹如闪电断山崖；大军殿后，仿佛黄河荡平川。骑兵如冰雹突降，步兵似风雪飞扬；红缨如烈火燃烧，黑缨似乌云翻滚——要杀得那阿扎兵人仰马翻！"

听到辛巴梅乳泽豪气云天的请战辞，众将士纷纷举杯叫好。姜国王子玉拉也不甘人后，表示愿同辛巴一起打先锋。这二人虽分属霍尔与姜国，但自从盐湖一战后便惺惺相惜。历年随格萨尔征战四方，他俩都是配合最默契、战斗力最强的组合。王子扎拉本就希望他二人身先士卒，见他们主动请缨，自然爽快答应。

第二日清晨，天光尚未亮起，梅乳泽、玉拉便各带数百精锐将士向阿扎潜行。没曾想，阿扎的巡逻兵马倒也勤勉，和他们撞个正着。他们哪会放过杀伤敌人的良机，"勇士们！先拿他们祭刀！"梅乳泽一声令下，岭国将士瞬间蹿出，不消一盏茶的工夫，阿扎巡逻兵便被杀得丢盔卸甲，四散奔逃。

从被俘的阿扎兵口中，辛巴和玉拉得知阿扎大军正驻扎在前方山腰，准备等岭兵过关时放下滚木落石。二人一听又惊又怒，简单商议后，他们决定去偷袭山腰的阿扎驻军，为后续部队扫清障碍。俗话说："大河流经处，野草哪能阻；闪电降落处，顽石变泥土。"岭国大军途经之处，自然也要把障碍扫除。辛巴和玉拉飞马来到前方山腰，只见阿扎兵马仍在山路上抬运木石，完全不知岭国已经派来突袭部队。

为避免打草惊蛇，二人偷偷潜至山顶，只见山崖处已密密麻麻地堆满了石木。若不是巧遇阿扎巡逻兵，想必此时岭国军队已经中了埋伏！一想到这，梅乳泽和玉拉不再犹豫，他们三下五除二解决了山顶上稀松的守卫，并将石木朝山下推去。瞬间，漫天石木从天而降，无数阿扎士兵或被滚石落木击中，或在惊吓中被自己人推下了山崖，纷纷殒命。

就在两位大将解决山腰伏军时，岭国大部队也杀到了山口。没有了伏兵的支援，山口的阿扎守军毫无抵抗之力，不过半日便弃关而逃。险要关隘被破，岭国大军势如破竹，一路朝阿扎王城杀去。

听到前方战报，阿扎王大惊失色，他本以为阿扎兵马怎么也能抵挡数月，足够等来碣日援军。谁知道才两天工夫，前方关隘已经失守。就在他一筹莫展时，格萨尔再次派来了使臣，表明岭国只想借路，不愿多增杀戮，阿扎王只要开城投降，岭国大军必不侵扰阿扎百姓。阿扎王以己度人，哪里肯信，再次将岭国使者赶走。但使者刚走，阿扎王看到城下遮天蔽日的岭国大军，就开始后悔了："听说格萨尔从不食言，这番劝降之语说不定是真的……"想到这，他连忙派人快马加鞭将使臣追回，表示自己愿意归降。

格萨尔如愿不伤一兵一卒进入了阿扎王城，阿扎王携城中老幼在城门口跪拜迎接，并献上金银珠宝等九色礼物，以示愧疚。阿扎王虽降，他手下大臣与将士却并不服膺，所以格萨尔只得在阿扎逗留许久，等到一切安排妥当，兵患彻底消除，才敢发兵去讨那碣日王。

此时，距离岭国大军出发已经过去整整三年了。

除了日月无所拥戴，除了路石无须避开

这三年中，格萨尔一边因思念远方亲眷而忧愁，一边因不能立刻手刃仇人，让那残暴的碣日王又过了三年好日子而愤懑。所以，将阿扎的一切治理妥当后，他便迫不及待地召集众将，点兵出发。

出兵前夜，老总管绒察查根来到格萨尔的营帐，向其进言："听说那碣日负责驻守边境的是三员虎将，一个箭术无人能比，一个使刀天下无双，一个长枪勇猛无敌，若不先设计除掉这三人，我们恐怕要折损不少兵将。"

格萨尔知道老总管必是想到了什么妙计，特意前来面授机宜，便向他恭谨地敬茶："人们都说草原上最大的宝贝就是老人的智慧，老总管您一定有解决的办法！"

老总管微微一笑："大王过奖了，这三人虽然各有神通，但我们岭国咚氏六英雄正是他们的克星！大王如此这般……"老总管附在格萨尔耳边悄悄言语了一番。

格萨尔顿时面露喜色："哈哈！我就说老总管肯定有办法！"

第二天天色未亮，咚氏六英雄便在格萨尔的安排下悄悄离开了大帐。他们潜行半日，来到碣日边境守军附近的黄草滩，选了一处隐秘地埋伏了下来。据老总管派出的探子回报，那碣日大将特司托第号称箭术无双，每日都会到这里练箭。

此时已近严冬，草原上寒风凛冽，潜伏在荒草滩里的咚氏六英雄像是被冻住了一般，各个屏息凝神，纹丝不动。此刻，就是视力最好的苍鹰从天上望去，也无法一眼将他们从草滩中认出。半晌过后，当冬日的阳光终于给这片黄

草滩带来一丝温暖时，远处终于出现了一人一马。待到近处，咚氏六英雄才慢慢看清：只见那人骑着一匹黄色骏马，腰间挂着锋利的宝刀，身后则是银光闪闪的箭篓——这必是特司托第了！

特司托第是个神射手，只见他寻得一块相当空旷的草地，双腿夹住马肚，定住身形，抽箭、搭弓、引箭、射出，整个动作一气呵成。那利箭呼啸着向远处飞去，竟久久不曾落地。咚氏六英雄忍不住在心里暗暗喝了一声彩，"可惜，今天就是你这位神箭手的祭日了！"就在特司托第得意地准备搭弓射出第二支箭时，从草滩中突然蹿出六个鬼魅般的身影，瞬间欺到他身侧。特司托第即便有天下无双的箭术，近战却完全发挥不出优势。还没等他抽出腰间利刃，咚氏六英雄便将他砍得跌落马下。

但这特司托第也真有些本事，虽遭遇突如其来的伏击，又是以一敌六，却还是慢慢站住了阵脚。见久攻不下，咚氏六英雄有些焦急，阵形也出现了破绽。结果，几个回合后，咚氏六英雄中的阿奴查雪被特司托第一刀劈中胸口，当场毙命。见多年并肩的好兄弟倒下，剩下五位英雄当即发狂似的朝特司托第扑去："我们跟你拼了！"他们每一刀都是鱼死网破的狠戾招数，特司托第顿时招架不住，几个来回后，这位神射手身中数刀，终于满身浴血地倒下了。

得知阿奴查雪被杀，岭国众将士无不悲痛万分。向来宽柔的格萨尔为阿奴查雪超度亡魂后，也怒气冲冲地下令命大军立即拔营出发，朝碣日军营杀去。老总管知道格萨尔此刻报仇心切，难免失去一个将领所必需的冷静和谨慎。他便指着军前起伏不平的地势向格萨尔解释道："智者对敌要有远虑，若无先见容易中计。碣日的边防堡垒十分坚固，剩下两员大将的武艺也十分高强，我们的军队如此密集地靠在一起，倘若遭对方奇兵冲杀，恐怕会溃不成军。"

老总管的担心不无道理，那碣日王自从获悉格萨尔率大军前来征讨他，早就开始征兵买马，打算顽抗。在征服阿扎的这三年里，碣日的边防大将白杰岗鲁也没闲着，他每日除了练兵驯马，就是指挥加固防御工事，此时的碣日边境真是固若金汤。

格萨尔被老总管的话点醒，当即将大军分成五部，分别潜踪匿形，悄悄向碣日边境合围而去。那白杰岗鲁自负准备充足，正准备同格萨尔一较高下，却怎么也不见岭国军队的影子，不免有些怀疑情报的真假，当即派出五人五马去前方查探。这五人从东跑到西，再从北跑到南，却连半个人影都没看到。白杰岗鲁甚是疑惑，便率大军出营仔细勘察。没想到，他们常年驻守的这片土地却让他们迷了路。原来，是晁通施法改变了地貌，让他们迷失了方向。与此同时，岭国大军趁对方大营守备空虚，派奇兵偷袭得手，将他们的粮食储备全部毁掉。

没了食物供给，碣日大军整日饥肠辘辘，只能靠每天外出打猎果腹。但外出的士兵常常遭到伏击，带不回猎物不说，还损兵折将。撑了几日后，白杰岗鲁终于受不了了。他破釜沉舟，吩咐兵将把剩下的食物全部吃光，打算到岭国军营去吃下一顿。

碣日兵浩浩荡荡地出了营帐，没了补给，他们各个如狼似虎，仿佛要吃人一般。但他们的一腔战意却扑在了空处——哪里有岭国大营的半点儿影子。他们搜索半天，也只寻到一些落单的散兵游勇。白杰岗鲁以为跟着这些人就可以找到岭国大营，便率军一路尾随。他哪里知道，这正是格萨尔派出的诱敌之兵。等白杰岗鲁的军队来到岭国军队埋伏的洼地时，漫天箭雨霎时间从天而降，白杰岗鲁大叫不好，打算撤退，但哪跑得过遮天蔽日的利箭，碣日兵顿时死伤无数。岭国大军趁机掩杀而至，碣日军兵败如山倒，瞬间崩溃。

岭国大军突破碣日边防后不作停留，即刻向碣日王城进发。这天日落前，他们便来到了达里河畔。达里河水势甚疾，据传闻水中还有妖兽出没，若没有坚如磐石的战船，是万万不能渡过的。那白杰岗鲁出营之前早命人将河中渡船凿毁，此时岭国军队当真是进也不得，退也不甘。

面对湍急的河水，格萨尔想起天母朗曼噶姆曾给自己的承诺，便朗声唱起了召神之曲：

稳坐青色大鳌白色坐骑，
您是三界之主白梵天王，
请手持宝器为岭军支援；
身穿青绫腰跨白狮坐骑，

> 您是威严天母朗曼噶姆，
> 请手持寿瓶为岭军支援；
> 威武赤色头颅火红血发，
> 您是勇猛无敌十万战神，
> 请手持铜刀为岭军支援；
> 身穿水晶铠头戴白螺盔，
> 您是念青唐拉山大念神，
> 请手持棱枪为岭军支援；
> 口含长獠牙青面长绿发，
> 您是大海龙王邹纳仁庆，
> 请持摩尼珠为岭军支援！

格萨尔唱罢，众神纷纷现身，手持法器为格萨尔手中宝剑加持威力。格萨尔顿觉手中利刃力量奔涌无匹，情不自禁地持剑朝水中迈去。众人正要拦阻，却见格萨尔连挥数剑，竟将那湍急的达里河水给拦腰斩断！这还不算，格萨尔又对着河水浑浊之处连劈三剑，只见鳄鱼河妖纷纷肝肠破裂而亡。转眼间，刚才还无人敢过的达里河中间已经出现一条金光闪闪的大道。格萨尔在河中央大手一挥："英雄们，莫迟疑！速速渡河去！"

自从这天起，达里河便断为两截，上下流水汤汤，中间却是一片乱石滩。而这，正是格萨尔和百万大军勇往直前、无所避让的证明。

磕遍雪域的长头

听到格萨尔用宝剑斩断达里河水,岭国大军已顺利渡河杀来的消息,碣日君臣惊得半天也说不出一句话来。直至兵临城下,碣日王达泽赞布才悔不当初——竟为了一只商队的财物,而将整个国家推入万劫不复的战火,实在得不偿失!达泽赞布王此时已无心计算得失,他见所有大臣都瞪大双眼等待自己的命令,只得强打精神,点齐四路兵马驻守王城外的四座卫城。

碣日第一路兵马是以大将洛察洛玛和托拉赞布为首的十万绿缨军;第二路兵马是以大将鲁堆热夏和达拉昂郭为首的十万红缨军;第三路兵马是以大将玉珠丹巴和鲁雅赞布为首的十万白缨军;最后一路兵马是以大将车堆雅梅和章杰协噶为首的十万尾缨军。他们虽然早已听闻岭国大军一路披荆斩棘,势不可当,但无奈身后就是日夜栖居的家园,除了慨然应战,他们还有什么选择?达泽赞布王的财宝他们无福分享,达泽赞布王的罪孽却要他们一齐承担。

这,就是战争。

格萨尔以丹玛、森达、玉赤、察玛、拉郭、东赞、仁钦等人为将,同样点齐四十万大军,快速向碣日王城进兵。这天正午,艳阳高照,几位英雄与四十万兵马兵分四路,分别攻打四座卫城。玉赤、拉郭攻打东城;东赞、森达攻打西城;仁钦、察玛攻打北城;丹玛独自攻打南城。

每座城,十万对十万,倒也公平。

但碣日军有城楼可依,哪怕对方只有百人也不愿出城硬拼,只是在城楼上射箭据守。岭国大军在城下叫战半天,回应他们的却是漫天利箭。岭国将士同样射箭回击,但碣日城墙早就被反复加固过,哪是区区铜铁箭矢就能摧毁的。

咚氏六英雄之一，大英雄察玛是破城能手，他并未忘记好兄弟阿奴查雪被杀之仇。此刻他左手掏出能催山倒石的青龙盘绕弓，右手拿出能烧山毁林的饮血烈火箭，威风凛凛地指着城墙上的碣日将士：

> 雪山自以为高，
> 上面还有太阳；
> 若遭烈日暴晒，
> 冰雪化为流水。
> 檀林自以为密，
> 上面还有烈火；
> 若被大火焚烧，
> 茂林化为灰烬。
> 城池自以为固，
> 上面还有英雄；
> 若被岭军进攻，
> 坚城化为废墟。

说完，察玛大声念诵战神威尔玛之名，将手中的烈火饮血箭笔直地朝着城楼射出。这烈火饮血箭本是神物，在空中借助风力竟炽烈地燃烧起来，待行至城楼上空火光最盛时，更是猛然爆炸。碣日城楼顿时燃起大火，兵将四散奔逃，纷纷跌落城下。

察玛向每座城分别射出一箭，不消半日，碣日四座卫城便统统失陷。

格萨尔的大军步步逼近碣日王城，一路上不少部族闻风而降。每听到一次前方传来的消息，达泽赞布王的心情便沉重一分。这天，离王城最近的一部也归降了岭军。消息传来，众位大臣不等达泽赞布王传召便纷纷聚集到王宫中，等待达泽赞布王的最终定夺。

达泽赞布王望着满殿期待的眼神，倒也激起几分热血，他孤注一掷地鼓动众人：

第九章 一场磕遍雪域的长头

> 鲜花是开还是败，
> 取决于冬夏推移；
> 谷穗是青还是黄，
> 取决于挥镰时机；
> 月亮是圆还是缺，
> 取决于十五来去；
> 碣日是胜还是败，
> 取决于兵将士气。

这话虽说得动听，但碣日众臣却知道碣日军已是强弩之末，故而对达泽赞布王的应者寥寥。达泽赞布王见众人似乎并未被自己的豪言壮语激起斗志，只得一个人尴尬地将这独角戏继续演下去。他命人取来两件珍贵兵器，交给大将达萨托玛，命他率全部碣日将士出城迎敌。达萨托玛明知这是以卵击石，但王命不可违，只能领命而去。

达萨托玛出城后并未直接与岭国大军硬碰硬，而是使了个心眼，他命碣日十三术士施放惑人的咒法，想让岭国军队不战自败。但他忘了岭国军阵中有达绒长官晁通，他可是最擅长咒法的人，碣日术士的咒法被他轻松化解。达萨托玛一法不成，又施一计：他将手下精兵强将分成数拨，连夜偷袭岭军大帐。

第一轮偷袭中，色巴部一千黄缨军死于利箭；第二轮偷袭中，文布部一千白缨军死于乱刀；第三轮偷袭中，穆姜部一千银缨军死于烈火。达萨托玛可不想占了便宜就跑，他趁岭国军队长途行军、身心最为疲惫时，接连派出七拨兵马，杀得岭国将士晕头转向。

此时与碣日兵马鏖战的是岭国四十万先头部队，格萨尔与众位英雄还在赶来的路上。晁通次子东赞眼见岭国军队即将大败，急忙取出格萨尔赐给他的神弓神箭，朝着碣日王城的方向连射数箭。只听远方轰隆几声，碣日王城燃起大火，哭喊声震天。碣日兵马见后方有难，只得匆匆撤兵回援。岭国大军终于逃过此劫，获得喘息之机。几日后，格萨尔率大军赶来与先头部队会合。众人商议后决定以彼之道，还施彼身，就在当晚偷袭碣日大营。

夜色降临，大英雄丹玛第一个潜入碣日营帐，点燃了碣日粮草库。碣日兵见粮草起火，纷纷来救，岭国其他将士趁机在别处燃起大火。一时间，碣日营帐火光冲天，人人四散逃命，哪里还顾得上保持阵形？王子玉拉和辛巴梅乳泽等英雄看准时机率骑兵杀出，将碣日兵马冲得七零八落。

至此，碣日王城周围的防御被彻底突破，只剩下孤零零的一座城堡，岌岌可危。

碣日大臣纷纷劝达泽赞布王去投奔祝古国的宇杰托桂大王。有传闻说他的武艺和神通与格萨尔一样高强，只有求他庇护，碣日君臣才有一线生机。

达泽赞布王虽然也畏惧势如破竹的岭国大军，但要他逃跑却是万万不能的。和格萨尔先前遇到的一些贪生怕死的暴君不同，达泽赞布王的勇气配得上他的声名。达泽赞布王遣散亲眷大臣后，独自率领碣日剩下的残部出城而来，仿佛飞蛾扑火般朝岭国军队冲去，最终被乱箭射死，殒身城外。

回眸岭国大军这次远征碣日，仿佛磕了一场千里长头。属民被劫是契机，兄弟相残是考验，多年征战是过程，逝去将士是代价。只是，若不能将屠戮世人的贪欲、暴戾彻底降服，这场磕长头就永远不会结束。

第十章
生如逆旅，一路涅槃

　　人心有多少种恶，世间就有多少种魔，仅仅除去四方魔王还不是征程的终点。当世间的灯盏尽灭，格萨尔无暇懈怠，他只能燃起心里的火种，一路披荆斩棘、风雨兼程。而这，其实也是我们每个人在面对滚滚红尘时的唯一选择。

另一个"格萨尔"

人心有多少种恶,世间就有多少种魔。

在岭国的西面,印度的南方,有一个神秘的国度。国中有一名唤班智达雅霞的大修士,他以多年苦行感动天神,被赐予他所渴望的最高成就,成为黑暗世界的大法力非天①,就连妖魔、罗刹、饿鬼也纷纷给他借出盔甲、兵器。他曾得到预言:"在你生命的最后时光里,你将成为一个具有极大权威的国王。"

人在无权无势时常常懂得坚忍的道理,但一朝得势,却往往容易变得忘乎所以。得到天神恩赐后的班智达雅霞渐渐骄狂起来,四处惹是生非。这天,他来到传说中位于灵鹫山和醉香山之间的碧池中沐浴。此时,碧池中已来了不少凡人,班智达雅霞运起法力,池水突然变得滚烫,众人忍受不了,四散逃离。

"哈哈哈哈!"心满意足的班智达雅霞悠悠然步入池中。他撤去法术,池水渐渐恢复常温。然而,就在雾气消隐的刹那,他蓦然发现碧池的角落里居然还有一个活人!

"是谁!"班智达雅霞怒不可遏地吼道。

"你好,我叫色吉钦布。"那人不疾不徐地答道。色吉钦布是一位神通广大的持咒仙人,他早已听闻最近有一位以苦行修得强大法力的班智达雅霞,没想到今天正巧遇上了。

---

① 非天:六道之一,阿修罗的意译,易怒好斗,常与帝释天争斗。

两人刚刚互望一眼，班智达雅霞的嗔怒之心便被瞬间勾起。他立刻化作一条巨大无比的毒蛇，将整个碧池围绕起来，无人可进，无人能出。然后用蛇头吮吸池水，碧池渐渐成了毒气弥漫的瘴疠之地。仙人色吉钦布仿佛不用呼吸似的，对此毫不在意。只见他手中作结，口中持咒，顿时变成了一只威严的大鹏金翅鸟，两只利爪分别立在灵鹫山和醉香山顶。他将翅膀抖了三抖，整个三千世界都为之震动。

班智达雅霞心知遇上了劲敌，也不恋战，当即恢复真身。仙人色吉钦布不给他逃遁的机会，立刻降下万钧雷霆，风舌火焰，将碧池吞噬。临死前，班智达雅霞不知悔改，却愤愤地发愿："天神你们要遵守誓约，让我转生为能用武力征服世界的人！"这就是祝古国国王宇杰托桂扎巴的前身。

而他，还仅仅是格萨尔未来多年间将要讨伐的第一个魔王……

祝古与岭国一样，分上、中、下三部。上祝古是平坦的色隆贡玛滩，有金灿灿的四大神湖；中祝古是雄伟的霞如朗宗城，有雾蒙蒙的多嘉热瓦平原；下祝古是巍峨的晁拉郭噶，有银闪闪的四大神山。班智达雅霞便转世在祝古王室，名唤宇杰托桂扎巴，其父是拥忠拉赤赞布，其母是象萨鲁牡白吉，还有一个哥哥，叫达玛朗拉赞布。

宇杰托桂扎巴和觉如一样自幼便显露王者之气：三岁搭弓引箭，"刀、马、箭"三艺日渐纯熟；六岁号称祝古第一神箭手，率军征服祝古周边六大邦国；九岁独当一面，力抗入侵祝古的强敌；十三岁父亲去世，宇杰托桂扎巴通过公开比武，战胜祝古所有英雄，正式称王。

如天神所预言的那样，他如愿成了一个"具有极人权威的国王"。他座下文臣十位，皆有大智慧；武将近百，皆具大神通。再往下，九十九万户部落如星云密布苍穹般铺满祝古大地，金银财宝似清泉长流不息般堆满祝古王宫。周边大小城邦部落无不望风而降，衷心归顺。一时间，只有同样声名鹊起的岭国才能与之相比。

但是，一山不容二虎，雪域也只能有一个"世界大王"。

那边宇杰托桂扎巴不断增长势力，这边格萨尔也没闲着。自从征服碣日后，三年来，他每日精修正见禅定和自我解脱禅定，功德日益增长，法术不断变强，境界比昨日又上了岂止一个台阶！

这天黎明，格萨尔刚解除禅定，打算休息片刻，一个周身燃着烈焰的人出现了——原来是威武的战神为他带来了新的开示：

> 上师为正法耗心力，
> 妄动心念前功尽弃；
> 长官为法度耗心力，
> 贪财受贿众人唾弃；
> 勇士为御敌耗心力，
> 麻痹大意一败涂地。

"格萨尔，今年正是你勇猛精进的良机，切不可消极麻痹。在那遥远的祝古国，也有一个'格萨尔'，谁才是真正的世界雄狮大王，要在战场上见分晓！两国英雄要在交手时比武艺，两军战马要在疆场上比功绩！"

战神的预言字字铿锵有力，响在格萨尔耳畔仿佛隆隆战鼓，即便他勤练禅定，也不免被激起一腔豪气。此时的岭国已经先后征服了魔地、霍尔、姜国、门域、大食、上下索波、阿扎、碣日等大小十几个邦国，兵马强盛，粮草充足，正是与真正的强敌一决雌雄的最佳时机。但格萨尔向来谨慎，他早已派人查明了祝古国的虚实，深知要想战胜宇杰托桂扎巴，让祝古彻底臣服绝非易事。

就在格萨尔踌躇犹豫之际，天母朗曼噶姆为他送去了一份秘密礼物——一位可以蛊惑宇杰托桂扎巴，将他诱至深渊的王妃。原来，宇杰托桂扎巴虽然神通无敌，但却情路坎坷。他十三岁时曾娶过一位心仪的王妃，两人婚后恩爱异常，还诞下了一位聪明可爱的王子。但好景不长，王子长到三岁时，王妃因病去世，这对宇杰托桂扎巴来说是个沉重的打击！他纵有千种神通，万般变化，却终难挽回心爱之人的卿卿性命。

这年夏天，祝古众位大臣为了帮大王排遣散心，齐邀他出宫打猎。这是王妃去世后，他第一次出城游玩。左右亲信，威武大将，内、中、外各一百二十名大臣，外加护卫、侍从无数，一行人簇拥着大王威风凛凛地来到王城附近的神山中。

赛马的赛马、比箭的比箭、掷骰的掷骰，君臣在一起玩得十分尽兴，宇杰托桂扎巴很久没有这么开心了。第六天，他向古杰多吉威噶神山献上金银、绸缎以及牛羊，之后又去朝拜了神湖。行到半路，目利如鹰的宇杰托桂扎巴发现不远处的山腰上有三位美丽的姑娘在花丛间嬉戏，犹如翩翩蝴蝶，其中一位更是身姿绰约、仪态优雅，仿若蝶后。

"喂，你们看！"宇杰托桂扎巴兴奋地喊道，"今日黎明前我得一吉梦：神湖中长出了三朵花，白色的是雅丽的蜀葵花，红色的是鲜艳的藏红花，青色的是圣洁的邬波罗花。这三朵花都将被我采摘下！"重臣随着大王所指的方向望去，果然见有三位如鲜花般美丽的姑娘。

大臣霞赤梅久颇具神通，他知道大王定是看上了这三位姑娘，便运起神力望去：只见这三位姑娘既有振教昌国的气象，也有毁邦灭法的征兆，一时间犹豫不定。但宇杰托桂扎巴似乎是因情伤而减损了判断力，他不等霞赤梅久谏言便下令道："她们定是天神赐予我的礼物。快去把她们请过来，请不过来就用套索，我一定要娶她们为妃！"

殊不知，这三位姑娘分别是雪山之女噶姆森姜措，草原之女赛玛梅朵措，以及碧湖之女宛姆鲁姆措，是天神、念神和龙王的女儿。她们此行正是奉天母朗曼噶姆之命，伺机混入祝古王宫。一番欲拒还迎的游说下，三人顺利被宇杰托桂扎巴娶进宫中。

宇杰托桂扎巴为了在三位新王妃面前显露威名与财富，举行了一场空前盛大的婚礼。场面之奢华，礼节之繁密，宾客之浩荡，都是祝古国人仅见，就连远隔千里的岭国也在热议着这场婚礼的盛况。

他们哪里知道，他们讨论的，其实不是一场盛大的婚礼，而是一场壮烈的战争。

像豹子一样带着花纹死去

盛大的婚礼过后，宇杰托桂扎巴尽日与三位王妃游山玩水，纵情酒肉，朝政荒废不少。幸好祝古能臣无数，才人辈出，所以任他如何懈怠，几年下来亦未伤筋动骨，但祝古的版图却再也没扩张过。这正给了格萨尔秣马厉兵，储备资粮的时间。

不知不觉间，三年飞逝。这天，噶姆森姜措闻得天神降示：降妖时机已经成熟，该为两位"格萨尔"的最终决战做准备了。噶姆森姜措连忙将自己最华丽的服饰，最珍贵的首饰取了出来，将自己打扮得比平日动人百倍，她缓步来到宇杰托桂扎巴身边，面露幽怨地说："大王，自从嫁给您之后，虽然每日衣食无忧，出门前后簇拥，但总觉得缺了点儿什么。"

三位王妃中，宇杰托桂扎巴最宠爱的就是噶姆森姜措了，听她这么说，宇杰托桂扎巴连忙关切地问道："缺了什么？我替你寻来！没有我祝古王得不到的宝贝！"

噶姆森姜措娇滴滴地为他斟了一杯酒，轻声叹道："安坐于宝座上的祝古王啊，您权势无人能及。但俗话说，'版图要在国运昌盛时扩张，谋略要在刀光剑影中培养。'大王您虽然征服了无比广袤的土地，但治国如逆水行舟，不进则退。您有多久没有披挂上阵，奋勇杀敌了？"说到这，她话锋一转，语气变得有些冷硬，"我们三位本是天神、念神和龙王之女，难道要嫁的是一个只懂享乐、不思进取的庸人吗？"

噶姆森姜措亦嗔亦怒的样子让宇杰托桂扎巴有些招架不住，他连忙说道："王妃说得是！你看中了哪里的山河，我这就替你抢来！"

听他这么说，噶姆森姜措转眼又笑意盈盈地斟了一杯酒："大王，您难道忘了古杰和我们祝古的宿仇了吗？第七代祝古王在位之时，他们曾兴兵来犯，不仅杀害了我们数万勇士，还害死了大王的亲弟弟。此仇不报，您如何让祝古万民服膺？"

听到这，宇杰托桂扎巴如梦初醒。他早有报仇之心，只是先因第一位王妃逝去而悲怆，后又因三位新妃到来而欢心，竟一直没将此事提上日程。雷厉风行的宇杰托桂扎巴当即招来群臣，商议讨伐古杰之事。霞赤梅久等人早就对宇杰托桂扎巴倦怠朝政心有不满，见大王如今重振雄风、霸气凛然，都感到十二分的高兴。

祝古军向来以纪律严明、行军神速著称，他们一路餐风宿野，星夜兼程，没多久便来到了阿扎国边境。祝古国威名在外，一路上无人敢挡，无国敢拦。祝古统帅，宇杰托桂扎巴的哥哥达玛朗拉赞布傲慢地通知阿扎国开城让路，本以为又是畅行无碍，但阿扎国早已归顺格萨尔，又怎会听他号令——当即严词拒绝。达玛朗拉赞布盛怒之下准备强攻阿扎，但同行的大臣都劝他不要因小失大，先绕道拿下古杰再回来跟阿扎算账也不迟。达玛朗拉赞布沉吟半晌，终于将满腔怒火化为一声响亮的马鞭，愤然离去。

古杰国王丹赤杰布收到祝古大军来袭的消息，一路设下多道防线，奈何两军实力差距悬殊。祝古军势如破竹，很快便拿下了古杰的边防重地：森姆城。达玛朗拉赞布吩咐祝古将士修整几日，下一个目标，就是古杰王城查姆宗。

古杰王自知兵力有限，无力御敌，当即派使臣带上哈达、金块、银团、宝刀等礼物前去岭国求援。古杰的使臣未至，岭国的援军却已经出发了。原来，阿扎国王早已快马加鞭向格萨尔通报了祝古军的异动。格萨尔迅速征召各路人马，以王子扎拉为首前去古杰救援。只见这支援军的前锋红缨似火，无人敢挡；中军白缨如雪，气势磅礴；后阵青缨若山，坚实稳重。

祝古军虽然勇猛，但和岭国援军相比，无论数量还是装备都有天壤之别。达玛朗拉赞布心知不能力敌，便拿出了祝古的秘密武器：巫炮台——被施了巫术的大型投石器。这天清晨，达玛朗拉赞布趁岭国军队扎营未稳，便命令随军的巫师以咒语将一大一小两块威力无比的炮石向岭军击出。两块炮石一前一后，仿佛惊雷破天，尚未落地便已让岭军大营震颤不已。两块炮石精准地砸中了王子扎拉以及色巴部主将的营帐。所幸，二人当时均不在帐中。

岭国军队虽骁勇善战，但对威力如此强大的远距离武器却毫无办法。就在众将一筹莫展时，随军出征的晁通得意地站了出来："狂风若是吹散乌云，阳光就会照耀大地；利刃若是划开坚冰，游鱼就会纷纷跃起。你们为我造一只木鸟，剩下的交给我就行了！"

比起炮台，木鸟要容易造多了。第二天，在祝古军又要发炮前，晁通便骑上木鸟，以咒语催动它飞起。在乌云的遮掩下，晁通悄悄来到祝古军上空。就在祝古军填装炮石时，晁通再次念咒唤来八部鬼神，天空中顿时降下闪电霹雳，将祝古军的炮台和营帐统统毁去。此时，王子扎拉也趁机率领大军来袭，将祝古军杀得丢盔卸甲，狼狈而逃。

祝古侵占古杰的计划，以完败告终。

一击不成，宇杰托桂扎巴又加派两路人马。但这次轮到岭国军队以逸待劳，祝古军又是死伤惨重，无功而返。为绝后患，格萨尔决定率大军直捣祝古军大本营。岭国大军势若长虹，一路所向披靡，祝古各属国纷纷闻风而降。没多久，岭国大军便攻到了上祝古的王城下。

宇杰托桂扎巴站上城楼勘察敌情，却被漫山遍野的岭国大军惊出一身冷汗。只见那最前面四人，分别着红、白、青、黄四色铠甲，仿佛降临人间的战神，又像下山捕食的雄狮。在他们身后，分别有壮若猛虎的持矛将八位，威似霹雳的长刀将九名，灵巧如鹿的飞索将十人，还有排列整齐、秩序井然的数十万大军。

气势磅礴的岭国大军竟让不可一世的宇杰托桂扎巴也不敢力敌。他和众臣商议后决定：趁岭国军队立足未稳，连夜偷袭。谁知岭军征战多年，早就对战场对敌的各种花招熟稔于胸，当晚照例设下埋伏，请君入瓮。偷袭的祝古军尚不知发生了什么，便统统葬身敌手，有来无回。

初战失利，宇杰托桂扎巴更加心虚，他竟想出了假装议和，实则埋伏暗杀岭军主将的小人诡计。只是，王子扎拉早已在千里宝镜中看清了祝古王宫部署刺客的全过程。他将计就计，和王子玉拉、辛巴梅乳泽一起大摇大摆地进入了上祝古王城。

进城后，他们伺机杀掉城门守卫，打开城门，将岭国大军引入。宇杰托桂扎巴本还在宫中等待伏击对手，却听见宫外喊杀声震天。此时，知道败局已定的宇杰托桂扎巴却反而找回了遗失多年的王者之气，他安顿好亲眷，率领祝古残军主动杀出城外。转眼间，岭国众将便围住了宇杰托桂扎巴。只见他身如雄狮，声似猛虎，气若苍龙，浑身上下闪耀着令人无法直视的光华，刀砍砍不伤，箭射射不死，岭国众将反倒被他左手一剑，右手一刀，杀伤无数。

岭国英雄如潮水般越聚越多，紧握长枪的似流星急坠，挥舞宝剑的像闪电猛劈，使用快刀的如冰雹骤至。宇杰托桂扎巴终于渐渐支撑不住。丹玛看准时机，一箭射去，毁掉了他的护体铠甲，王子玉拉和辛巴梅乳泽不待他喘息，立刻上前砍出两刀，取了他的首级。

至此，世间只剩下唯一一个"世界大王"，那就是雄狮王格萨尔。为了欢庆这伟大的胜利，岭军在祝古举行了盛大的赛马会，多日后才班师回岭。

人心有多少种恶，世间就有多少种魔

恃强骄纵的祝古王被诛后，格萨尔本以为可以享得一时安宁，怎料到，就算世间狮虎被统统降伏，也还会有豺狼出没侵扰。在岭国西部，有一个叫作卡契的国家。卡契王名曰尺丹路贝本，乃罗刹转世，天生神力，骄狂无比。

卡契尺丹王年少成名，九岁继承王位那年便亲率大军降伏了泥婆罗国；经过九年雕琢砥砺，十八岁那年，他又如雪藏许久的利剑，以绝对的优势征服了威卡国；又过了九年，二十七岁的卡契尺丹王轻松攻取了穆卡国，并将穆卡国公主强娶为妃。此后几年里，卡契尺丹王不再隐忍蓄力，他加快了扩张的步伐，连年东征西讨，没几年便将卡契周围的大小邦国统统征服——只剩下有格萨尔坐镇的岭国。

人们总是想当然地将破坏力当成实力。焚灭一座城是容易的，只需要刀枪剑戟和火把；但建一座新城，却需要无数财富和人力，以及漫长的时间。不过，卡契尺丹王却不懂这个道理，凡是在攻城过程中有所抵抗的，他都毫不犹豫地施以最暴虐的惩罚。他不关心一座城池被他攻下后是否完整富庶，他只关心卡契的版图是否在不断延展。

他想得到全世界，哪怕这代价是让它千疮百孔。

这一年，卡契尺丹王三十六岁了，他的骄狂和他多年征战积累的军资财富一样到达了顶点。仿佛是为自己提前加冕"世界之王"似的，他召集大小邦国的臣民前来聚会，并慷慨地赏赐给他们许多金银珍宝。见众人感激涕零的样子，卡契尺丹王忍不住得意扬扬地唱道：

> 只有日月的地位比我高，
> 只有阎罗的权势比我大，
> 只有草木比我的军队多，
> 除此之外谁也战不胜我。

众人长期慑于他的淫威，今日又受了不少恩惠，当然齐声称是，欢呼不止。唯有被他强娶来的穆卡国公主堆灿洛琚玛眼中满是愤恨和屈辱，她左思右想，突然计上心头。她故意在众人面前给他难看，高声说道："小虫把树叶当黄金，青蛙把草堆当黄金，蠢人把自己当黄金。在南赡部洲，人人都知道有个岭国，能征服它才算真英雄。尤其是岭国的格萨尔，人人都称他为世界雄狮大王，倒是没人这么称过大王您吧？"

堆灿洛琚玛存心挑拨，明眼人一看便知，但骄狂的卡契尺丹王此时却被愤怒冲昏了头脑，即便自取灭亡也在所不惜。他发须皆张，面容扭曲，牙齿乱颤："狼王在山间猎食，想把羊儿吃光，不小心让一只小羊漏了网；大鹏在空中翱翔，想把毒蛇吃光，没注意让一条草蛇漏了网；我尺丹大王征伐四方，要把一切邦国消灭光，没留心让岭国漏了网。我们卡契大军现在就出发，不日便要踏平岭国！"

卡契尺丹王的狂言让堆灿洛琚玛冷笑不止，让清醒的臣民惊慌不已，让和卡契尺丹王一样不知餍足的将士热血沸腾。就这样，在各种目光的交错中，卡契大军浩浩荡荡地向着东方出发了。卡契尺丹王不知岭国实力深浅，轻率地只派三万军队做前锋，向岭国发起冲击。而此时，岭国早已在格萨尔的安排下做好了御敌的准备。原来，卡契军出发前，莲花生大师便向格萨尔降下预言："智慧的天神之子，南赡部洲的雄狮大王，常言道：'语言于无声处迸现，道理于乐空中明晰。'那卡契尺丹王已对岭国动了贪念，不日便会派大军来袭。你要立即召集兵马；卡契军用的是锋利铜刀，你要为将士配上绸衣软甲，消灭他的先锋部队后，勿留后患，要去卡契将他诛灭。卡契尺丹的狂妄自大，将如岩崩山倒。"

收到莲花生大师的降示后，格萨尔迅速召集了各路英雄前来议事。营帐内，格萨尔头戴修行的白法帽，身着白色衣裙，手执花纹法绳，端坐在黄金宝座上。上次远征祝古他并未随军督战，这次敌军来犯，他要亲自坐镇指挥。

有格萨尔大王亲自坐镇，岭国众将士信心倍增。到了莲花生大师预言的这一天，岭国众英雄率四十二万大军来到格萨尔大帐外。格萨尔静静地坐在宝座上，并不言语。而刚刚修完本尊法的王妃珠牡则穿着彩虹绸衣，佩着吉祥珠宝，左手执白水晶念珠，右手捧白绸缎哈达，用悦耳的声音向格萨尔禀报："仿佛莲花齐开在池塘里，岭国兵马已聚集，只等大王亲自领兵出征！"

格萨尔听言从宝座上傲然站起，连饮三碗烈酒，再把诸般铠甲兵器一一披挂上身，威风凛凛地走出帐。只见黄河上游的九峰山上，以王妃阿达娜姆为首的北方魔军，以辛巴梅乳泽为首的霍尔军，以王子玉拉为首的姜军……无数兵马列队整齐，只等他一声令下。

格萨尔眼见这气势震天的岭国大军，心中豪情激荡，他朗声唱道："那野鹿以鹿角自傲，却正是招致猎人射杀的标志；那腹行蛇以蜿蜒爬行自傲，却正是招致大鹏捕捉的标志；那西方卡契国以铜刀利刃自傲，却正是招致国破家亡的标志。我们岭国众英雄比雷猛，岭国战神威尔玛比电速，还有什么值得畏惧？将士们，为了保卫你们脚下的土地，出发吧！"

格萨尔一声令下，岭国大军浩浩荡荡地出城而去！

卡契军虽然骁勇善战，但区区三万兵马，哪里是岭国四十万大军的对手！不消多时，三万卡契军便被围歼，两员大将被诛，只有卡契尺丹王的王兄鲁亚如仁率残部突围而出，逃回了卡契。格萨尔怎么可能会给他们喘息的机会！他亲率大军一路追杀而至。

两军大战，一触即发。

打头阵的是由王子玉拉与玉赤率领的文布军，他们最先来到卡契的九座紫岩城下。这九座城由一座大城和八座小城组成，这座大城又由五座小城组成，五座小城分别叫作：亭雪铁城、花虎城、玉龙城、孔雀城与乌龟城，其地势险要，易守难攻。

文布军在岩城下驻扎下来，为防止卡契夜袭，王子玉拉吩咐军队穿甲持矛而睡，并备好战马。这天后半夜，卡契兵果然在大将察玛梅杰和扎桂绛杰的率领下前来偷袭。他们本以为此役必定让岭国人落荒而逃,谁知岭国大军早已做好准备。一击不成,卡契军正要撤退,却被王子玉拉和玉赤一路追杀击溃,两员大将也被斩落马下。

拿下岩城后,文布军继续前行,大部队也尾随而至。岭国大军一路过关斩将,攻城略地,卡契尺丹王的王兄与王弟先后阵亡。没多久,岭国大军便兵临卡契王城,卡契尺丹王倒也没有慌乱走避,他亲率大军出城迎敌,誓要与格萨尔决一生死。

两军遥遥列阵,格萨尔与卡契尺丹王四目相对,并不言语——他们都知道,此役在所难免,劝降是徒劳,无谓的挑衅也是枉然。良久过后,卡契尺丹王终于忍不住了,他默然提刀向岭国军阵杀来,想将格萨尔斩落马下。但还未近格萨尔之身,便被岭国众位英雄团团围住。这卡契尺丹王也是好本事,众位英雄轮番砍刺却难伤他半根汗毛。这时,格萨尔坐不住了,他策马而至,将众位英雄喝退。

仇人相见,分外眼红。卡契尺丹王眼冒烈火,恨不得将格萨尔生吞了,格萨尔也对这个冥顽不灵的魔王心生厌恶。几个回合后,格萨尔不再拖沓,一剑将卡契尺丹王刺死。见魔王被诛,岭国众位英雄欢腾不已,卡契军则纷纷缴械投降。

诛灭卡契尺丹王后,格萨尔召集卡契的降臣降将以及一众属民,将卡契尺丹王多年劫掠的财富留给了他们。安排完卡契国事后,格萨尔当即下令班师,并不在当地多加停留,以免滋扰百姓。征服卡契后,格萨尔依然没能高枕无忧。此后多年,他先后又降伏米努绸缎国女王,兵伐梅岭金子国,远征象雄珍珠国……

只因,那是一个人心动荡不安的时代,也是一个信仰如风中残烛的时代。

然而,当世间的灯盏尽灭,格萨尔无暇懈怠,他只能燃起自己心里的火种,一路披荆斩棘、风雨兼程。而这,其实也是我们每个人在面对滚滚红尘时的唯一选择。

第十一章
把天地还给众生，把自己还给自己

　　此后多年，格萨尔又东征西讨，降伏了不少魔王，王子扎拉也与绒国公主阿曼联姻，可以说是好事连连。然而，随着老总管绒察查根虹化归天，王妃阿达娜姆身染重疾、不幸去世，格萨尔的传奇一生，也接近了尾声。

　　时光易逝，衰老难觉，世界雄狮大王格萨尔的传奇一生即将结束。降生于岭国，他给岭国带来了种种神迹；返回天界时，他也带走了拳拳凡心。也许，这趟传奇旅程之所以能在西藏的土地上吟咏千年，正是因为它让我们在动人的故事里看懂了人心，也看懂了自己。

今朝红颜，明日白发

俗话说："时光易逝，衰老难觉。"最让人感慨岁月变迁的，往往不是老人脸上的皱纹，而是少年日渐伟岸的身躯。王子扎拉作为岭国军队统帅已有些年头，战绩辉煌，军功赫赫，格萨尔惦记着：是该给他筹备婚事了！

藏族地区，青年男女多为自由恋爱，父母亲友一般不会多加干涉。具体求爱方式则因时因地而异：有的地方用歌声抒发爱意，互诉衷肠；有的地方则是以抢到姑娘的帽子、头巾为信物——当然，如果姑娘不喜欢男方，也可以托人将信物要回。双方互表真心后开始正式交往，随着感情加深，接下来便会请求双方父母的应允和祝福。之后便是下聘礼、订婚期了。

当然，也有些地方以"父母之命，媒妁之言"为主要婚恋原则。即男方看中女方后，请双方都尊重的人带着哈达、美酒去说媒。女方家长若是答应，便饮其酒，受其礼；否则，这婚事便告吹。

王子扎拉的婚事，当然得由格萨尔来定夺。格萨尔为他物色的，是北方魔地大臣秦恩的妹妹——阿曼公主。北方魔地虽然最早臣服于岭国，但那里民风彪悍粗野，常年争斗不断，格萨尔此举也有安抚魔地、稳固政局的目的。于是，格萨尔将婚期定在了这年的五月初三。

王子扎拉从小便受格萨尔器重，如今格萨尔又为他安排了一场门当户对的亲事，他自然欣喜万分。虽说这妻子并非自己挑选的，但王子扎拉早就听说阿曼公主身姿绰约，容颜动人，自然乐得答应。岭国众英雄听闻王子的婚讯，纷纷赶来道贺，就连已经多年未参与朝政的老总管也在左右侍从的搀扶下出席了。

老总管常年卧病在床，众人已有许久未见。此时的他已头发花白如海螺，

第十一章 把天地还给众生，把自己还给自己

身躯佝偻如枯木，不免让人感慨时光飞逝，英雄易老，就连格萨尔见了也忍不住有些心酸。但老总管一开口，就将众人心头的阴郁一扫而光："王子扎拉与阿曼公主成亲，这是两国之间的好姻缘，仿佛洁白的哈达无污点。愿王子扎拉事事顺遂如意，愿阿曼公主时时青春常驻。我要为这美满姻缘向雄狮大王敬献礼物：有德的上师们献上长寿结，有福的叔伯们献上白哈达，有勇的英雄们献上黄金箭。"在老总管热情洋溢的祝词中，众人齐声颂道："愿王子姻缘美如花，愿大王福寿与天齐！"祝福完毕，格萨尔立刻命人筹备婚礼事宜。

在西藏嫁娶传统中，婚期前一天，男方会派婚使和媒人带着哈达、美酒、点心、财物等到女方家迎娶新娘。这天夜里，女方家人则会为新娘进行精致的梳妆打扮。次日一早，新娘在拜过家神、祖先及父母后，便由伴娘搀扶上马，进行一番"哭嫁"后才能依依惜别父母亲人，随男方婚使和媒人启程。在一行人到达男方住处之前，男方会在路上设置"路席"，一路敬酒致意，以示欢迎。

当新娘来到男方家门前时，男方会将撒有青稞、羊毛的崭新白毡铺在新娘马前，并为婚使、媒人以及送亲者献哈达、敬美酒。然后，男方家的妇女会扶新娘下马，并用新鲜的奶汁为新娘洗脸，洁身清垢，消灾避邪。新娘入门后，喇嘛诵经祝福，新娘新郎再次跪拜家神、祖先及父母。礼毕，众人在欢笑中将一对新人送入洞房，宾客则入席就宴。这顿宴席后，婚礼还远没有结束，新人还要进行"谢媒"，为媒人献上"九毛救拉"（手工缝制的棉长袍）。最后，宾主一齐温酒畅饮，欢歌热舞，彻夜热闹不休。第二天，男方的家属轮流宴请宾客，赠送礼物，延续数日。

为了王子扎拉和阿曼公主的婚事，岭国上下一连庆祝了整整十三天。

婚礼刚过没多久，当众人还沉浸在欢歌笑语的喜庆气氛中时，鄂洛家的女儿乃琼娜姆却忽然做了一个怪梦。因为这梦实在有些诡异，她便请雄狮大王格萨尔来解梦："我梦见达孜宫顶上，有一只金翅鸟展开了羽翼，口中悲鸣不断，忽然飞向了察多的山崖。山崖上有一棵枯朽的檀香树被大风吹倒，大地也随之震摇。金翅鸟的身上突然燃起了大火，檀香树叶也着了火……火光中有座茶室突然出现，茶室上有一棵藤，藤上栖着一只白螺鸟，白螺鸟绕着岭国飞了一周，便向天上飞去……"

格萨尔听完，半晌无言。面对众人焦急的目光，格萨尔终于开口解释说："这不是怪梦，而是对岭国众生未来的预言：金翅鸟是我的前世之身，它一路的凶险际遇就是我将要面对的残酷别离；檀香树被毁，预示着总管王将有大灾；白螺鸟则是王妃阿达娜姆的象征，它围绕岭国盘旋，是贪恋故土，不忍离去……"

格萨尔为乃琼解梦不久，老总管便派侍从前来禀告："在那赞冷拉卡山顶，鹞鸟的羽毛已经被风吹动；倘若那羽毛落在地上，请金翅鸟予以护持。"格萨尔闻言默然不语，因为他知道：老总管绒察查根即将不久于人世，是该去向他告别了。

格萨尔率领所有岭国英雄齐聚在老总管床前，他们纷纷献上哈达与祝福，等待他最后的训示。老总管望着眼前一张张鲜活英武的面庞，既感安慰，又觉不舍，还没开口，便流下了眼泪。格萨尔和众英雄见照料了岭国近百年，如同所有岭国人父亲的老总管即将离去，也忍不住泪眼婆娑。

半天过后，老总管终于开口道："不要为我的离去难过，我不是死亡，而是幻化。有的人在高山顶上死去，尸体挂在利刃上，没有祭品，没有祝福，只能堕入地狱，这样的死亡毫无价值；有的人在山谷里死去，尸体被鸟兽吞噬，没有墓葬，难归故土，只能永埋他乡，这样的死亡毫无意义。"宽慰完众人后，老总管接着语重心长地交代道："岭国六部众百姓，若是同心同德，步调一致，就算敌人是煞神也不必害怕。敌人来袭，要齐心协力扼住他的咽喉压下去，弱者来投，要好茶好酒宽柔相待给便利。面对人生苦乐，要用心中智慧；面对无边权势，要小心，也要珍惜……"

老总管将多年心得智慧一一传授给众人，众人纷纷含泪点头记下。

初八这天，天色刚亮，数道彩虹蓦然出现在岭国上方，鹭鸟盘旋，花雨四降，众人闻到了沁人心脾的清香。这时，天空中突然出现一道虹光。虹光中，一人一马稍作停留，便飞纵而逝。回头再看，老总管已经不见踪影，只留下衣服、头发和指甲。

他的虔诚为岭国带来了雄狮大王格萨尔，他的勇气为岭国带来了多年的祥和平安，他的智慧为岭国带来了许多能臣猛将。如今，他走了，却只带走了他自己。

请接受我的离去

俗话说："今年虽足还有明年，夏日虽暖还有冬天。"格萨尔自征服卡契、梅岭等国后，不断有新的国家纳入岭国版图，但格萨尔更希望能安心陪伴在王妃和岭国亲眷的身边。

又一次出征凯旋后，王子扎拉率众臣前来迎接，眼尖的格萨尔却发现，众王妃中，唯独少了阿达娜姆。众人不敢隐瞒，当即告知：就在格萨尔率军出征第三个月时，阿达娜姆忽然身染重疾，但即便是岭国最好的医师也对此束手无策，因为阿达娜姆的病十分古怪，她上身发热如火烧，下身发冷如寒冰，美味的食物尝起来比药还苦，柔软的衣裳穿起来比树枝还硬，整日烦躁不安，难以安寝。

当时，阿达娜姆知道自己大限将至，也不再挣扎，她回想起自己与格萨尔并肩征战的一生，已十分满足。她将侍从招来，安排了几件后事："你们要记住：北方魔地是你们永远的家，若有敌人来犯，定要刀矛同举；若有友人来访，定要财物相济。另外，等雄狮大王远征回来，我这有几件东西献给他。"

> 我头戴的金银首饰，
> 仿佛星月闪耀夜空，
> 将它放在大王手中。
> 我颈上的珊瑚玛瑙，
> 犹如鲜花盛开草原，
> 把它放在大王手中。

> 我背上的绸缎龙锦，
> 好似彩虹横贯苍穹，
> 将它放在大王手中。

阿达娜姆说着说着便流下了不舍的眼泪："还有我头上这顶白盔帽，身上这袭白盔甲，囊中三支穿云箭，统统留给大王吧。大王……"话还没说完，阿达娜姆便怆然离世。

阿达娜姆死后七七四十九天，灵魂终于来到阎罗面前。阎罗见阿达娜姆不像普通女人，便开口问道："你脸的上部像少女，下部却像壮汉；举止看似文雅，嘴里却冒着不净的血肉之气。你是哪里来的亡魂？叫什么名字？生前做过多少善事？对多少穷人行过布施？"

阿达娜姆知道这是阎罗在思考如何处置自己，不免有些担心："我这一生杀伐不断，手下不少冤魂，若是说实话，恐怕……"想到这，她便说道："回禀大人，我乃清净佛土人士，名叫曲措。我生时向上师供奉过骏马，并用松石和珊瑚向穷人做布施。我年轻时做了南赡部洲雄师大王格萨尔的王妃，因此我应该到极乐世界去。"

说完，阿达娜姆的右肩出现了一个白色小孩，对阎罗说："威武的阎罗，你是能分辨善恶好坏的法王。我是她的同来神，她的情况我最了解。她是女英雄阿达娜姆，岭国格萨尔的王妃，做过无数善事，请将她引向极乐世界。"

白色小孩说完，阿达娜姆的左肩又出现了一个黑色小孩，他也念念有词："我是她的同来魔，她的底细我清楚：她是魔地九头妖魔的女儿，三岁开始便造杀孽，死在她手下的有戴金帽的上师、权势滔天的长官、武艺高强的英雄……阎罗绝不能将她超度！"

人心本就有神魔两种成分，这两个小孩都从自己的角度向阎罗解释了阿达娜姆的一生。但究竟如何衡量权重，阎罗有些犯难，他当即拿出缘孽镜和阎罗秤。缘孽镜中，阿达娜姆的一生被完整地显露出来；阎罗秤上，阿达娜姆的善恶被放在两端称量。为防有误，阎罗把阿达娜姆的善业和恶业足足称了十八次，但每次都是恶业重于善业。阎罗当即决定："阿达娜姆因杀生的恶业，应在八热地狱①之一的等活地狱②中待够五百年；阿达娜姆因曾积下怒业，应在永受痛苦的阿鼻地狱③待九年；阿达娜姆因曾吝啬布施，应在畜生地狱里待九年。"

说完，也不等阿达娜姆辩解，九百鬼卒便将她拖出阎罗殿，送到了等活地狱。等格萨尔班师回岭时，她已经在那里待了整整三年，受尽无数痛苦。

格萨尔知道阿达娜姆多有杀戮，寿命不长，无法强留，但她去世后究竟去了哪里，过得怎么样呢？格萨尔有些挂念，便决定去看看她。结果，他先后跑遍天宫、修罗界、畜生道、饿鬼道，都没找到阿达娜姆的踪影。格萨尔越找越惊，难道他的爱妃，岭国的女英雄被送到了地狱？果然，当他来到等活地狱时，阿达娜姆正在那忍受死而复生、生而复死之苦。

格萨尔立刻来到阎罗殿要求阎罗放人，阎罗回道："我乃文殊菩萨委派，自从开天辟地便住在这里。恶人要下地狱，这是从不会更改的。那阿达娜姆生平杀业太重，要在等活地狱熬够五百年才能解脱。"

格萨尔虽然神通广大，但在阎罗的地盘施展不出，他只得跑去找莲花生大师，请求他帮忙超度阿达娜姆的亡魂。莲花生大师知道格萨尔对阿达娜姆用情很深，而且阿达娜姆平生也确实做过不少善事，现在的惩罚过于严厉，他便告诉格萨尔："你把那密咒金刚乘的正法和幻化无边的和平忿怒坛场的门打开，就能让有罪的人得到超度，让阿达娜姆升入净土。"

格萨尔闻言大喜，立即打开那幻化和平忿怒无边坛场的大门，诵起能搅乱世界的密经来。只见格萨尔的眉心有一道黄色日光射出，瞬间变成千尊佛像，站在莲花生大师的右方；从格萨尔的喉头则射出一道红色火光，变成大般若经十万颂千部，摆在莲花生大师的左方；从格萨尔的胸口射出一道白色光芒，变

---

①八热地狱：佛教将地狱分为三大类，即根本地狱、近边地狱、孤独地狱。在根本地狱中，又分为纵横两大类，纵的称为八热地狱，横的称为八冷地狱。

②等活地狱：又称更活地狱、想地狱，为八热地狱之一。因罪人于此地狱中受苦而死，后还复活受苦，故称等活地狱。

③阿鼻地狱：又称无间地狱，八热地狱之一。此中众生由内而外皮肉骨血处处与熔浆炽火混为一体，其剧苦刹那不停直至劫尽，故名无间。

成千座白银宝塔,排在莲花生大师的前方。

然后,格萨尔又来到地狱里,对被阿达娜姆杀害的亡魂念诵道:"曾因宝贵鹿茸而被杀的大鹿,因肉食而被杀的马牛,因麝香而被杀的獐子,因皮毛而被杀的狐狸,因斑纹而被杀的虎豹,因战争而被杀的兵将,我接引你们超生。阿达娜姆的罪孽已满,也应至净土。"诵毕,以阿达娜姆为首的无数亡魂便像百鸟被逐似的,统统被超度到了净土。

至此,格萨尔才算与爱妃阿达娜姆真正作别。

不枉这趟人间行脚

格萨尔戎马一生，上阵杀敌自是所向披靡，宽柔的他对治理众生也颇有心得。只是，要想人间永享太平，只靠这些是不够的。

这日，格萨尔得到天母预言，要他前往小佛洲吉祥境去拜谒莲花生大师。格萨尔立即招来众大臣宣告："从今天起，岭国不会再兴师征伐。战马归野，刀枪入库……我去小佛洲后，岭国三位有德行的上师要带领臣民日夜祈祷，我十五天后就回来。"说罢，格萨尔化作一道霞光，飞天而去。

格萨尔来到小佛洲后，在白衣空行母的接引下来到莲花生大师座下。格萨尔变幻出无数化身，向莲花生大师拜了又拜，最后忍不住开口问道："尊贵的上师，感谢您派空行母将我从黑暗无明的浊地，接引到光明吉祥的净土。我想请问上师几件事：南赡部洲众生，如何才能永享太平？我还要在岭国住多久，才能让众生彻底解脱苦难？"

格萨尔问完，恭谨地等待着莲花生大师的答复。只见莲花生大师周身放出各色光芒，各路菩萨纷纷赶来。东方的金刚菩萨踏白光而来，南方的宝生佛踏黄光而至，西方的无量光佛乘红光而来，北方的不空成就佛踏绿光而至。一时间，花雨纷纷，虹彩层层，香气氤氲，歌声阵阵。

莲花生大师对格萨尔开示道："在你未降生岭国之前，南赡部洲妖魔横行，鬼魅互噬；父子偷盗，夫妻背誓；灾祸横行，疾病四起；上部雪山为日光消融，下部森林被烈火焚尽……但是孩子啊，自从你下界到人间，仿佛黑暗中生出明媚的鲜花，众生从此不再绝望无助。但是，若要众生永享太平，第一要以禅定法食养自身；第二要以丹田吐火为服饰；第三要使精进之马常驰骋；

第四要挥动智慧这件武器；第五要穿上因果循环的盔甲；第六要讲说无欺正教法。只有做到这些，让六道①众生脱离苦难，你才能重返天界。"

格萨尔牢牢记下莲花生大师的教导，满足地回到了岭国，依法教化岭国众生。七个月之后，莲花生大师又命格萨尔前去印度香水河的七渡口修金刚延寿法。格萨尔虽然知道自己留在岭国的时日不多，舍不得离开众人，但为了更高的成就，助众生早日解脱，还是领命而去。

就在格萨尔离开岭国第一百天的时候，郭姆生了热病，医治无效，很快便去世了。郭姆一生向善，从不曾造杀孽，本该直升极乐净土，但诸佛为了让格萨尔去地狱救度众生，便让阎罗将郭姆投下地狱。格萨尔修行完毕后回到岭国，听闻母亲去世，并被打入地狱的噩耗，顿时怒不可遏。

他来到阎罗殿前，高举"降伏三界"宝弓，搭上金尾神箭，高声喊道："你这残暴的刽子手，没有良心的阎罗！上次掳我爱妃下地狱，这次又绑我母亲入无间！识相的赶紧把她放了！"

阎罗不急不恼地解释道："善恶自有因果，你的母亲虽然向善，但你一生除魔，也杀害了不少无辜性命，他们的亡魂尚未被超度，你的母亲自然也无法出地狱。"

格萨尔知道在这阎罗殿无法奈何他，便抖抖身上的白甲，摇摇头上的白盔缨，握紧手中的宝剑，打算绕过阎罗，直接去寻找母亲。这时，阎罗旁边的虎头判官自告奋勇，为格萨尔带路。阎罗知道这是格萨尔注定的救赎之旅，也不加阻拦。

二人先来到八冷地狱，这里共分八层，一层比一层冷九倍。第一层冷狱比人间冬天的寒冰冷九倍，第二层冷狱能将人头大的铁球冻成两半……格萨尔寻遍八层冷狱，却未寻到母亲的踪影，但他见冷狱中无数亡魂在受寒冰煎熬，忍不住问道："这些人究竟犯了什么罪孽，要受这般煎熬？"

虎头判官解释说："这些人生前互相残杀，互相吞噬，所以被投到八冷地

---

① 六道：又称六趣，指众生因善恶业报不同而产生的六个去处，分别为：天道、阿修罗道、人道、畜生道、恶鬼道、地狱道。

第十一章 把天地还给众生，把自己还给自己

狱，你若能将他们超度，就能见到母亲。"

格萨尔见众生受苦，心中悲哀，眼泪像露珠般滚落，当即虔心向诸佛祈祷。猛然间，从格萨尔体内发出一股有力的大风，将八冷地狱的众生全部吹到了净土。接着，虎头判官又带着格萨尔分别超度了八热地狱和血海沸腾地狱里受苦的众生。最后，虎头判官微笑着向他说道："你母亲的亡魂已到净土，你可以回岭国了。"

自此，格萨尔降伏了世间各方妖魔，度尽了地狱冤魂，虽一路坎坷，但终于功德圆满。

是时候归去了吧！

这天，格萨尔下令，召岭国所有臣民在达孜宫前集会。只见宫外广场上人头攒动，帐篷无数，而雄狮大王格萨尔则坐在高高的王座上，威严而慈祥。望着眼前一张张幸福满足的笑脸，格萨尔降生八十一年来，第一次露出了如释重负的笑容。回想当初降生前发下的斩尽妖魔、救度众生的誓愿，仿佛就在昨天一般。转眼间，竟然已过了人间八十一个春秋！

格萨尔见时候差不多了，便起身高声说道：

岭国众生听我言：
　上要敬重长辈，
　下要护佑弱小；
　对外不露家丑，
　对内不欺好人；
　不分尊卑语和气，
　忌做坏事毁缘机；
　敬爱有恩的父母，
　福分是他们所生；
　王子要勤政务实，
　使百姓永享安宁；
　　……

王子扎拉听出了格萨尔的离别之意，连忙手捧哈达，恳请他永驻人世："亲爱的雄狮大王，侄儿扎拉愿意替您去死，请不要抛弃岭国！"岭国众生也纷纷匍匐在地，恳请格萨尔不要离去。

格萨尔泪眼婆娑地接过王子扎拉的哈达，对众生唱道：

> 雏禽双翅已强壮，
> 大鹏老鸟要高飞；
> 小狮玉鬃已茂盛，
> 雪山老狮要远离；
> 十五明月已升起，
> 垂垂夕阳要隐去；
> 无人能把死亡拒，
> 我要归天且分离。

就在格萨尔大王向岭国众生告别时，天马江噶佩布也在草滩上长嘶三声，泪水纵横。它当初对下凡之事颇有不满，如今几十年过去了，它竟和格萨尔一样爱上了这个满是悲欢与愁苦的人间。因为这里除了疾苦和争斗，还有最勇敢的少年、最美丽的姑娘、最壮丽的山河、最多彩的生灵，以及最真挚的人心。

第二天一早，白梵天王、天母朗曼噶姆、哥哥东琼噶布、弟弟龙树威琼、妹妹妲莱威噶、嫂嫂郭嘉噶姆以及十万天神一齐前来迎接神子推巴噶瓦重返天界。悦耳的仙乐响彻天空，奇异的香气布满三界，但格萨尔此时眼中只有岭国众生：相伴多年的几位王妃、好哥哥嘉察的儿子扎拉、英勇忠诚的爱将辛巴梅乳泽和王子玉拉……每看到一张熟悉的脸庞，格萨尔心中就刺痛一分。

但是，时间已到，真的无法再停留了。

格萨尔依依不舍地对众生唱了最后一支离别歌：

> 离别命运已注定，
> 忧愁萦绕我的心；
> 不要悲伤要欢喜，
> 不要愁苦要安宁；
> 雄狮要回天上去，
> 只愿有缘再相聚！

唱罢，格萨尔便随着诸位天神缓缓向空中升去，王妃珠牡和梅萨也侍立在两侧，随格萨尔而去。一时间，漫天花雨，香气四溢，仿佛这世间从未有过任何腥风血雨、征伐暴乱，有的只是人心的美好，以及清澈澄明的莲花日出。

主要参考文献

［1］角巴东主.格萨尔王传［M］.北京：高等教育出版社，2011.

［2］夏吾才让.《格萨尔王传》与藏族古代民俗［M］.北京：民族出版社，2010.

［3］袁晓文，李锦.藏彝走廊多彩的格萨尔［M］.北京：民族出版社，2013.

［4］索南多杰.果洛格萨尔信仰研究［M］.北京：民族出版社，2014.

［5］降边嘉措，吴伟.格萨尔王传［M］.北京：五洲传播出版社，2011.

［6］吴伟.《格萨尔》人物研究［M］.北京：海豚出版社，2012.

［7］中国社会科学院少数民族文学研究所.格萨尔研究（第二集）［M］.北京：中国民间文艺出版社，1986.

［8］格萨尔王传：门岭大战之部［M］.王沂暖，余希贤译.兰州：甘肃人民出版社，1986.

［9］青措.藏族《格萨尔》唐卡艺术［M］.西宁：青海人民出版社，2013.

［10］赵秉理.格萨尔学集成（第五卷）［M］.兰州：甘肃民族出版社，1998.

［11］王兴先.格萨尔研究论文集［C］.北京：中国藏学出版社，2013.